Sophie L. Gellar ist das Pseudonym einer deutschen Autorin, die unter ständigem Fernweh und unbändigen Plotbunnies leidet. Das geschriebene Wort fasziniert sie seit ihrer Kindheit und Bücher braucht sie wie die Luft zum Atmen. Heute ist sie mehr oder weniger erwachsen, studiert Germanistik sowie Kunstgeschichte und träumt von einem Roadtrip durch die schottischen Highlands. Meist schreibt sie an mehreren Projekten gleichzeitig und das am liebsten nachts, wenn ihre Inspiration auf Hochtouren arbeitet, und mit Musik auf den Ohren.

SOPHIE L. GELLAR

Mein *Herz* in *White Field*

Überarbeitete Neuauflage März 2025

Copyright © 2025 dp Verlag, ein Imprint der
dp DIGITAL PUBLISHERS GmbH
Made in Stuttgart with ♥
Alle Rechte vorbehalten

Mein Herz in White Field

ISBN 978-3-98998-912-2
E-Book-ISBN 978-3-98998-900-9
Hörbuch-ISBN 978-3-98998-903-0

Covergestaltung: Dream Design – Cover and Art
Umschlaggestaltung: ARTC.ore Design
Unter Verwendung von Abbildungen von
shutterstock.com: © Bastian Kienitz, © KDdesign_photo_video,
© Nancy Anderson, © Vom Baty
Lektorat: Daniela Pusch
Satz: dp DIGITAL PUBLISHERS GmbH
Druck und Bindung: Books on Demand GmbH, Norderstedt

Playlist

I Will Follow You Into The Dark – Yungblud & Halsey
Us – James Bay
Little Bit of Love – Tom Grennan
I'm With You – Yungblud & Avril Lavigne
Safe Inside – James Arthur
Happier – Olivia Rodrigo
I Think I'm OKAY – Machine Gun Kelly
Cuz I Love You – Lizzo
Hold Me Like You Used To – Zoe Wees
Fix You – Coldplay
Time For Wonder – Malik Harris

Kapitel 1 — Riley

Ohrenbetäubendes Autohupen, das rauschende Öffnen von Bustüren und der köstliche Duft nach Caramel Macchiato vom Café um die Ecke rissen mich aus meinen Tagträumen.

Ich betrachtete mein Spiegelbild. Der Ansatz meiner Haare war bereits rausgewachsen und offenbarte das kupferne Rot darunter. Als ich vor wenigen Jahren nach New York City gezogen war, hatte ich mich dazu entschlossen, dem Neuanfang den letzten Schliff zu verpassen. Tiefe Augenringe in meinem Gesicht zeugten trotz Concealer davon, dass ich zu viel und lange arbeitete. Vielleicht kam der Anruf meiner Eltern ganz gelegen, um dem stressigen Alltag der Großstadt zu entkommen. Aber ob es eine gute Idee war, zurück an den Ort zu kehren, der so viel von mir abverlangt hatte?

Mein Blick schweifte zu den zwei Koffern, die vor der Tür meines Appartements standen und auf mich warteten. *Es ist ja nicht für immer,* versuchte ich mir einzureden, *nur für ein paar Wochen.* Viel länger konnte mein Boss mich auch nicht entbehren, da ich als stellvertretende Leitung die Redaktion am Laufen hielt. Nicht umsonst hatte ich mir vier Jahre lang am College den Hintern aufgerissen, um einen Job bei einer der renommiertesten Lifestyle-Zeitschriften in New York

City zu ergattern. Aber ich konnte Mom und Dad nicht weiter vertrösten und sie bei jedem Anruf abwimmeln, zumal sie beide nicht jünger wurden und die wenigen Rinder auf der Farm das Einzige waren, das sie noch hatten. Ich hatte also Kuhfladen und idyllische Abgeschiedenheit gegen pausenloses Gehupe und Stadttrubel eingetauscht, und schmerzhafte Erinnerungen gegen einen Neubeginn. Und verdammt, ich hätte nicht glücklicher sein können.

Ich hatte einen gutbezahlten Job, ein Appartement mit Blick über die beeindruckenden Wolkenkratzer und konnte von hier aus sogar die Baumspitzen des Central Parks erkennen. Was wollte ich mehr? Einen Mann? Ganz sicher nicht, Beziehungen hatte ich vor langer Zeit abgeschworen. Abgesehen davon war mein Herz nicht bereit dafür und ich war mir nicht sicher, ob es das jemals sein würde. Wunden hinterließen immer Narben, sowohl innerlich als auch äußerlich, und ich wollte sie niemandem zeigen. Vor allem aber wollte ich mir selbst nicht eingestehen, wie spürbar die Narben noch in meinem Inneren waren.

Schluss jetzt, ermahnte ich mich selbst und strich mir eine widerspenstige Haarsträhne hinter das Ohr. Ich war nicht mehr das junge Mädchen von damals, ich war eine erwachsene, erfolgreiche Frau und wer weiß was aus ihm geworden war. Aus Jameson. In fünf Jahren konnte viel passieren und die Ungewissheit machte mich verrückt. Warum überhaupt dachte ich über ihn nach? Vielleicht weil Jameson der Grund dafür war, dass ich meinen Heimatort White Field in British Columbia seit Jahren mied? Er und die Erinnerungen an die gemeinsamen Tage und Nächte und das Leben, das wir uns hatten aufbauen wollen, bevor es in einem Meer aus Flammen niedergebrannt war. Die Gedanken daran versetzten mir einen heftigeren Stich in der Brust, als ich erwartete.

Das Uber, das ich bestellt hatte, hupte nun schon zum zweiten Mal. Ich sollte mich beeilen, wenn ich den Flieger nicht verpassen wollte – wobei mir gerade hundert andere Dinge in den Sinn kamen, die ich lieber tun würde. Aber ich tat es Mom und Dad zuliebe und möglicherweise beugte ich mich ihrem Wunsch, weil mich mein schlechtes Gewissen, sie so lange nicht besucht zu haben, schon viel zu lange plagte. Also warf ich mir einen Parka über, schob die Koffer vor die Tür und schloss mein Appartement ab. Nicht ohne einen letzten, sehnsuchtsvollen Seufzer. Ich hatte mich an New York City gewöhnt und konnte es selbst nach Jahren nicht fassen, in einer Stadt wie dieser zu wohnen. In der Stadt, die niemals schlief.

Nachdem der Uber-Fahrer meine Koffer verstaut und irgendwas in einer fremden Sprache vor sich her murmelte, fuhr er Richtung Flughafen. Vermutlich fragte er sich, was zum Teufel ich in den zwei Koffern mitschleppte. Ich hatte eben an alles gedacht – außer an ein Paar Gummistiefel, die seit meinem Umzug nach New York City niemals in meinem Schuhschrank zu finden waren. Wie so vielen anderen Ballast hatte ich sie in White Field zurückgelassen.

***

Acht Stunden später landete ich völlig übermüdet und nicht gesättigt von der Mahlzeit der Airline in Kanada. Es war seltsam, nach so langer Zeit wieder zurückzukehren. Alles war so vertraut und doch so fremd. Ich redete mir sogar ein, dass die kanadische Luft anders roch. Das war natürlich absoluter Unsinn, aber es fiel mir schwer, etwas Gutes an Kanada zu lassen. Weitläufige, dichte Wälder erstreckten sich über ganze Provinzen, kristallklare Seen, himmelhohe Bergspitzen und die Gefahr, in freier Wildnis auf Grizzlybären oder Elche zu treffen – unumstritten besaß Kanada eine atemberaubende Landschaft. Doch all das hatte in den letzten Jahren an Glanz für mich verloren, bis es nur noch eine matte Hintergrundkulisse für ein schnödes Hollywood-Drama war.

Gerade hob ich meine Koffer vom Gepäckband und zog mein Smartphone aus der Hosentasche, um einen entgangenen Anruf auf meiner Mailbox abzuhören. Ich klemmte es mir zwischen Ohr und Schulter, während ich die Koffer in Richtung Ausgang rollte, als ich in einem Pick-up ein bekanntes Gesicht erspähte. Ich musste mich bemühen, mein Smartphone nicht auf den Boden fallenzulassen. Er sah noch genauso aus wie vor fünf Jahren. Die kantigen Gesichtszüge, das dunkle Haar, das sich an den Spitzen lockte, der Dreitagebart, dessen Stoppeln beim Küssen meine Wangen gestreift hatten. Und die stahlgrauen Augen, in denen ich mich stets verlor und die einst so voller Liebe für mich gewesen waren. Ich hatte damit gerechnet, ihm zu begegnen, aber nicht so plötzlich. Nicht an dem verfluchten Flughafen, von dem mich meine Eltern hätten abholen sollen. Was also hatte Jameson hier zu suchen?

»Willst du noch länger da rumstehen?«, fragte er und öffnete die Heckklappe der Ladenfläche. In abgewetzter Jeans, verschmutztem T-Shirt und rotkariertem Flanellhemd, dessen Ärmel er hochgekrempelt hatte, stand er da. Und mit einem Mal hatte er nichts mehr gemeinsam mit dem jungen Mann, der mir in der Highschool den ersten Kuss gestohlen hatte und mit dem ich noch so viele weitere erste Male erlebt hatte. Nichts erinnerte mehr an den losgelösten Typen von damals, der mich mit jedem noch so dämlichen Witz zum Lachen gebracht hatte. In fast feindseliger Manier und einem Ausdruck in den Augen, den ich nicht deuten konnte, stand er mir gegenüber. Jedes seiner Worte schoss mir durch Mark und Bein und ich hasste mich dafür, dass er selbst nach all den Jahren solch eine Wirkung auf mich ausübte. Wie sehr ich doch recht gehabt hatte, dass auch er nicht mehr der junge Mann von damals war. Er war jemand völlig anderes, jemand den ich nicht kannte und dem ich so fern wie noch nie war.

»Was suchst du hier?«, brachte ich eine gefühlte Ewigkeit später hervor.

Spöttisch zog er eine Augenbraue in die Höhe. »Dich abholen. Oder denkst du, ich habe nichts anderes zu tun, als eine Stunde zum Flughafen und wieder zurück zu fahren?«

»Aber ... wieso?«

»Deine Eltern haben mich darum gebeten«, antwortete Jameson, nahm plötzlich meine Koffer und hievte sie auf die Ladefläche des Pick-ups, dessen rote Farbe noch verblasster war als vor einigen Jahren. Selbst mit dem Wagen verband ich Erinnerungen, die ich lieber verdrängte. Erinnerungen an lange Sommernächte, in denen wir nicht die Hände voneinander lassen konnten, und schier endlose Tage, an denen die Küsse des anderen wie die Luft zum Atmen gewesen waren.

Völlig verdattert, das Smartphone in der linken und die Handtasche in der rechten Hand, starrte ich auf den Pick-up. Meine Eltern hatten ihn darum gebeten? Waren die denn von allen guten Geistern verlassen? Sie wussten doch genau, dass das mit Jameson und mir alles andere als glimpflich zu Ende gegangen war. Zumal ich es mit meiner Mom abgesprochen hatte, dass sie und Dad mich abholen würden. Am liebsten hätte ich mich wie ein kleines Kind auf den Boden geschmissen und gebrüllt. So finster wie er dreinschaute, ging Jameson das Ganze genauso sehr wie mir gegen den Strich und da ich nicht länger als nötig seinem Blick ausgesetzt sein wollte, stieg ich ein. Im Inneren war es eiskalt und im Fußraum sammelten sich dutzend CDs, von denen ich einige Titel wiedererkannte. Überall schienen Geister zu lauern, denen ich es geschafft hatte, die letzten fünf Jahre erfolgreich auszuweichen. Ich war noch nicht einmal in White Field angekommen und schon bereute ich es, hierhergekommen zu sein. Ich vermisste New York. Ich vermisste es, bis zum Hals in Arbeit zu stecken, sodass erst gar keine Sehnsucht aufkommen konnte. Aber da musste ich nun durch und ich hatte schon wahrlich Schlimmeres gemeistert, wie die College-Prüfungen oder Vorstellungsgespräche, an denen meine gesamte Zukunft hing. Oder Dinge, die ich lieber nicht hätte meistern müssen, und die ich nie vergessen werde. Dinge, die dazu geführt hatten, White Field, Jameson und meiner Familie den Rücken zu kehren.

Dinge, über die ich weder nachdenken noch sprechen wollte.

Während die malerische Landschaft Kanadas mit ihren dichten Wäldern und schneebesetzten Bergspitzen an mir vorbeizog, setzte bereits die Abenddämmerung ein. So langsam machte mir der lange Flug zu schaffen und, dass ich nichts außer einer kläglichen Mahlzeit aus labbrigen Nudeln in Tomatensoße gehabt hatte. Hätte ich mir doch besser noch ein Truthahn-Sandwich vom Flughafen mitgenommen – und ein verdammtes Taxi. Stattdessen stand mir eine einstündige Autofahrt nach White Field bevor und ich befürchtete, dass das noch unangenehmer wurde als unser bisheriger Dialog. Jameson sah die ganze Zeit über stur geradeaus, die Hände krampfhaft ums Lenkrad gelegt, ohne auch nur den Anschein zu machen, sich mit mir unterhalten zu wollen. Nicht einmal ein flüchtiger Smalltalk, nur eisernes Schweigen und unbehagliches Räuspern hier und da. Ich traute mich nicht, das Radio anzuschalten oder mich im Spiegel des Blendschutzes anzuschauen. Nach dem mehrstündigen Flug sah ich bestimmt noch müder aus, als ich mich fühlte. Aber was soll's, Jameson kannte mich schon in so ziemlich allen Gefühlslagen, mit strähnigem Haar, pickeligem Gesicht und ausgebeultem T-Shirt.

Die Fahrt verging so langsam, dass ich glaubte, wir hingen in einem Zeitloch fest. Erst als wir das Ortseingangsschild von White Field passierten, seufzte ich innerlich auf. Alles sah so aus wie damals, die Häuser mit ihren Farmen, in denen kein einziges Licht mehr brannte, die Fußgängerzone mit ihren vielen kleinen

Läden und der großflächige See, der von dichten Bäumen umgeben war. Und überall Erinnerungen. Hier hatte ich meine Kindheit und Jugend verbracht und hier hatte ich mein restliches Leben verbringen wollen. Bis ich einfach nur noch weg wollte, weit weg von allem und jedem. In White Field kannte jeder jeden und ich wusste, dass auch meine Ankunft schon vor Wochen allen bekannt war. Bestimmt musste ich Rede und Antwort stehen, warum ich damals so plötzlich verschwunden war, wie mein Leben in New York nun aussah und weshalb ich jetzt zurückgekommen war. Dabei war es unmöglich, dass sie nicht wussten, was der Grund für meine Flucht war. Immerhin waren Jameson und ich seit der Highschool zusammen gewesen und hatten nach dem College heiraten wollen. Die Katastrophe, die darauf folgte, hatte natürlich die Runde gemacht und die mitleidigen Blicke waren Folter gewesen. Jeder einzelne Tag in White Field und in Jamesons Armen war Folter gewesen.

Abrupt kam der Wagen zum Halten und ebenso unvorbereitet riss Jameson die Tür zur Beifahrerseite auf. Die kalte Luft zog herein und ließ mich frösteln. Was hatte er vor?

»Hast du etwa auch vergessen, wo dein Elternhaus steht?«, zischte er und als ich mich zu ihm drehte, traf mich sein eisiger Blick. In ihm lag pure Verachtung.

»Was? Natürlich nicht«, stieß ich hervor.

»Gut, dann steig aus.« Er wandte den Blick von mir ab, starrte aus dem Fenster der Fahrerseite und trommelte ungeduldig mit den Fingern auf dem Lenkrad, als könne er es nicht erwarten, mich loszuwerden.

Viel zu überrumpelt von seinen Worten, um darüber nachzudenken, kletterte ich aus dem Pick-up und hievte die Koffer ungeschickt von der Ladefläche. Kaum landeten sie auf meinen Zehenspitzen, gab Jameson Gas und raste davon in die Dunkelheit. Er hatte mich einfach zurückgelassen! Inmitten der Kälte und Dunkelheit von White Field, in der nur das schwache Licht der Straßenlaternen mir den Weg ebnete. Mit meinem kaum vorhandenen Orientierungssinn hatte ich selbst in New York Jahre gebraucht, nicht die falsche U-Bahn zu nehmen, um von meinem Appartement zur Redaktion zu finden. Da ich in White Field aufgewachsen war, sollte ich es wie meine Westentasche kennen, aber die Dunkelheit, Müdigkeit und der Hunger erschwerten es mir, den Weg ausfindig zu machen. Auch die kühlen Temperaturen in der Nacht war ich nicht mehr gewohnt, da ich in New York City die meiste Zeit im beheizten Büro oder Appartement verbracht hatte. Ich schlang die Arme um meinen Körper und den viel zu dünnen Parka, der mich kaum wärmte.

Nachdem ich schätzungsweise zwanzig Minuten in der Gegend herumirrte, kam sanfter Nieselregen hinzu. Das durfte doch nicht wahr sein! Ich war drauf und dran, meine Koffer in die nächste Regenpfütze zu schmeißen und mir ein Taxi zu rufen, das mich zurück an den Flughafen brachte. Aber in diesem abgelegenen Örtchen würde ich um diese Uhrzeit ohnehin niemanden mehr erreichen. Kaum hatte ich die Hoffnung aufgegeben, die Nacht in einem warmen Bett zu verbringen, erkannte ich in naher Ferne das schnuckelige Blockhaus meiner Eltern. In der Einfahrt stand der rostige Pick-up meines Dads und der vertraute Geruch vom Mist der Rinder stieg mir in die Nase. Früher hatte Dad die größte Rinderherde von allen gehabt und wir mussten uns keine Gedanken darum machen, über die Runden zu kommen. Mittlerweile hatte meine Mom ihn dazu überreden können, einen Teil zu verkaufen, damit er wenigstens etwas zur Ruhe kommen konnte. Ganz von seinen Rindern konnte er sich allerdings nicht trennen, er war eben durch und durch Farmer.

Als ich das Blockhaus erreicht hatte, atmete ich ein letztes Mal geräuschvoll ein und wieder aus, ehe ich anklopfte. Kurz darauf ging im Inneren ein Licht an und die Tür wurde geöffnet. Mit einem strahlenden Lächeln und wirr vom Kopf abstehenden Haaren stand Mom vor mir.

»Da bist du ja, Riley! Komm rein, los!« Sie winkte mich in das Haus, das noch genauso aussah wie vor meiner Flucht. Buchen-Möbel, ein ausladendes, violettes Sofa und ein Kamin, dessen Wärme mich empfing. Im Sessel rechts vom Sofa saß Dad, der gerade ein Kreuzworträtsel ausfüllte. Er legte es beiseite, als er mich erblickte, und seine Augen hellten sich auf.

»Willkommen zuhause, Liebling«, sagte er und nahm mich in seine Arme. Die Umarmung fühlte sich plötzlich wirklich wie Zuhause an, als radiere sie die wenig berauschende Ankunft am Flughafen aus. Darüber musste ich mit ihnen auch noch ein Wörtchen reden.

»Hey Mom, hey Dad«, erwiderte ich, als ich mich aus seiner Umarmung gelöst hatte und mich auf das Sofa fallen ließ. Den alten Röhrenfernseher, der gegenüberstand, hatten meine Eltern auch nie ausgewechselt. Schließlich funktioniere er noch, hatte Dad gesagt und die Schultern gezuckt, als ich ihn als Teenie darauf angesprochen hatte.

»Wie war dein Flug? Hat alles geklappt?«, fragte Mom aus der Küche und kam mit einem dampfenden Teller und einer Tasse Tee zurück, die sie vor mich abstellte. »Du hast bestimmt Hunger, mein Schatz, iss was.«

Beim Duft der Käsemakkaroni lief mir das Wasser im Mund zusammen. Für einen Moment vergaß ich meinen Unmut darüber, dass es bestimmt Mom gewesen war, die es eingefädelt hatte, dass Jameson mich am Flughafen abholte. Stattdessen wärmte ich meine durchgefrorenen Hände an der Tasse und nahm einen ersten Schluck, bevor ich wie ein ausgehungerter Kojote über die Makkaroni herfiel. Als kleines Mädchen waren sie mein Leibgericht gewesen und auch heute noch schmeckten sie einfach himmlisch. Mom hatte mir sogar wie immer eine extra Portion Cheddar und Emmentaler auf die Nudeln getan, zu viel Käse gab es für mich nie.

Die Flammen im Kamin flackerten und leises Stimmengewirr drang aus dem Fernseher. Das Besteck in den Händen und dem Geschmack der köstlichen Makkaroni im Mund, wurde mir plötzlich bewusst, wie viel ich doch in diesem Ort zurückgelassen hatte. Viel mehr als ich dachte. Nicht nur mein altes Kinderzimmer und meine Eltern, die sich stets um mich gesorgt hatten, sondern auch alte Freunde. Es war unausweichlich, sie hier nicht wieder anzutreffen. Sie würden Fragen stellen, auf die ich zwar Antworten hatte, aber die ich mich selbst nach fünf Jahren nicht traute auszusprechen. Selbst wenn ich versuchte, mich bestmöglich auf unliebsame Begegnungen vorzubereiten, wusste ich, dass es wenig bringen würde. Denn es war unmöglich, die Vergangenheit umzuschreiben oder zu verschönern. Sie war in Stein gemeißelt und nichts und niemand konnte etwas daran ändern. Einzig die Zukunft konnte man beeinflussen und selbst da geschahen unvorhergesehene Dinge, die wie ein Meteorit einschlugen.

»Es lief alles bestens«, antwortete ich zwischen zwei Bissen, »bis auf die Tatsache, dass nicht wie verabredet ihr mich abgeholt habt, sondern Jameson.«

Über den Rand ihrer Brille warf Mom meinem Dad einen Blick zu, den er erwiderte. »Ach, Schatz, Dad hatte den ganzen Tag so viel zu tun. Du weißt ja, seine Bandscheiben sind nicht mehr die besten, und ich fahre nicht im Dunkeln. Da dachte ich, ich frage Jameson und er hat bereitwillig zugestimmt. Ich hätte es dir sagen sollen, Riley, aber du warst schon längst im Flugzeug und–«

Ich stieß ein spitzes Lachen aus. »Bereitwillig zugestimmt?«

»Du kennst Jameson, er ist ein überaus netter Junge«, erwiderte Mom leichthin, zuckte mit den Schultern und nippte an ihrem Tee.

»Schon gut, Mom, ich hab deinen Plan durchschaut.«
»Welchen Plan?«

Es machte mich rasend, dass sie dachte, sie könnte ihre Hintergedanken vor mir verbergen. Da war ich fünf Jahre weg gewesen und immer noch glaubte sie, ich sei ein kleines Mädchen, in dessen Angelegenheiten sie sich einmischen durfte.

Krachend landete das Besteck auf dem Porzellanteller und geschmolzener Käse verteilte sich auf der Tischdecke. »Tu doch nicht so, Mom, du wolltest das. Du wolltest, dass Jameson mich abholt!«, platzte es aus mir heraus. »Erwärmt es dein Herz, wenn ich dir erzähle, dass wir uns in die Arme gefallen sind und uns geküsst haben? Dass wir uns alles verziehen haben, was vorgefallen ist, und in eine gemeinsame Zukunft schauen?«

Sie schaute mich für einen Moment entgeistert an, ehe sie begriff, dass ich einen Scherz machte. »Aber Riley, ich –«

»Ich bin euretwegen hergekommen, nicht um der alten Zeiten Willen!«

»Riley, bitte beruhig dich«, schaltete sich nun auch Dad ein, was mir den letzten Rest an diesem katastrophalen Tag gab. Nicht nur dass Mom daran beteiligt war, auch er, ausgerechnet Dad. Käsemakkaroni hin oder her, ich wollte mich einfach nur noch in ein kuschliges Bett legen und schlafen.

Ich erhob mich und stapfte zur steilen Holztreppe, die in das Obergeschoss führte, wo mein altes Kinderzimmer lag. »Ihr wisst beide genauso gut wie ganz White Field, dass Jameson und ich eine zweite Chance vergeigt haben. Und das schon vor langer Zeit.« Dann preschte ich die Treppe hoch und knallte die Zimmertür hinter mir zu.

Tränen schossen mir in die Augen und ich war zu müde, um sie zurückzuhalten. Der Flug, das unvorbereitete Aufeinandertreffen mit Jameson und die vielen Erinnerungen, die mich hier heimsuchten, waren zu viel. Ich war kurz davor, mein Smartphone zu zücken und mir den frühestmöglichen Flug zurück nach New York zu buchen, als ich aus dem Fenster blickte. Von hier aus konnte ich das Haus sehen, das Jamesons Eltern ihm überlassen hatten, nachdem sie die Farm aufgegeben und sich ein kleineres in der Nähe gekauft hatten. Allem Anschein nach hatte er es mittlerweile übernommen, denn draußen in der Einfahrt parkte sein rostiger Pick-up. Auf dem sich nach hinten anschließenden Hof konnte ich eine ganze Reihe von Ställen erkennen, aber es war zu dunkel, um festzustellen, welche Tiere drinstanden. Ob Jameson wohl wie mein Dad Rinder besaß? Ich konnte mich nur zu gut daran erinnern, dass er viel lieber meinem Dad bei den Rindern ausgeholfen hatte als seinem eigenen Dad bei den Schweinen. Schon in der Highschool hatte er davon geträumt, eines Tages eine eigene Farm zu haben, und nur seinem Vater zuliebe hatte er sich zu einem Studium der Betriebswirtschaftslehre durchgerungen.

Auf einmal gingen im ganzen Haus die Lichter an und erst dann wurde mir klar, dass auch er mich womöglich sehen konnte. Also versteckte ich mich schnell hinter den Vorhängen meines Zimmers. Es war verrückt, als Teenager hatten wir dieses Spiel geliebt. Von seinem Zimmer aus konnte Jameson auch in meines blicken und so verbrachten wir ganze Nächte an den Fenstern unserer Kinderzimmer. Zugegeben es war nicht immer ganz anständig gewesen, was wir da trieben, und deshalb mussten wir auch darauf achten, dass unsere Eltern uns nicht dabei erwischten. Damals konnten wir die Finger nicht voneinander lassen und heute konnten wir uns kaum mehr in die Augen schauen.

Den Blick weiterhin auf das Haus gerichtet, erschien plötzlich eine Gestalt vor der Tür, die eintrat. Es war eine Frau, wie ich erkennen konnte, und sie schlang ihre Arme um Jameson. Sie küssten sich und torkelten durch den Raum, bis sie schließlich um sich schlugen. Nein, sie schlugen nicht um sich, sie rissen sich die Kleidung vom Körper! War sie etwa seine Freundin? Oder gar seine Frau?

Ich konnte, nein, ich wollte nicht mehr hinsehen. Rasch zog ich die Vorhänge zu, legte mich in mein Bett und zog mir die Decke bis unter das Kinn.

Hierherzukommen war keine gute Idee gewesen.

Kapitel 2 — Jameson

Sie hatte so anders ausgesehen und doch wie die Riley, die ich geliebt hatte. Ihre Haare waren weniger rot, aber ihre Augen von demselben smaragdgrünen Ton, dem ich mich nie hatte entziehen können. Bis zu dem Tag, an dem sie mich dazu zwang. Sie hatte mich vor vollendete Tatsachen gestellt, ohne uns eine weitere Chance zu geben.

Was hatte ich mir also davon erhofft, eine geschlagene Stunde zum Flughafen zu fahren, um sie abzuholen? Und eine weitere Stunde zurück, in der nur eisernes Schweigen herrschte? Sicher, ich hatte Brenda und Kenneth einen Gefallen getan, aber ich musste mir eingestehen, dass das nicht der wahre Grund war. Wollte ich sie wiedersehen? Wollte ich mich ein weiteres Mal dem Schmerz aussetzen, den ich damals gefühlt hatte? Verfluchte Scheiße, ich wusste es nicht. Ich wusste nur, dass ich mich wie ein verdammter Vollidiot aufgeführt und sie im Dunkeln im Nirgendwo stehengelassen hatte. Der ganze Zorn, mit dem ich versucht hatte, die letzten Jahre klarzukommen, war plötzlich aus mir herausgeschossen. Und ich konnte rein gar nichts dagegen tun. Oder wollte ich, dass sie ihn zu spüren bekam? Wollte ich ihr zeigen, wie sehr sie mich verletzt hatte?

»Jameson«, schnurrte Megan an meiner Brust.

In einer geschickten Bewegung öffnete ich ihren BH und ließ ihn achtlos neben das Bett fallen. Ich brauchte Ablenkung und Megan konnte sie mir geben. Seit ungefähr einem Jahr hatten wir diese lockere Sache am Laufen und ich war froh, dass sie darin nicht mehr sah, als es war. Sex, einfach unverbindlicher Sex.

Ihre harten Brustwarzen streiften an meiner Brust entlang und ich hoffte, dass meine Gedanken über Riley vertrieben wurden. Aber ich kam nicht darüber hinweg, dass sie plötzlich nach fünf Jahren zurück war. Ihre Eltern wohnten hier und es war ihr gutes Recht, sie zu besuchen, aber ich fragte mich, ob nicht mehr dahintersteckte. Die Hoffnung, dass sie zu mir zurückkam und wir da weitermachten, wo wir aufgehört hatten, hatte ich schon vor langer Zeit verloren. An jenem Ort, an dem ich auch ein Stück von Riley und mir verloren hatte.

Megan rekelte sich auf mir, unsere gierigen Münder fanden zueinander und ihre kleinen, festen Brüste rieben an meiner Haut. Aber die Gedanken an Riley ließen mich nicht los und meine Verärgerung darüber wuchs in Wut. Ich griff Megans Hüfte, rollte mich auf sie und riss ihr den Slip vom Körper. Ihre Scham glänzte, sie war bereit und endlich war auch ich es. Ich versenkte mich in ihr und ihr ungezügeltes Stöhnen erfüllte meine Ohren, meinen Kopf und sogar meine Gedanken. Diesmal erfüllte der Sex mit Megan nur seinen Zweck, nicht mehr. Dass es daran lag, dass Riley zurück war, wollte ich mir nicht eingestehen. Schließlich hatte jeder mal einen schlechten Tag.

Nachdem ich Megan mehr oder weniger noch in der

Nacht rausgeschmissen und mich unter die Dusche gestellt hatte, schenkte ich mir ein Glas Whiskey ein. Er war nicht, wie in Kanada üblich, mild, sondern hatte es in sich. Mein Dad hatte ihn mir vor Jahren aus einer nahegelegenen Destillerie mitgebracht, wo der Whiskey noch nach alter kanadischer Tradition aus Roggen gebrannt und lange in Eichenfässern gelagert wurde. Dementsprechend herb schmeckte er und war somit genau das, was ich brauchte.

Ich ließ mich auf das Sofa fallen, legte den Kopf in den Nacken und genoss den Geschmack des strengen Whiskeys auf meiner Zunge. Bestimmt würden meine Eltern mich fragen, ob ich mitbekommen hatte, wer zurück war, und wie ich sie beide kannte, wussten sie längst, dass ich Riley abgeholt hatte. Wie in den meisten kleinen Ortschaften konnte man sich auch in White Field dem Klatsch und Tratsch nicht entziehen. Aber ich liebte die Kleinstadt in der Provinz von British Columbia und hatte nie vor, sie zu verlassen. Schon seit Generationen war meine Familie eine Farmerfamilie und ich hatte nie Zweifel daran gehabt, einmal in Dads Fußstapfen als Farmer zu treten. Allerdings züchtete ich nicht wie mein Dad nur Schweine, sondern auch Rinder und Hühner und Gänse und baute mein eigenes Gemüse an. So konnte ich mich teilweise selbst versorgen und durch den Verkauf von Vieh noch etwas Gewinn erzielen. Ich war glücklich damit und in den meisten Monaten nahm ich genug ein, um etwas beiseite zu legen. Auch wenn ich es vor meinem Dad niemals zugeben würde, durch mein Studium der Betriebswirtschaftslehre konnte ich die Ein- und Ausgaben besser kalkulieren als er. Und falls es mal ganz schlecht laufen sollte, was ich natürlich nicht hoffte, hatte ich genug Erspartes.

Kurz nach Mitternacht löschte ich alle Lichter im Haus und begab mich in mein Bett, das ich genauso unaufgeräumt vorfand, wie ich es verlassen hatte. Megans blumiges Parfüm hing noch in der Luft, aber ich war zu erschöpft, um das Fenster zu öffnen. Stattdessen ließ ich mich in das Bett fallen und schon bald übermannte mich ein traumloser Schlaf.

***

Am nächsten Morgen war ich bereits um kurz nach vier Uhr auf den Beinen und griff blindlings nach einem neuen T-Shirt im Kleiderschrank, das ich mir überwarf. Am Ende des Tages musste es sowieso in die Waschmaschine, die so gut wie jeden Tag lief. Zwar bot meine Mom mir immer wieder an, meine Wäsche zu waschen, aber ich war kein kleiner Junge mehr – auch wenn sie das natürlich anders sah.

»Ich wasche gerne deine Wäsche, Jameson, dann hab ich wenigstens was zu tun«, beteuerte sie stets und fuhr mir dann durch die Haare.

Seitdem meine Eltern mir vor vier Jahren die Farm übergeben und in ein kleineres Häuschen wenige Straßen entfernt gezogen waren, fiel es ihnen schwer, die Füße stillzuhalten. Dad fehlten seine täglichen Aufgaben und seine Tiere und Mom das Gefühl gebraucht zu werden. Ich konnte es ihnen nicht verübeln, schließlich musste es nicht einfach sein, alles, was man sich über Jahrzehnte hinweg aufgebaut hatte, abzugeben. Jedenfalls konnten sie sich sicher sein, dass die Farm bei mir in guten Händen war. Für mich kam nie ein anderer Beruf infrage und ich mochte es, mein eigener Herr und für alles selbst verantwortlich zu sein. Ein Bürojob von 9 bis 17 Uhr? Unvorstellbar für mich. Ich war in der wilden Natur Kanadas aufgewachsen und für mich gab es nichts Schöneres, als den Tag draußen zu verbringen. In einem Großraumbüro würde ich mich nur eingesperrt fühlen.

Während der Kaffee kochte, wusch ich das Geschirr der vergangenen Tage (oder waren es bereits Wochen?), das sich in der Spüle stapelte. Dabei huschte mein Blick auf das Nachbarhaus von Brenda und Kenneth, in dessen oberen Stockwerk sich Rileys Kinderzimmer befand. Die Vorhänge waren zugezogen und ich fragte mich, ob auch Riley an damals zurückdenkt. Als wir noch Jugendliche waren und die Nächte an den Fenstern in unseren Zimmern verbrachten, Botschaften auf Papier kritzelten und sie dem anderen hochhielten, wir uns nach und nach von Kleidungsstücken entledigten oder uns einfach nur ansahen. Es fühlte sich verboten und zugleich romantisch an. Die Nächte gehörten uns und ich konnte es bereits am Abend kaum erwarten, Riley am Fenster zu erblicken und ihr dabei zuzusehen, wie sie voller Absicht ihr T-Shirt auszog.

Die Erinnerung durchfuhr mich wie ein Stromschlag, der mich zurück ins Hier und Jetzt katapultierte. Ein Teller landete klirrend auf dem Holzboden und zerbrach. Scheiße, kaum war sie zurück, brachte sie meine gesamte Welt durcheinander und die verdrängten Erinnerungen zum Vorschein. Ihre Rückkehr forderte meinen mühevoll erbauten Schutzpanzer heraus und ich durfte nicht zulassen, dass sie ihn durchbrach.

Denn sie allein war überhaupt erst der Grund, weshalb ich ihn erbaut hatte.

Es war besser, ich dachte nicht länger über das nach, was in der Vergangenheit lag. Riley würde in wenigen Wochen wieder abreisen, da war ich mir sicher, also versuchte ich, ihr so gut es ging aus dem Weg zu gehen. Das würde mir zwar nicht immer gelingen, da White Field ein kleines Örtchen war und ich Kenneth auf der Farm aushalf, aber es würde ja nicht für immer sein. Sie würde wieder abreisen und dann alles wie immer werden, so als war sie gar nicht hier gewesen.

Nachdem ich meine morgendliche Tasse Kaffee in einem Zug geleert hatte, putzte ich mir die Zähne und schlüpfte anschließend in meine Arbeitsschuhe. Zu guter Letzt zog ich mir ein Flanellhemd über und trat in die kühle Morgenluft hinaus. Um diese Uhrzeit war es in British Columbia noch ziemlich frisch, die Morgendämmerung würde erst in ungefähr zwei Stunden einsetzen. Bei meiner Arbeit betrachtete ich, wie die Sonne aufging – was gab es Besseres?

Als Erstes kümmerte ich mich um meine dreiundvierzig Rinder, versorgte sie mit Getreideschrot und frischem Wasser. Oftmals musste ich zweimal am Tag Wasser auffüllen, da ein Rind am Tag bis zu 70 Liter trank und 51 Kilo fraß. Insgesamt bemaß die Farm 125 Hektar, dazu kam noch ein Feld, das ich nutzte, um Heu herzustellen. Bis ich die Rinder versorgt hatte und das Wasser aufgefüllt war, verging gut eine Stunde. Danach widmete ich mich den Schweinen, denen ich meist gemahlenes Getreide wie Hafer, Mais und Gerste, Wurzelgemüse, Kräuter und Grünfutter zu essen gab. Zwar aßen sie weitaus weniger als die Rinder, aber auch sie benötigten reichlich Wasser, weshalb ich die Beckentränke mehrmals täglich auffüllte. Als Farmer hatte man rund um die Uhr zu tun, dafür lebte ich aber am wohl schönsten Fleck der Erde.

Als ich die Schweine versorgt hatte, war bereits die Sonne aufgegangen und ich genoss den Anblick der weißen Bergspitzen und des dichten Waldes, der den angrenzenden Lake Rayronto umgab. Im Sommer war er ein beliebter Treffpunkt, um schwimmen zu gehen, die Seele baumeln zu lassen oder einfach die Sonne zu genießen, im Winter hingegen war der See gefroren und das Eis so dick, dass man unbedacht Schlittschuhlaufen konnte. In den letzten Jahren verbrachte ich allerdings mehr Zeit auf der Farm als woanders, sie war mein Ruhepol und ich kein junger Kerl mehr, der immer auf Achse sein musste. Wenn es die Arbeit zuließ und ich guter Laune war, ging ich auch mal mit meinen alten Freunden vom College einen trinken. Tatsächlich stand ich mit einigen noch in Kontakt, zwei waren sogar selbst Farmer, und wir unterhielten uns oft über die guten, alten Zeiten. Obwohl es mir vorkam, als hätte ich erst gestern das College abgeschlossen, fühlte es sich an, als sei alles andere Jahrzehnte her – der erste Kuss mit Riley, die vielen gemeinsamen Nächte und Tage, der Einzug in das Farmhaus und wie der Traum unserer Zukunft zerbrach. Wie alles, das uns verband und wir uns aufgebaut hatten, in sich zusammenfiel und Riley mit Füßen trat, was ich mühevoll versuchte zusammenzusetzen. Für nichts und wieder nichts.

Bevor ich weiter die Tiere versorgte, beschloss ich mir eine zweite Tasse Kaffee zu gewähren. Die hatte ich definitiv nötig, nicht nur schwarz, sondern dunkelschwarz und bitterstark.

Kapitel 3 — Riley

Blinzelnd öffnete ich die Augen und fragte mich eine Sekunde lang, wo ich war, aber dann dämmerte es mir. Eine Zimmereinrichtung, die an die 90er erinnerte und nie ausgetauscht worden war, der vertraute Geruch von Kuhmist und das ohrenbetäubende Krähen eines Hahns. Das war eindeutig White Field, wie ich es kannte, die meiste Zeit meines Lebens geliebt hatte und nun verabscheute.

Ich starrte eine ganze Weile gen Decke, ehe ich die Bettdecke zurückschlug und meine Gliedmaßen streckte. Sollte ich die Vorhänge zurückziehen und damit riskieren, womöglich Jameson zu sehen? Na gut, ich konnte ihm nicht die nächsten fünf Wochen aus dem Weg gehen, aber ich würde mein Bestes geben. Bald war ich wieder in New York, würde meinem Leben nachgehen und keine Gedanken mehr an ihn verschwenden. So war der Plan und ich würde einen Teufel tun, mich nicht an ihn zu halten. Komme, was wolle.

Dennoch plagte mich ein schlechtes Gewissen, weil ich mich ausgerechnet an meinem Ankunftstag mit meinen Eltern gestritten hatte. Es änderte zwar nichts daran, dass ich über Moms Verschwörung verärgert war, aber sie hatten sich so sehr auf mich gefreut und unser Wiedersehen war alles andere als gut verlaufen.

Also musste ich wohl oder übel über meinen Schatten springen und mich bei meinen Eltern entschuldigen.

Nachdem ich mir also ein schlichtes Oberteil und eine Jeans angezogen und mich frisch gemacht hatte, ging ich hinab in die Küche. Dort stand Mom bereits am Herd und der köstliche Duft von Pancakes stieg mir in die Nase.

»Guten Morgen, mein Schatz«, begrüßte sie mich und schenkte mir, trotz unserer gestrigen Auseinandersetzung, ein warmes Lächeln. Die roten, von grauen Strähnen durchzogenen Locken hatte sie zu einem unordentlichen Knoten auf dem Kopf gebunden. Zum Glück hatte ich von Mom nur die roten Haare geerbt und nicht noch die widerspenstigen Locken – das hätte mir gerade noch gefehlt. Lediglich an den Spitzen kräuselten sich meine Haare und wenn ich morgens vor der Arbeit noch Zeit hatte, glättete ich sie meist.

Unschlüssig stand ich in der winzigen Küche herum und wusste nicht so recht, wohin mit mir. »Morgen, Mom.«

»Gut geschlafen?« Sie wendete einen Pancake und gab noch einen Schuss Öl in die Pfanne, woraufhin es laut zischte.

»Mhm, geht schon«, murmelte ich.

»Setz dich, Riley, die Pancakes sind gleich fertig.«

Das war typisch meine Mutter. Sie war immer um Harmonie bemüht und hatte mir meinen Ausraster von gestern Abend schon längst verziehen. Aber ich konnte es nicht so einfach auf mir sitzenlassen, zumal sie sich beide so sehr auf mich gefreut hatten und ich ihnen so böse Worte vor den Kopf geworfen hatte.

»Mom, wegen gestern«, setzte ich an und nestelte an einer meiner Haarsträhnen herum, »es tut mir furchtbar leid, wie ich euch angegangen bin. Ich war fix und fertig nach dem Flug und nicht darauf vorbereitet gewesen, dass Jameson mich abholt.«

Sie drehte den Gasherd aus, legte den letzten Pancake auf einen Teller und setzte sich dann zu mir an den Tisch. »Ach, Riley, das ist schon alles vergessen«, erwiderte sie und legte ihre faltige Hand auf meine. »Und wenn, sollte ich diejenige sein, die sich bei dir entschuldigt. Es war ein blöder Einfall von mir. Ich hatte gehofft, dass Jameson und du euch aussprechen könntet ... «

Ich seufzte. Sie wusste genauso gut wie ich, dass eine Aussprache nicht alle Fehler und Missverständnisse aus der Welt schaffte. Dafür war viel zu viel vorgefallen und ich hatte mir vor fünf Jahren, als ich White Field verlassen hatte, geschworen, mich nicht länger damit zu quälen. Nicht nur mein Leben sondern auch das von Jameson war weitergegangen. Was nutzte es, mich in den Scherben der Vergangenheit zu wälzen, die nur noch mehr innere Narben hinterließen?

»Ich weiß es zu schätzen, Mom, aber ich glaube nicht, dass es damit getan ist. Zumal Jameson nicht den Eindruck gemacht hat, als hätte er mich aus einem anderen Grund abgeholt als mich zu bestrafen.«

Ein trauriger Ausdruck trat auf ihr Gesicht und sie drückte meine Hand. »Bestrafen? Für was denn? Dafür, dass ... «

»Dafür, dass ich damals geflohen bin«, vollendete ich ihren Satz. Womöglich war es damals nicht die beste

Idee gewesen, von heute auf morgen die Koffer zu packen und alles, einschließlich Jameson und unserer Zukunft, hinter mich zu lassen. Aber in dieser Zeit hatte ich keinen anderen Ausweg gesehen. Mein Leben war ein einziger Scherbenhaufen gewesen und ich wusste weder ein noch aus. Das Schicksal hatte mit voller Wucht zugeschlagen und mich niedergeworfen, mir die Kräfte und die Zuversicht geraubt.

»Sei nicht so hart mit dir, Riley, was damals geschehen ist, war für euch beide nicht einfach«, versuchte Mom mich zu besänftigen.

Es braucht Zeit, darüber hinwegzukommen. Es ist ein herber Schicksalsschlag, aber es ist nicht das Ende. Du darfst nicht aufgeben. Auch anderen widerfährt das, es wird schon wieder.

Wie oft hatte ich solche Sätze gehört? Wie oft hatten die Menschen geglaubt, ihre gut gemeinten Ratschläge und Zusprüche würden den Schmerz lindern? Ich konnte und wollte all das nicht mehr hören, aber zugleich wusste ich, dass mir genau das in White Field noch bevorstand. Die Bewohner kannten mich von Kindheitstagen an, mit den meisten von ihnen hatte ich die örtliche Junior High besucht und auf dem Abschluss getanzt. Jeder kannte jeden und die Menschen standen sich hilfsbereit und aufgeschlossen gegenüber, was es aber erschwerte, Dinge für sich zu behalten – hier machte alles in Windeseile die Runde. In White Field wurde ich mit dem konfrontiert, dem ich all die Jahre aus dem Weg gegangen war.

»Iss erstmal einen Pancake«, schlug Mom vor und servierte mir einen besonders dick geratenen, ehe sie sich mit der flachen Hand gegen die Stirn schlug. »Wo bin ich nur mit meinen Gedanken? Das Wichtigste hab ich vergessen!« Sie stand auf, öffnete den Küchenschrank und kam mit einer Flasche kanadischem Ahornsirup zurück.

Ich grinste sie an. »Ohne Ahornsirup schmecken Pancakes nicht halb so gut!«

Sie tat mir reichlich Sirup auf den Teller und lachte. »Ich hatte schon befürchtet, du hättest in New York schon die gute, alte kanadische Kultur vergessen!«

»Also wirklich, Mom, wie könnte ich nur? Zuhause bekomme ich die Pancakes nicht mal annähernd so gut hin wie du! Entweder brennen sie an, ich vergesse eine Zutat oder ich habe erst gar keine Zeit, mir welche zuzubereiten.«

Während wir uns die Pancakes munden ließen, belehrte Mom mich natürlich wieder, dass ich viel zu viel arbeite und ich mich in meinen jungen Jahren doch lieber anderen Dingen widmen sollte. Einen Mädelstag veranstalten, auf Dates gehen, Cocktails schlürfen und es richtig krachen lassen – danach stand mir jedoch nicht der Sinn. Ich hatte mich für New York entschieden, weil es, nun ja, meine erste Möglichkeit war und ich dort sofort einen Job fand. Aber auch, weil ich mein ganzes Leben lang davon geträumt hatte, eines Tages in dieser atemberaubenden Stadt zu leben. Der Job in der Redaktion war alles, was ich mir gewünscht hatte, und er bot mir vielerlei Möglichkeiten. Mein Boss vertraute mir und war überzeugt von meinen journalistischen Fähigkeiten. Das wollte ich auch hoffen, schließlich hatte ich am College alles gegeben. Allein deshalb hatte ich es geschafft, ihn zu überreden, mir ein paar Wochen freizugeben. Im Gegenzug dazu versprach ich ihm einen ausführlichen, mehrseitigen Reisebericht, wie es sich im ländlichen Kanada so lebte.

»Großartig, Riley, ich seh schon die Headline vor mir: Leben im wilden Kanada, zwischen Grizzlybären und dichten Baumspitzen«, hatte mein Boss Jack geschwärmt, »von unserer waschechten kanadischen Redakteurin Riley Wilson!«

Er setzte auf mich und ich wollte ihn auf keinen Fall enttäuschen. Für den Reisebericht hatte ich nur fünf Wochen Zeit, aber ich war jahrelang nicht mehr hier gewesen, wie sollte ich es also authentisch rüberbringen? Die Leserinnen und Leser würden sofort weiterblättern, sobald sie merkten, dass ich mir Anekdoten aus den Fingern sog.

»Ist Dad schon draußen bei den Rindern?«, fragte ich Mom, die gerade ihren zweiten Pancake verputzt hatte.

Sie strich sich eine gelockte Strähne hinters Ohr. »Ich kann ihn einfach nicht davon abhalten, jeden Morgen um fünf Uhr aufzustehen. Dabei würde ihm ein bisschen Ruhe guttun.«

»Immerhin hat er schon einen Großteil seiner Rinder abgegeben, das ist ihm schon schwer genug gefallen«, rief ich ihr in Erinnerung, woraufhin sie geräuschvoll ausatmete und bedächtig nickte.

Was das anging, konnte ich Dad gut verstehen. Immerhin wusste ich, wie es sich anfühlte, wenn sich das Leben vom einen auf den anderen Tag änderte. Sein ganzes Leben lang war Dad Farmer gewesen und kannte nichts anderes als seine Rinder und die wenigen Hühner. Sie gehörten zu ihm wie Ahornsirup zu Kanada und zuzugeben, dass er all dem nicht mehr gewachsen war, hatte ihm schwer zugesetzt.

»Du hast recht, das ist schon mehr, als ich jemals erhofft habe«, räumte sie ein. »Du kennst ihn ja.«

Ich lächelte und erinnerte mich an die Zeiten, in denen ich Dad oftmals mit den Tieren zur Hand gegangen war und mich weder vor Mist noch Kuhfladen ekelte. Sorglos flitzte ich durch die Ställe, kraulte die Rinder zwischen den Ohren und fütterte sie mit der Hand. Es kam mir vor, als wäre das eine Ewigkeit her. Hatte ich mich in den fünf Jahren in New York City etwa so verändert?

Nachdem ich Mom geholfen hatte, das Geschirr zu waschen und abzutrocknen, wühlte ich in meinem Koffer nach einem passenden Paar Schuhe. Aber weiße Sneaker oder nietenbesetzte Stiefel waren wohl nicht das richtige Schuhwerk.

»Habt ihr noch ein Paar Gummischuhe übrig?«, fragte ich Mom, die gerade im Bad stand und sich das Haar bürstete.

»Schau mal im Schuhschrank, da müssten deine alten immer noch stehen.«

Und tatsächlich – in dem selbstgebauten Schränkchen von meinem Dad unter der Treppe standen meine türkisfarbenen Gummistiefel mit gelbem Blumenmuster. Die hatte ich bis vor fünf Jahren fast jeden Tag getragen und dementsprechend abgenutzt sahen sie aus. Ich schlüpfte hinein und sofort fühlte ich mich der Farmerstochter von früher wieder näher. Als hätte ich ein verlorengeglaubtes Stück meiner selbst wiedergefunden.

»Sie stehen dir nach wie vor«, meinte Mom zwinkernd, schulterte eine Handtasche und schlüpfte in ihre beigen Loafer.

»Gehst du wieder in den Kindergarten, Bücher vorlesen?«, erkundigte ich mich.

»Nein, heute gehe ich ins Seniorenheim, die alten Leute ein bisschen bespaßen, mit ihnen reden, was so anfällt.« Sie zuckte mit den Schultern und tat so, als sei es völlig normal, dass sie mehreren Ehrenämtern nachging.

»Ins Seniorenheim?« Ich runzelte die Stirn. »Machst du das etwa noch zusätzlich zu der Tätigkeit im Kindergarten und im Feinkostladen von Patricia?«

Sie nickte. »Ach, du weißt doch, die Menschen im Seniorenheim bekommen immer seltener Besuch und niemand sollte einsam sein. Und da ich sowieso kaum was zu tun habe ... «

»Das hört sich für mich nicht gerade an, als hättest du«, mit den Fingern zeichnete ich Anführungszeichen in die Luft, »kaum was zu tun.«

Wir sahen uns an und dann mussten wir auf einmal lauthals lachen. Genau wie Dad konnte Mom es nicht sein lassen, und ausgerechnet sie verlangte von ihm kürzerzutreten. Kein Wunder, dass die beiden sich vor 33 Jahren kennen und lieben gelernt hatten, sie passten zusammen wie die Faust aufs Auge.

»Bis zum Mittag bin ich wieder da, dann gibt es Poutine«, verkündete sie, ehe wir uns voneinander verabschiedeten und die Haustür hinter ihr ins Schloss fiel.

Himmel, wann hatte ich das letzte Mal Poutine gegessen? Es war die kulinarische Spezialität in Kanada schlechthin und in New York war es schier unmöglich, anständiges Poutine zu bekommen. Mir lief bereits das

Wasser im Mund zusammen und ich konnte das Mittagessen kaum erwarten! Ein Gutes hatte es doch hergekommen zu sein.

Nachdem ich mir meine Jacke übergezogen hatte, trat ich in die kühle Morgenluft und lief den matschigen Weg entlang zu den Ställen der Rinder. Bereits von Weitem hörte ich das vertraute Muhen und kaum erblickte ich die Hereford-Rinder, stahl sich ein Lächeln auf mein Gesicht. Na gut, möglicherweise hatte ich das Landleben doch vermisst – aber nur ein bisschen. Von Dad war hingegen weit und breit keine Spur. Wo steckte er nur?

Ich stieg durch das stählerne Gerüst in den Stall hinein und sank sogleich mehrere Zentimeter in Stroh und Fäkalien ein. Mit schweren Schritten durchquerte ich die mehrere Hektar große Stallung und fuhr mit den Fingern über das weiche Fell der Rinder, die mir ihre feuchte Nase entgegenstreckten. Jedes der Tiere hatte ein anderes Fellmuster, ihre Schwänzchen wippten von links nach rechts und sie ließen sich von meiner Anwesenheit in keiner Weise stören. Ich stapfte durch den Stall und ließ meinen Blick über die Tiere schweifen, es waren deutlich weniger als vor fünf Jahren. Dass er so viel aufgegeben hatte, fühlte sich für mich auf seltsame Weise bedrückend an. Ich war so lange nicht hier gewesen, was hatte ich wohl noch verpasst?

So einiges, wie sich herausstellte, als ich die Stimme meines Dads und eine weitere, nur allzu bekannte, vernahm. Zwischen den Rindern und einem gigantischen Heuballen standen niemand anderes als mein Dad und

Jameson. Während sie mit Heugabeln das Futter auflockerten, unterhielten sie sich, lachten losgelöst und bemerkten mich gar nicht.

Ich war nicht darauf vorbereitet, ihn so schnell wiederzusehen und genau das traf mich eiskalt. Wie messerscharfe Spitzen, die sich in meinen Brustkorb bohrten, und mir die Luft zum Atmen raubten. Jameson trug, wie bereits gestern, ein Flanellhemd, darunter ein T-Shirt und das lockige Haar klebte ihm auf der Stirn. Er wirkte stämmiger, muskulöser und erwachsener, aber nicht weniger gutaussehend. Dessen war sich sicherlich auch die Frau, die ihn gestern Abend besucht hatte, im Klaren. Nicht dass Jameson je ein Aufreißer gewesen war, aber es grenzte an ein Wunder, dass er nicht schon verheiratet und Vater war. Er hatte eine Art an sich, unverfänglich mit anderen in Kontakt zu treten, der man sich nicht entziehen konnte. Er war mehr als der Typ von Nebenan, war sich dem aber nicht bewusst.

Da sah Jameson auf einmal auf und direkt in meine Augen. Am liebsten hätte ich mich abgewandt, um nicht seinem feindseligen Blick ausgesetzt zu sein, aber ich wollte nicht aufgeben. Einen Teufel würde ich tun, um ihm diese Genugtuung zu bescheren.

»Riley, guten Morgen«, durchbrach Dad den unangenehmen Moment und winkte mich zu ihm. »Wolltest du deinem alten Herrn zur Hand gehen?«

»Jetzt, wo ich schonmal da bin-«

»Weißt du überhaupt noch, wie das funktioniert?«, fuhr Jameson dazwischen und stützte den Ellbogen auf dem Griff der Heugabel ab, als wollte er mich herausfordern. »Körperliche, ehrliche Arbeit? Oder hast du schon vergessen, woher du stammst und wie man eine Mistgabel hält?«

Was bildete er sich nur ein? Woher nahm er das Recht, über mich zu urteilen, obwohl er keinen blassen Schimmer davon hatte, wie mein Leben die letzten Jahre verlaufen war? Hoffte er, mich so schneller loszuwerden? Störte ich sein trautes Landleben und sein – offensichtlich – aufregendes Sexleben? Aber Jameson hatte die Rechnung ohne mich gemacht, ich zeigte mich nicht unterwürfig und zog den Schwanz ein. Ganz im Gegenteil: Ich holte zum Gegenschlag aus und er sollte sich lieber warm anziehen. In New York City musste ich mich besonders zu Beginn meiner Journalistenkarriere mit sexistischen und chauvinistischen Männern rumschlagen, ich hatte gelernt, für mich einzustehen.

Kapitel 4 – Jameson

Wie sie so dastand, die Arme in die Hüfte gestemmt, die Füße in den alten Gummistiefeln und der funkelnde Blick in ihren Augen, belustigte der Anblick mich. Sie wirkte so fehl am Platz und doch machte es mir bewusst, wie tief die Wunde war, die sie hinterlassen hatte. Deshalb machte es mich umso rasender, dass sie hier ankam und so tat, als sei nichts gewesen. Als wäre sie einfach für ein paar Jahre weg gewesen und jetzt zum Kurzurlaub da. Und mit Wut konnte ich wesentlich besser umgehen als mit Schmerz.

»Du hast wohl vergessen, dass *ich* auf einer Farm mit Rindern aufgewachsen bin«, widersprach sie und zog die Augenbrauen in die Höhe, »und du den Umgang mit ihnen von meinem Dad und mir erlernt hast.«

Ich stieß ein Lachen aus. »Ach, und darauf bildest du dir was ein? Ich versorge mich mit meiner Farm selbst, und womit verdienst du deine Kröten? Mit reißerischen Artikeln?«

Ihr siegessicherer Gesichtsausdruck wich einem wütendem und sie presste die Lippen aufeinander. Entweder wusste sie nichts darauf zu erwidern oder sie verkniff sich die Worte, weil sie nicht für die Ohren ihres Dads gemacht waren.

»Echt jetzt? Du willst einen Wettbewerb heraufbeschwören, wer von uns den lukrativeren Job hat?« Provokant pustete Riley sich eine rote Haarsträhne aus ihrem Gesicht.

Na gut, sie hatte recht, vielleicht benahm ich mich gerade etwas kindisch, aber es bereitete mir einfach zu viel Spaß, sie auf die Palme zu bringen. Es war eben meine Art, mit ihr und der Situation umzugehen. Vielleicht nicht gerade nett und etwas, womit ich mich brüsten konnte, aber besser als die Worte, die sich seit ihrer Rückkehr in meinem Kopf angestaut hatten.

»Kinder!«, ging Rileys Dad dazwischen und blickte, die Augenbrauen zusammengezogen und die Lippen aufeinandergepresst, zwischen uns hin und her. Es sollte wohl einschüchternd wirken, aber wenn man Kenneth kannte, wusste man, dass er nie jemandem lange böse sein konnte. »Beruhigt euch, Streit ist weder für die Tiere noch für euch gut.«

»Ja, aber Dad, ich bin auch gar nicht –«

Ehe Riley aussprechen konnte, warf Kenneth ihr die Heugabel zu, die sie gerade so auffing. »Der alten Zeiten willen?«, fragte er.

Auf ihrem Gesicht bildete sich ein Lächeln, das ihre strahlend grüne Augen erreichte und mich für einen winzigen Augenblick an die Frau von damals erinnerte, in die ich unsterblich verliebt gewesen war. Doch so schnell wie die Erinnerung in meinen Kopf schoss genauso schlagartig die Wut zurück und zerstörte die Illusion. Damals war alles anders, damals war eine Zeit, die schon lange vorüber war und die sich nie wiederholen würde.

»Du weißt doch, Dad«, erwiderte Riley, »einmal Farmerstochter, immer Farmerstochter.« Dabei warf sie mir einen Blick zu, der mir zweifelsohne sagen sollte, dass sie nach wie vor etwas von der Arbeit auf einer Farm verstand. Das waren allerdings nur Worte, einzig Taten konnten das bezeugen.

Kenneth lachte und drückte seiner Tochter einen Kuss auf den Scheitel. »Kriegt euch nicht wieder in die Haare, ihr wisst ja, meine Rinder erzählen mir alles«, scherzte er, ehe er sich davonmachte.

Und da standen wir uns nun gegenüber, die Heugabeln in den Händen und starrten uns an. Nun war das eingetreten, was ich vermeiden wollte: mit Riley allein zu sein. Das konnte nur schiefgehen.

Ganze zehn Minuten arbeiteten wir schweigend vor uns her, als ich nicht weiter mitansehen konnte, wie sie unbeholfen in das Heu stocherte und dabei jedes Mal nach hinten torkelte. Hatte ich also recht, sie saß wohl den ganzen lieben langen Tag auf ihrem Hintern im Büro und krümmte den Finger nur, um den nächsten Caramel Macchiato zu schlürfen.

»Von wegen Farmerstochter bleibt Farmerstochter, wohl eher Tippse bleibt Tippse.« Die Worte hatten meinen Mund schneller verlassen als ich darüber nachdenken konnte. Jetzt war es zu spät sie zurückzunehmen.

Riley hielt in ihrer Bewegung inne, ihr Kopf schnellte zu mir herum und plötzlich warf sie die Heugabel auf den Boden. »Was ist dein Problem, Jameson?«, fuhr sie mich ungehalten an und zog, genau wie ihr Dad, die Augenbrauen zusammen.

Ich lachte auf, stützte mich auf dem Griff der Gabel ab und machte den Fehler, auf ihre Frage einzugehen. »Du willst wissen, was mein Problem ist?« Dabei war es offensichtlich, dass es rhetorisch gemeint war – niemand von uns beiden wollte die Wahrheit hören. Denn die Wahrheit beinhaltete zu viel Schmerz, zu viel Trauer und zu viel, das unausgesprochen zwischen uns stand.

»Ja, ich habe die letzten fünf Jahre in einem Büro verbracht und nicht auf einer Farm«, platzte es aus mir heraus, »aber das gibt dir noch lange nicht das Recht, so abfällig über mich zu reden.«

Wieder standen wir uns in fast feindseliger Manier gegenüber, den Blick auf den anderen gerichtet und warteten auf – ja, auf was eigentlich? Darauf, dass auf einmal jeder Fehler und jedes Problem verpuffte und wir wieder zu dem wurden, war wir gewesen waren? Nichts davon würde geschehen und das, obwohl die Glut unseres erloschenen Feuers spürbar war. Wir wollten nicht riskieren, uns ein weiteres Mal zu verletzen.

Ich kratzte mich am Hinterkopf, hob Rileys Mistgabel auf und reichte sie ihr. »Nimm schon, ich will dir nichts Böses«, brummte ich.

Mit hochgezogenen Augenbrauen nahm sie die Gabel. »Ach, das soll ich dir glauben? Gerade hast du genau das Gegenteil bewiesen.«

»Ich wollte dich nur ärgern«, gestand ich ein, »tut mir leid, falls es anders rübergekommen ist.«

Diesmal war sie diejenige, die spitz auflachte. »Falls es anders rübergekommen ist? Du wolltest doch, dass es genauso rüberkommt! Dass es mich verletzt und ich wie ein Kaninchen in mein Loch zurückkrieche!«

Scheiße, sie hatte sowas von recht und es war dumm von mir, davon auszugehen, dass sie nach all den Jahren nicht mehr wusste, mich einzuschätzen. Riley kannte mich wie kein anderer Mensch, wir hatten Geheimnisse geteilt, tausende von Küssen und viele Jahre. Für die nächsten Wochen mussten wir uns damit arrangieren, uns zwangsläufig über den Weg zu laufen und das Beste daraus zu machen. Es war einfacher, als sie nicht da gewesen war. *Ach, war es das?*, sprach mir meine innere Stimme zu. Einfacher oder nicht einfacher, die Gefühle waren immer da, egal ob Riley hier war oder mehrere hundert Meilen entfernt. Und somit war Riley doch allgegenwärtig, oder das, was von uns übriggeblieben war. Ein Stück Erinnerung, ein altes Wir, Milliarden von Emotionen.

Gerade stocherte Riley wie wild mit der Mistgabel im Heu herum, dass ich befürchtete, sie würde sich selbst aufspießen, als ein Rind sie anstupste und sie mit dem Hintern auf den Boden fiel.

»Verdammt, Riley, pass doch auf«, murmelte ich und machte Anstalten, ihr aufzuhelfen, als sie in schallendes Gelächter ausbrach. Ihr Lachen füllte die gesamte Stallung aus und im ersten Moment war ich viel zu verblüfft, um die Albernheit der Situation zu begreifen.

»Tja, mein Hintern hat wohl wirklich vergessen, wie gemütlich es sich auf Heu sitzt«, stieß sie hervor und dann konnte auch ich ein Lachen nicht länger zurückhalten.

»Was meinst du, wie doof würden deine Kolleginnen und Kollegen dreinschauen«, scherzte ich, »wenn du statt auf einem Schreibtischstuhl auf einem Heuballen sitzt?«

Ihr Lachen verstummte und sie sah mich an, als wollte sie sichergehen, dass ich das gesagt hatte. Als wäre es so abwegig, dass ich in ihrer Anwesenheit Witze riss.

»Du weißt doch, wie Stadtmenschen drauf sind, die kennen sowas gar nicht. In New York gibt's fliegende Autos, Lebensmittel aus dem 3D-Drucker und Hoverboards!«

Und damit durchbrach sie die Stille, die zwischen uns lag, und wir lachten aus vollem Halse. Bestimmt so laut, dass selbst Kenneth, wo auch immer er sich herumtrieb, uns hören konnte. Zum Glück war Brenda nicht hier, denn sie würde da viel zu viel hineininterpretieren und das wollte ich auf keinen Fall. Es war eine Momentaufnahme, nicht mehr und nicht weniger.

»Hoverboards?«, gab ich gespielt überrascht zurück. »Dann wird's schleunigst Zeit, dass ich nach New York reise! Scheint 'ne ziemlich coole Stadt zu sein ... «

»Sag ich doch! Oder denkst du, ich lass mich in irgendeiner Stadt aus dem vergangenen Jahrhundert nieder, in dem es an guten Internetleitungen scheitert und man eine geschlagene Stunde zum Flughafen pendeln muss?« Sie streckte mir die Zunge raus und ich konnte nichts anders, als lachend den Kopf zu schütteln. Das war Riley, wie ich sie kennen und lieben gelernt hatte. Nie um einen Spruch verlegen und nie zu schade, auch mal über sich selbst zu lachen. Es war verrückt, wie schnell sich die Situation gewendet hatte, wo wir uns doch gerade noch angekeift hatten.

Ich grinste sie an und reichte ihr meine Hand, um ihr aufzuhelfen. »New York City hat dich ganz schön verwöhnt, was?«

Sie sah mich an und in ihren grünen Augen lag ein Blick, so traurig und schüchtern, dass es mich schmerzte. Hatte ich was Falsches gesagt? War es überhaupt möglich, etwas Zerbrochenes in die Hände zu nehmen, ohne weitere Risse zu hinterlassen?

Dann ergriff sie meine Hand, ich zog sie hoch und der Augenblick, als sich unsere Haut berührte, fühlte sich wie eine Ewigkeit an. Und die Ewigkeit konnte schneller voranschreiten als man wünschte. Kaum hatte Riley wieder Boden unter den Füßen, klopfte sie sich den Dreck von den Klamotten, nahm die Heugabel und machte sich wieder an die Arbeit.

»Verwöhnt, verändert, verkatert«, antwortete sie und lachte, »nenn es, wie du willst.«

»Verkatert? Seit wann stehst du auf Partys?«

»Ach, in New York gibt's ständig an jeder Ecke eine Party«, sie zuckte mit den Schultern, »aber du hast recht, das ist nichts für mich. So ein Drink in einer Bar oder ein fettiger Burger-to-go sind eher mein Ding.«

Ich tippte mit dem Finger an mein Kinn und konnte mir das Grinsen nicht verkneifen. »Da fällt mir ein ... fettige Burger und Hoverboards, erinnerst du dich noch an den Abend, an dem wir im Autokino waren? Du wolltest unbedingt einen Burger und dann hast du mir den Sitz meines Wagens vollgesaut.«

»Oh nein, bitte, Jameson! Sag nicht, dass du mir das immer noch vorhältst!«

»Hey, ich hatte das Auto erst wenige Tage«, warf ich gespielt beleidigt ein, woraufhin sie gluckste.

»Und es hatte weitaus mehr Tage auf dem Buckel als der älteste Mensch in White Field!«

Ich konnte mich noch genau an die Farbe meines ersten Autos erinnern, ein rostiges Tannengrün und graue Sitzbezüge, die ziemlich durchgesessen waren. Allerdings war das in Anbetracht des Alters kein Wunder, immerhin war es rund 25 Jahre alt, aber noch befahrbar. Und dazu günstig, was wollte man also mehr? Da ich gerade 18 geworden und den Führerschein bestanden hatte, wollte ich unbedingt Riley ausführen. Sie lag mir schon seit Wochen mit dem neueröffneten Autokino etwas außerhalb von White Field in den Ohren, also erfüllte ich ihr den Wunsch. Ich konnte mich nur zu gut daran erinnern, wie wir vor der riesigen Leinwand saßen und eine Wiederholung von *Zurück in die Zukunft* sahen und Rileys Augen vor Freude glänzten. Noch mehr glänzten sie, als ich ihr einen Burger spendierte, sie diesen in Windeseile im Wagen verputzen wollte und dabei kleckerte. Natürlich war ich fuchsteufelswild, Riley hingegen fand das zum Totlachen, was mich nur noch rasender gemacht hatte. Das gesamte Gelände bekam meinen Anfall mit und nachdem wir sogar verwarnt wurden, hielt ich meine Klappe. Schließlich wollte ich Riley nicht den Abend verderben und außer meiner eigenen schlechten Laune noch eine schlechtgelaunte Freundin neben mir sitzen haben. Denn wenn Frauen gefährlich waren, dann wenn sie schlechte Laune hatten.

»Noch Jahre danach hab ich den Fleck der Burgersauce auf dem Beifahrersitz gesehen«, meinte ich.

»Ich weiß ja noch, wie du wie verrückt den Bezug geschrubbt hast!« Riley hielt sich den Bauch vor Lachen und ein paar losgelöste Strähnen aus ihrem Zopf fielen ihr ins Gesicht.

»Oja, ich hab Stunden damit verbracht!«

Es fühlte sich seltsam und vertraut zugleich an, in Erinnerungen zu schwelgen und ich fragte mich, wie lange das noch gutging. Zwar hatten wir uns gerade im Griff, aber für wie lange? Wann würde der letzte Tropfen Benzin in das Feuer gekippt, das alles entfachte? Und was würde es diesmal alles zerstören?

Nachdem wir die Rinder mit frischem Heu versorgt hatten, füllten wir zwei Eimer mit Getreideschrot und fütterten sie damit. Eins musste man Riley lassen, die Nähe zu den Tieren hatte sie beibehalten und sie schreckte auch nicht vor Dreck zurück. Vielleicht wollte ich ein schlechtes Bild von ihr haben, um all die guten Erinnerungen und was uns einst miteinander verband verdrängen zu können. Tja, das hatte ja nicht gut funktioniert. Sie war wie die alte Riley, nur ein bisschen ... verändert. Aber womöglich sah sie mich genauso, immerhin waren viele Jahre vergangen.

»Und, New York gefällt dir immer noch?«, fragte ich.

»Ja, es ist toll, genau wie ich es mir vorgestellt habe«, sie zögerte und warf mir einen Blick zu, »und ganz anders als White Field. Groß, anonym, laut – genau das Gegenteil eben.«

»Es war alles, was du wolltest.« Meine Stimme hörte sich viel zu kraftlos an und ich nahm mir nicht einmal selbst ab, was ich sagte. Wobei es stimmte, New York hatte Riley seit jeher fasziniert und da war es keine Überraschung, dass es sie dahin verschlagen hatte. Und von ihren Eltern hatte ich gehört, dass sie ihren Traum, in einer renommierten Zeitschrift zu arbeiten, verwirklicht hatte. Es war *fast* alles, was sie wollte.

»Sogar mehr, ich hab ein Appartement, von dem aus ich den Central Park sehen kann – ein bisschen Natur hab ich mir beibehalten.«

Ich nickte. »Heimatgefühl, hm?«

»Ach, na ja, ich hab ohnehin kaum Zeit, durch den Park zu schlendern.«

»Spannt dich die Arbeit so ein?«

Da ihr Eimer leer war, füllte sie ihn auf und streckte einem Rind eine Handvoll Getreide hin. Es schlabberte das Futter mit seiner Zunge ab und sie lächelte. »Ich bin stellvertretende Redaktionsleitung, da gibt's immer genug zu tun und mein Boss brummt mir gern Zusatzarbeit auf. Aber ich weiß, dass er auf mich setzt und meine Arbeit ist, nun ja, alles für mich.«

Das hörte sich wirklich nicht so an, als hätte sie viel Freizeit oder war darauf aus, durch die belebten Straßen zu ziehen. Das sah ihr gar nicht ähnlich, hatte sie früher doch immer unsere Abende am Wochenende geplant.

»Und deine Artikel werden dann so richtig in Zeitschriften abgedruckt?«

»Klar, was denkst du denn?«

»Geht's darum, wie man Lippenstift richtig aufträgt oder die Brüste unter dem Abendkleid tapt?«, zog ich sie auf und prompt stieß sie mir mit dem Ellbogen in die Seite.

»Ich schreibe für die Lifestyle-Rubrik, darin geht's eher weniger um Lippenstift, sondern um coole Restaurants, Bars und sowas.«

»Und da berufen sich die Leser auf Artikel von jemanden, der kaum Zeit findet, um auszugehen?«

Obwohl ich damit rechnete, mir wieder einen Seitenhieb einzufangen, umspielte ein Schmunzeln ihre Lippen. »Es ist ja nicht so, dass ich gar nicht aus dem Haus gehe und ein Couchpotato bin. Die erste Zeit hab ich jeden Abend New York ausgekundschaftet, aber mittlerweile hab ich andere Prioritäten.«

»Ach ja, welche denn?«

»Irgendwann alle Essenslieferanten in der City getestet zu haben!« Sie lachte und wirkte mit einem Mal verlegen, so als wollte sie nicht mit der ganzen Wahrheit rausrücken. Aber was erwartete ich auch? Zwar unterhielten wir uns, aber das alles war mehr Maskerade und Schauspiel als ein ehrliches Miteinander. Wir näherten uns an und doch waren wir noch so weit voneinander entfernt wie die Sonne von der Erde und noch unzählige weitere Lichtjahre. Wir waren wie zwei Fremde, die sich aus der Ferne beobachteten, sich zuwandten und dann wieder den Rücken zudrehten. Ob wir irgendwann aufeinander zulaufen und uns kennenlernen würden? Gerade fühlte sich die Entfernung unüberwindbar an, steinig, beschwerlich und Riley außer Sichtweite. Wir gingen unsichere, holprige Schritte und wer wusste, ob wir jemals beieinander ankommen würden.

Kapitel 5 — Riley

Vor 12 Jahren

Obwohl ich Jameson schon mein ganzes Leben lang kannte und wir auch einige Kurse in der Highschool zusammen hatten, fühlte es sich diesmal anders an. Nicht als würde ich mit einem Freund den Stall entmisten, sondern als wäre es ein Date. Ziemlich schräg, was? Ein Date in einem Stall voller Rinder und Kuhmist, das war wohl eben Kanada.

Die Sonnenstrahlen knallten vom Himmel herab und ich wischte mir den Schweiß von der Stirn. Stallungen bei solch einer Temperatur auszumisten, sollte verboten werden – aber das gehörte nun mal zum Farmleben dazu und ich hatte meinen Dad sogar angebettelt, sie allein mit Jameson ausmisten zu dürfen. Sonst erledigten wir die Arbeit meist zu dritt, da er sowieso oft bei uns aushalf. Natürlich hatte Dad sich gewundert, aber er war auch froh gewesen, weiter an der Scheune werkeln zu können.

»Ich hab ganz unterschätzt, wie anstrengend es ist, einen ganzen Stall auszumisten«, meinte Jameson und stieß geräuschvoll Luft aus.

Ich grinste. »Also lieber keine Rinder, wenn du später deine eigene Farm hast?«

Er schüttelte wie wild den Kopf, sodass ihm die dunklen Locken auf die Stirn fielen. »Doch, auf jeden Fall. Eine Farm ist eben Arbeit, aber ich kann mir auch nichts anderes vorstellen.«

Die eine Ecke der Stallung war geschafft und der Misthaufen war bereits überdimensional groß. Den Geruch nahm ich schon gar nicht mehr wahr, war ich doch hier aufgewachsen und kannte es nicht anders. Morgens aufwachen, das Fenster öffnen, den Kopf rausstrecken und den Duft von Mist in der Nase haben? Check. Liebte ich das Leben auf unserer Farm auf dem schönsten Fleck der Erde dennoch? Check. Die hohen Bergspitzen, die dichten Wälder und die wilde Natur Kanadas waren all das wert. Ich war überzeugt, dass es nirgendwo schöner war als in White Field.

»Echt nicht? So gar nichts anderes?«, hakte ich nach. »Hast du keine verrückten Träume? Eine Weltreise, Bungeejumping, einen Berg besteigen oder mit Schweinen im Meer schwimmen?«

»Mit Schweinen im Meer schwimmen?« Jameson lachte, stützte sich mit dem Ellbogen auf der Heugabel ab und strich einem vorbeilaufenden trächtigen Rind über den Bauch. Unsere Blicke trafen sich und diesmal schaute ich nicht wie sonst weg, sondern hielt dem stand. Es war unübersehbar, dass zwischen Jameson und mir etwas war, wir uns aber nicht trauten, es zuzugeben. Seit ich denken konnte, lebten wir nebeneinander, gingen auf der Farm des anderen ein und aus und verbrachten mehr Zeit miteinander als mit irgendjemand anderem. Auch meinen Freundinnen Erin und

Cassie fiel in der Highschool natürlich auf, wie Jameson mich immer wieder anschaute und ich verlegen den Blick abwendete.

»Dass ihr euch nicht schon längst geküsst habt!«, hatte Erin neulich gemeint, als wir an unseren Spinden standen und Jameson mit seinen Kumpels wenige Meter entfernt im Flur der Schule. »Oder hast du Angst, eure Freundschaft aufzugeben?«

Hatte ich das? Und bedeutete es zwangsläufig, wenn man jemanden liebte, dass man die Freundschaft zu ihm verlor? Entstand dadurch nicht eine andere Art von Freundschaft? Und überhaupt, wie konnte man, wenn man liebte, etwas verlieren? Gab Liebe nicht unendlich viel, das sich nicht in Worte fassen ließ?

So dachte ich damals.

»Hast du etwa noch nie davon gehört, dass man mit Schweinen schwimmen ... « Ehe ich zu Ende sprechen konnte, schubste mich ein Rind von hinten und ich konnte mich nicht mehr auf den Beinen halten. Ich torkelte nach vorne in einen Heuballen rein. Autsch, gepresstes Heu konnte ganz schön widerspenstig sein. Ich rieb mir den Kopf und kam mir vor wie eine zu klein geratene Vogelscheuche, die allein durch ihre Tollpatschigkeit Vögel und Krähen verscheuchte.

»Riley? Alles okay? Hast du dir wehgetan?«, fragte Jameson besorgt und kam sofort zu mir, um mir aufzuhelfen. Er pickte mir das Heu aus den Haaren, als mir prompt eine Idee kam.

»Weißt du, was dir auch gut stehen würde?« Ich grinste ihn an und bevor er begriff, bewarf ich ihn mit einer Hand voll Heu.

Mit weit aufgerissenen Augen sah er mich an. »Na, warte ... «

Ich rannte los und zwischen den Rindern hin und her, aber irgendwie schaffte Jameson es trotzdem, mich mit Heu zu bewerfen. Wir lieferten uns eine eifrige Heuschlacht, ehe er mich mit der Hand an der Hüfte erfasste und mich zu sich zog. Auf einmal waren wir uns nahe, unsere Schuhspitzen berührten sich und sein warmer Atem streifte meine Wange. Warum machte mich Jamesons Nähe so nervös? Ich hatte ihn schon unzählige Male umarmt, mit ihm Fangen gespielt und im Stall der Rinder Zeit verbracht. Aber diese Nähe war so anders, so innig und vertraut, dass ich auf einmal verstand, wie sich Verliebtsein anfühlte. Es reichte nicht, ihm nahe zu sein, ich wollte seine Lippen auf meinen spüren und das für immer.

»Jameson«, flüsterte ich.

Er legte mir einen Finger auf die Lippen, zog mich an sich heran und küsste mich. Es war ein zarter, schüchterner Kuss und genau das, wonach ich mich sehnte. Jamesons Lippen fühlten sich warm und weich an, als könnte ich nie genug davon bekommen. Das war er also, mein erster Kuss, *unser* erster Kuss – in einem Stall voller Rinder. Ich konnte mir nichts Schöneres vorstellen.

Wir lösten uns voneinander und verharrten noch einen Augenblick lang. Unsere Fingerspitzen berührten sich zaghaft und ein Prickeln, das mich erschaudern ließ, fuhr durch meinen Körper. Wenn sich Verliebtsein schon so anfühlte, wie fühlte sich dann erst Liebe an? Als blieb die Welt einen Augenblick lang stehen und drehte sich dann umso schneller weiter. So schnell, dass mir schwindelig wurde und Jamesons Nähe das Einzige war, das mir Halt bot.

»Das war schön«, hauchte ich nach einer Weile.

Er nickte und lächelte mich zaghaft an. »Hast du es dir so vorgestellt, unseren ersten Kuss?«

»Du meinst, in einem Stall und Heu in den Haaren?« Ich lachte und verschränkte meine Finger mit seinen. »Es war viel schöner, als ich mir vorgestellt hab. Wirklich.«

Und so standen wir inmitten der Rinder, blickten uns in die Augen und wollten uns gar nicht mehr loslassen. Nun war es also passiert, ich hatte mich ein für alle Mal in den Nachbarjungen verknallt, in den Jungen, den ich seit Kindheitstagen kannte. Plötzlich sah ich ihn nicht mehr als den Sandkastenfreund an, der er war, sondern als ... festen Freund. Er war der Junge, der mir den ersten Kuss und mein Herz gestohlen hatte.

»Riley Wilson, du machst ich ganz verrückt.« Unsere Lippen fanden sich ein weiteres Mal und ich konnte mir beim besten Willen nicht vorstellen, jemals genug davon bekommen zu können.

Kapitel 6 — Jameson

»Riley?«

Ihr Kopf schnellte zu mir herum. Sie schien meilenweit entfernt zu sein, ganz woanders mit ihren Gedanken.

»Hast du was gesagt?«

»Deine Mom hat uns zum Essen gerufen«, sagte ich, stellte die Heugabel ab und marschierte schnurstracks aus der Stallung. Riley hingegen stand immer noch auf derselben Stelle und bewegte sich nicht vom Fleck. »Kommst du?«

»Ja, sofort!«, rief sie mit brüchiger Stimme, was mich nur noch mehr darin bestärkte, das Weite zu suchen. Tatsächlich hatten wir sowas wie ein Gespräch zustande gebracht, doch als ich die Stallung hinter mir ließ, fiel eine Last von mir. Mit ihr zu sprechen, war weniger schlimm gewesen als erwartet, aber egal wie tief man ein Messer ins Fleisch grub, es schmerzte so oder so.

Im gesamten Haus roch es nach Poutine, mir lief sofort das Wasser im Mund zusammen. Es war nicht nur Kanadas National- sondern auch mein Leibgericht. Was gab es besseres als selbstgemachte Pommes und Bratensauce mit Cheddar Cheese Curds, der schmolz, sobald man ihn untermischte? Brenda servierte sie immer mit Frühlingszwiebeln und Speck, was das Ganze abrundete. Simpel, aber köstlich.

Kenneth saß bereits am Tisch und leerte in wenigen Zügen ein Glas Limonade, ehe er mich bemerkte. »Nanu, wo hast du denn mein Mädchen gelassen? Sie hat sich doch nicht überanstrengt, oder?«

Ich ließ mich auf dem Stuhl neben ihm fallen. »Sie hat sich ganz wacker geschlagen«, gab ich zur Antwort, was er mit einem Nicken quittierte.

Da kam Brenda herein und wedelte mit einem Bund Frühlingzwiebeln herum. »Die hätte ich doch fast vergessen. Aber Poutine ohne Frühlingszwiebeln ist kein richtiges Poutine, oder Jameson?«

»Da hast du absolut recht«, stimmte ich ihr zu und schenkte mir ebenfalls ein Glas Limonade ein. Kaum benetzte die gelbe Flüssigkeit meine Zunge, stöhnte ich genüsslich auf. Hier waren nicht nur die Pommes und Bratensauce selbstgemacht, sondern auch die Limonade. Einfach himmlisch!

Ein Poltern aus dem Flur ließ mich herumfahren und wenig später stand Riley im Türrahmen. Sie sah aus, als hätte sie einen Geist gesehen – oder eher mich? Jedenfalls wirkte sie alles andere als begeistert und ihre Augen waren leicht gerötet. Hatte sie etwa geweint? Dennoch setzte sie sich an den Tisch, nestelte am Saum ihres Oberteils herum und vermied es, mich anzusehen.

»Na, hast du ordentlich mit angepackt?«, fragte Kenneth seine Tochter, während Brenda uns allen eine großzügige Portion Poutine servierte und sich schließlich zu uns gesellte.

Sie legte die Stirn in Falten. »Hat Jameson etwa was anderes behauptet?«

Ich hatte nicht die leiseste Ahnung, was in sie gefahren war oder was in den letzten Minuten passiert war, aber ich wollte mir von ihr nicht den Appetit verderben lassen. Ich hatte mir nichts vorzuwerfen, sollte sie doch schmollen – mir war es herzlich egal. Ja, wir hatten uns unterhalten, doch was änderten ein paar Worte?

»Quatsch! Was denkst du nur von ihm?« Kenneth lachte und egal, wie bedeutungslos sich seine Frage anhörte, sie traf mich härter als erwartet. Was auch immer Riley von mir hielt, es konnte nichts Gutes sein. Die Zeit, in der das anders war, war schon lange vorüber.

Riley antwortete jedoch nicht, sondern stocherte lustlos in ihrem Essen herum und schob die Pommes von links nach rechts und wieder andersrum. Ich hingegen hatte meine erste Portion fast aufgegessen und da Brenda genug für ganz White Field gemacht hatte, genehmigte ich mir einen Nachschlag. Bei Poutine konnte ich mich einfach nicht zügeln und es blieb bei mir oftmals nicht bei weniger als bei zwei vollen Tellern.

Auch Brenda blieb Rileys Verhalten nicht unbemerkt. »Schmeckt es dir nicht, Liebling? Willst du noch etwas Käse obendrauf?«

»Nein, nein, alles gut«, widersprach sie und nippte an der Limonade, als könnte sie so ihre Mutter beschwichtigen.

»Oder sie hat in New York City verlernt, wirklich gutes Essen zu würdigen«, rutschte es mir heraus, was mir prompt einen bösen Blick einheimste.

Warum war sie überhaupt hier, wenn es ihr so dermaßen gegen den Strich ging? War sie eingeknickt, weil Brenda und Kenneth sie so lange belagert hatten, oder hatte sie plötzlich die Schnauze voll vom Großstadtleben? Sie würde sicherlich nicht freiwillig an den Ort zurückkommen, mit dem sie schlechte Erinnerungen verband. Schmerz und die Traurigkeit überschatteten all die Tage und Nächte, die wir in den Armen des anderen gelegen hatten.

»Erst letztens hab ich einen deiner Artikel im New Yorks Dashing gelesen«, fuhr Brenda fort und schenkte uns allen Limonade nach.

Sie sah auf. »Wie kommst du denn an den New Yorks Dashing, Mom?«

»Ach, die Damen im Seniorenheim haben eine große Auswahl an Zeitschriften, da hab ich ihn zufällig gelesen und seitdem jede Woche.«

»Oh«, war alles, was sie darauf sagte und schob sich eine Pommes mit Sauce und reichlich Frühlingszwiebeln in den Mund. Sie kaute darauf herum, und als hätte sie erst jetzt gemerkt, wie gut Poutine schmeckte, aß sie ihren Teller in Nullkommanichts leer.

Kenneth schob seinen Teller zurück, tätschelte seinen Bauch und erhob sich. Dann streckte er seine Gliedmaßen, nahm einen letzten Schluck Limonade und streifte sich die Jacke über. »Die Rinder habt ihr soweit versorgt?«, fragte er an mich gerichtet.

Ich nickte. »Heu gemacht und gefüttert, später füll ich noch das Wasser nach.«

»Ich danke dir wie immer, Jameson. Und richte deinem Vater aus, wenn er wieder am Lake Rayronto angelt, soll er mir vorher Bescheid geben.« Er klopfte mir auf die Schulter und schlüpfte in seine Arbeitsschuhe.

»Ach herrje!«, machte Brenda auf einmal und schob so schnell den Stuhl zurück, dass er fast umfiel. »In zehn Minuten muss ich ja bei Patricia sein, sie erwartet eine große Lieferung von Ahornsirup!« Sie machte Anstalten, das Geschirr in die Spüle zu räumen und den Tisch abzuwischen.

»Ich mach das, Mom, geh schon«, sagte Riley und Brenda gab ihr zum Abschied einen Kuss auf die Stirn.

»Schlagt euch ja nicht die Köpfe ein«, mahnte sie uns, schnappte sich Tasche und Schuhe und war verschwunden.

Unbehagliche Stille breitete sich aus und schon wieder war das eingetroffen, vor dem ich mich fürchtete. Riley und ich, allein. Kaum zu glauben, dass ich es früher nicht hatte erwarten können, Zweisamkeit mit ihr zu teilen, und das so lange wie möglich. Verdammt, ging das nun ewig so, dass mich alles an ihr an früher erinnerte? Würde das nicht irgendwann wie ein Feuer, das man mit Wasser überkippte, erlöschen?

Wir saßen uns gegenüber, die Blicke auf die leeren Teller vor uns gerichtet, und das beständige Muhen der Rinder füllte die Stille aus. Jede Sekunde, die verging, machte es unerträglicher, mit ihr in einem Raum zu sein. Da sprang Riley plötzlich auf, ließ warmes Wasser in das Spülbecken laufen und räumte das Geschirr zusammen.

Auch wenn ich sie bereits am Tag ihrer Ankunft verärgert hatte und seitdem nicht mit meinen dämlichen

Sprüchen zurückhielt, wollte ich kein kompletter Vollidiot sein. »Soll ich dir helfen?«, fragte ich sie.

»Nein, nicht nötig–«

»Wir werden es doch wohl noch auf die Reihe bekommen, das blöde Geschirr zu spülen und abzutrocknen,
oder?« Meine Stimme klang harscher als beabsichtigt
und ehe ich mich versah, stand ich neben Riley am Küchentresen und trocknete den ersten Teller ab.

»Du musst das nicht«, wisperte sie und rubbelte dabei
das Geschirr viel zu heftig mit dem Waschlappen.

Am liebsten hätte ich den beschissenen Teller auf den
Boden geworfen, aber es brachte nichts jetzt durchzu-
drehen. Ihr ging es wahrscheinlich genauso wie mir
und am schnellsten brachten wir es hinter uns, indem
wir uns beeilten.

»Und dann spülst und trocknest du allein das ganze
Geschirr ab? Ist klar, du solltest wissen, dass ich nicht
so bin«, gab ich zurück.

Wir tauschten noch einen Blick aus und fuhren mit
dem Abwasch fort. Die Stimmung war nicht angespannt, sie war hochexplosiv als könnte sie jeden Moment kippen. Ebenso wie ich wagte Riley es nicht auf-
zuschauen, und starrte stattdessen auf das Spülwasser
vor ihr. Ich wagte es nicht einmal, zu atmen und das,
obwohl mein Herz übermäßig schnell schlug.

»Warum bist du überhaupt hier?« Rileys Stimme glich
einem Flüstern, so leise und undeutlich, als traute sie
sich nicht, überhaupt zu sprechen.

»Was meinst du? Ich wohne nebenan und hab eine
Farm«, antwortete ich verdutzt.

»Richtig, *nebenan*. Das erklärt aber immer noch nicht, warum du *hier* bist. Oder bist du neuerdings zu meinen Eltern gezogen?«

»Ich helfe deinem Dad bei der Farmarbeit. Zufrieden?«

Sie seufzte. »Als ob Dad sich eingestehen würde, dass er Hilfe braucht.«

»Es war nicht ganz einfach, ihn zu überzeugen, das stimmt, aber letztendlich hat er nachgegeben. Dein Dad kennt mich und weiß, dass ich ihm nicht die Farm wegschnappen werde«, erläuterte ich, was sie wohl mehr zufriedenstellte als meine vorherige Antwort. Was seine Farm anging, war Kenneth ein harter Brocken und schwer zu überzeugen, aber ich konnte ihn verstehen. Die Farm bedeutete einem eben alles. Man baute sie mit eigenen Händen auf, da konnte man sich schwer von ihr trennen. Ähnlich ging es auch meinem eigenen Vater. Erst nachdem er gestürzt war und sich mehrere Wochen lang nicht um seine Tiere kümmern konnte, merkte er, dass er doch älter geworden war. Inzwischen hatte er mit dem Angeln einen neuen Zeitvertreib gefunden und schaute nicht mehr jeden einzelnen Tag bei mir vorbei, um sicherzugehen, dass die Farm noch stand.

»Ach so, hm«, machte sie und reichte mir einen weiteren Teller, als sie innehielt und unsere Fingerspitzen sich berührten. »Danke. Ich meine, dass du dich ... um ihn und die Farm kümmerst, wo ich nicht da bin.«

Hörte ich aus ihren Worten ein schlechtes Gewissen heraus? Es war nicht so, dass ich nicht nachvollziehen konnte, dass sie damals abgehauen war. Geflüchtet vor dem Scherbenmeer, dessen Splitter sich bei jedem

Atemzug und Schritt tiefer in sie bohrten. Und ich stand nur daneben und konnte zuschauen, wie sie immer schneller davonlief und das Einzige, das zurückblieb, getrocknetes Blut auf den Trümmern unseres Lebens war. Manchmal gab es keinen anderen Ausweg, manchmal kein Zurück und manchmal kein Wir mehr. Aber Riley hatte nicht nur uns zurückgelassen, sondern viel mehr. Ob ihr das gerade schmerzlich bewusst wurde?

»Keine Ursache«, sagte ich und schaute sie einen Augenblick zu lange an. So vieles an ihr erinnerte mich an die alte Riley – die Sommersprossen auf ihrem Nasenrücken und den Wangen, ihre Augen, die einst wie zwei Smaragde strahlten und heute matt wirkten. Auch vermisste ich das kräftige Rot ihrer Haare, das einem rotblond gewichen war, und in das ich so gerne meine Hand vergraben hatte.

»Und was machst du sonst so? Also wenn du nicht meinem Dad hilfst?«

Ihre Frage überraschte mich. Interessierte sie das wirklich oder wollte sie nur belanglos plaudern? Oder steckte gar was anderes dahinter? Und warum zur Hölle hoffte ich, dass was anderes dahintersteckte?

»Na ja, ich hab die Farm meines Dads übernommen und mir noch weitere Tiere zugelegt. Damit kann ich mich größtenteils selbst versorgen, mache mit dem Verkauf noch Gewinn und wenn auf der Farm nichts zu tun ist, was eigentlich nie eintrifft«, sagte ich, »renoviere ich das Haus. Du weißt ja selbst, dass es ein bisschen in die Jahre gekommen ist.«

»Hmm«, machte sie, reichte mir einen Topf und ließ das Wasser in der Spüle ablaufen. »Renovieren ist ganz schön aufwendig, oder?«

Ich zuckte mit den Schultern. »Von Boden belegen bis hin zu Fenstern austauschen mach ich alles selbst, hab ich schon beim neuen Häuschen meiner Eltern. Anstrengend, aber kostengünstig und besser als Handwerker zu beauftragen.«

Wieder machte sie »hm« und lehnte sich mit dem Rücken gegen den Küchentresen. Sie zwirbelte an einer Haarsträhne und strich sie hinter das Ohr. »Also haben dir deine Eltern alles hinterlassen, Haus und Farm?«

»Jep. Sie haben sich ein Häuschen ein paar Straßen weiter gekauft, damit haben sie weniger Arbeit.« Dass sie mir die Farm vor allem deshalb hinterlassen hatten, damit ich dort eines Tages mit einer Familie leben konnte, sagte ich nicht. Eine Familie. Ein Platz, der Riley vorbehalten gewesen war, und nun womöglich ewig leer bleiben würde.

»Und hast du dir, wie du immer wolltest, Rinder zugelegt?«

Ich grinste. »Dreiundvierzig, um genau zu sein.«

Nun bildete sich auch auf Rileys Gesicht sowas wie ein Lächeln, auch wenn sich ihre Mundwinkel nur ein wenig nach oben zogen. »Du bist ein richtiger Farmer geworden.«

»Was sind denn unrichtige Farmer?«

Sie lachte leise. »Farmer, die nur bei anderen auf der Farm aushelfen, aber selbst keine haben.«

»Na, dann hab ich ja nochmal Glück gehabt.«

Unsere Blicke verfingen sich ineinander und diesmal fühlte sich die Stille nicht so unbehaglich an. Es war, als hätten Zeit und Raum aufgehört zu existieren. Die Sekunden verstrichen und doch schritt der Moment nicht voran. Bis uns ein Klingeln auseinanderriss und Riley ihr Smartphone aus der Hosentasche zog.

»Da muss ich ran, das ist mein Boss«, murmelte sie und starrte erst auf das Display und dann wieder mich an.

»Okay.« Scheiße, sag was, irgendwas, redete ich mir zu. »Du kannst ja mal vorbeikommen, dir die Tiere anschauen.«

Daraufhin nickte sie und verschwand, mit dem Smartphone am Ohr, nach oben in ihr Zimmer. Was zum Teufel war nur in mich gefahren, ihr vorzuschlagen, bei mir vorbeizuschauen? Das war ja ein großartiger Einfall und ich hoffte inständig, Riley würde niemals auf die Idee kommen, der Einladung zu folgen.

Ich wollte sie nicht auf meiner Farm.

Ich wollte sie nicht in White Field.

Ich wollte sie nie wieder in meinem Leben. Warum nur fühlte sich Letzteres wie eine Lüge an?

Kapitel 7 — Riley

»Natürlich hab ich schon mit dem Reisebericht angefangen«, beschwichtigte ich meinen Boss, in der Hoffnung, dass er es schluckte. Ich war gestern erst angekommen und meine Ankunft war alles andere als entspannend gewesen, was erwartete er da? Einen zwanzigseitigen Aufsatz?

»Ich kann mich doch darauf verlassen, dass du ihn in vier Wochen fertig hast, oder Riley?«, fragte Jack und ich hörte im Hintergrund das Rascheln von Papier.

»Sicher. Hab ich dich jemals enttäuscht?«

»Nein, ganz im Gegenteil zu der restlichen Redaktion. Kann es so schwer sein, sich an Abgabefristen und Vorgaben zu halten?«, schimpfte er drauflos. »Rachel macht einen Fehler nach dem anderen, wegen ihr musste ich sogar den Druck stoppen!«

Das hörte sich wirklich nicht gut an, aber was sollte ich tun? Mich sofort in einen Flieger setzen? Das würde Jack wohl am besten gefallen, aber da hatte er sich geschnitten. Wir hatten eine Abmachung – Urlaub gegen Reisebericht, und daran musste auch er sich halten.

»Rachel ist doch erst seit–«

»Seit zwei Monaten in der Redaktion, das ist es ja! Sie hat gar nichts gelernt, rein gar nichts!«

»Jack, sie hat erst vor Kurzem das College abgeschlossen«, versuchte ich ihn zu beruhigen.

»Ach, vergiss Rachel, Brittany treibt mich an den Rand des Wahnsinns! Und sie will Redaktionsleitung werden, ha!«, stieß mein Boss hervor. »Dass ich nicht lache! Ein Glück, dass ich dich habe – du weißt, was du tust und was die Leute lesen wollen.«

Da musste ich doch kichern. Ich konnte es mir bildhaft vorstellen, wie er in seinem Stuhl im Büro saß, die Beine ausgestreckt auf dem Schreibtisch und sich nervös durch die Haare fuhr. Vermutlich zündete er sich gerade aus Verzweiflung eine Zigarette an, als könne das all seine Probleme lösen.

»Ich muss jetzt auflegen, Jack, die Rinder wollen gefüttert werden«, flunkerte ich.

»Ja, na gut, kümmere dich um den Reisebericht. Du wirst bestimmt wieder einen klasse Artikel abliefern! Jaha, Rachel, ich komme sofort! Bis dann, Riley ... «

Die Verbindung wurde beendet und ich atmete erleichtert auf. Da war ich einen Tag weg und schon versank die Redaktion in Chaos? Einerseits war es ein Kompliment, dass ich meine Arbeit gut machte und unverzichtbar war, andererseits konnte einen das ganz schön unter Druck setzen. Aber eine kleine Auszeit hatte ich mir doch verdient, nachdem ich in den letzten fünf Jahren kaum einen freien Tag gehabt hatte, oder?

Mein Smartphone zeigte mir unbeantwortete Nachrichten an, die ich sogleich öffnete. Sie stammten größtenteils von meiner Arbeitskollegin und Freundin Kristen, mit der ich seit meinem ersten Tag beim New Yorks Dashing zusammenarbeitete. Mittlerweile verband uns aber mehr als gemeinsames Recherchieren, das Verfassen von Artikeln und Mittagspausen mit zu viel Kaffee. Sie war zu einer meiner wenigen Freundinnen in der Stadt geworden, mit der ich gelegentlich ausging und mich über mehr als nur den üblichen Klatsch und Tratsch unterhielt. Es fiel mir schwer, Freundschaften zu pflegen, und so waren die meisten meiner Kontakte in New York City eher Bekannte als Freunde.

In der Redaktion ist die Hölle los. Wenn du mich fragst, solltest du eine Gehaltserhöhung von Jack verlangen. Wie geht's dir in der Einöde? Vermisst du schon unseren Kaffeeplausch oder bist du bereits einem Grizzly begegnet?
P.S.: Kannst du meine Nachricht überhaupt lesen oder gibt's da kein Netz?

Kristen hatte noch einen Zwinkersmiley hinzugefügt. Die Nachricht klang ganz nach ihr, eine Portion Humor und eine Brise Zynismus.

Bevor ich es mir anders überlegte und auch noch eine meiner letzten Freundschaften vernachlässigte, wählte ich ihre Nummer. Es klingelte nur kurz, da nahm sie bereits ab.

»Riley, altes Haus!«, ertönte ihre Stimme in einer Lautstärke, die meine Ohren klingeln ließ. »Ich hatte schon die Befürchtung, du hast da oben kein Netz!«

»Netz gibt's, aber mit dem Internet sieht's schlecht aus«, antwortete ich.

Sie stieß geräuschvoll Luft aus. »Das wär ja nichts für mich. Wie hältst du das nur aus? Strickst du Socken, melkst die Kühe oder gehst auf die Jagd nach Bären?«

»Stricken? Kühe melken? Jagen?«, prustete ich los. »Kristen, versuch mir nicht weiszumachen, dass du noch nie auf dem Land Urlaub gemacht hast!«

»Äh, zählen die Hamptons auch?«

Da musste ich nur noch mehr lachen. Kristen stammte nicht aus schlechtem Hause, war in der Upper East Side aufgewachsen und hatte so ziemlich alles in den Schoß gelegt bekommen. Deshalb war sie umso froher, dass sie es als Journalistin ohne das Zutun ihrer Eltern so weit gebracht hatte. Sie hatte eine Vorliebe für sündhaft teure Handtaschen, aber ließ nie die verwöhnte Geschäftstochter raushängen. Sie, das wohlhabende Stadtmädchen, und ich, die Farmerstochter vom Land – unterschiedlicher konnten wir wohl nicht sein, aber manchmal waren Gegensätze genau das, was Freundschaften ausmachten.

»Ach, eigentlich ist es ganz okay hier, zumindest für ein paar Wochen«, meinte ich und schaute aus dem Fenster, das mir bei Tageslicht offenen Blick auf die Stallungen nebenan gewährte. Jameson war gerade dabei, den Wassertrog bei seinen Rindern zu überprüfen, als ihm ein Rind am Ohr herumschlabberte. Er zuckte zusammen, lachte dann und strich dem Tier über den Kopf.

»Also kein Stricken, keine Kühe melken? Gibt's wenigstens ansehnliche Männer?« Sogar durch das Telefon sah ich, wie sie verschwörerisch mit den Augenbrauen wackelte. »Heiße Farmertypen, die sich das verschwitzte Hemd vom Körper reißen und denen der Schweiß über den Rücken läuft?«

»Kristen!«

»Was denn? Ist doch eine berechtigte Frage«, erwiderte sie. »In den fünf Jahren, die ich dich kenne, hab ich dich noch nie mit einem Mann gesehen. Da würde dir eine unverfängliche Nummer im Heu ganz guttun.«

Warum sprach sie genau das Thema an, das ich versuchte, so gut wie möglich zu verdrängen? Das Thema, das schmerzliche Erinnerungen hervorrief und mich nie vergessen ließ, wie meine Träume und meine Zukunft in sich zusammengefallen waren. Vor anderen gab ich immer vor, nichts von ernsthaften Beziehungen zu halten. Da wir ohnehin in einer schnelllebigen Welt lebten, in der es sich einfacher gestaltete, unverbindlichen Sex zu finden als einen Partner, nahm mir das jeder ab. Würde das allerdings meinen Eltern oder alten Freundinnen aus White Field zu Ohren kommen, würden sie mich lauthals auslachen. Ich war immer diejenige, die von Seelenverwandtschaft und großer Liebe gesprochen hatte, und sich nicht auf One-Night-Stands hatte einlassen können. Ich hatte es versucht, mehrmals und erfolglos. Mit jemandem zu schlafen, den ich nicht kannte und der danach sang- und klanglos verschwand, war nicht meine Art. Ob es daran lag, dass ich vor Jameson keine nennenswerten Erfahrungen gemacht hatte? Während meine Freundinnen es am College krachen ließen, hatte ich die meiste Zeit mit Jameson auf den Farmen oder in unserem zukünftigen Eigenheim verbracht. Ich hatte nie das Gefühl gehabt, etwas verpasst zu haben, aber jetzt wünschte ich mir, ich könnte mich wieder auf jemanden einlassen. Mich jemandem anvertrauen, öffnen und Gefühle zulassen. Doch wie lange brauchte ein Herz, bis es wieder im gleichmäßigen Takt schlagen konnte?

Ich schluckte den Kloß in meinem Hals herunter. »Sex im Heu kann ganz schön ungemütlich sein«, sagte ich.

»Da spricht wohl jemand aus Erfahrung?«, fragte sie mit einem gewissen Unterton in der Stimme.

»Ich bin hier aufgewachsen, was denkst du denn?« Zum Glück war ich geübt darin, Kummer zu überspielen. Ich mochte Kristen und vertraute ihr, aber ich vermied es, jemandem zu zeigen, wie verkorkst ich doch in Wahrheit war. Ich machte lieber alles mit mir selbst aus, auch wenn es bedeutete, andere von mir zu stoßen.

»Du hast es ja faustdick hinter den Ohren, Riley! Da sollte ich vielleicht doch mal in Erwägung ziehen, auf dem Land Urlaub zu machen. Heiße Cowboys, Pferdeausritte im Sonnenuntergang und hemmungslosen Sex zwischen Heu und ... «

»Kuhfladen, genau«, beendete ich ihren Tagtraum.

Kristen seufzte. »Stimmungskillerin.«

»Ich sag dir nur, wie's ist.«

»Ganz schön öde ohne dich in der Redaktion«, sagte sie auf einmal.

»Wenn du wüsstest, was Jack mir vorhin ans Ohr geföhnt hat!«

»Nein!«, stieß sie ungläubig hervor. »Er hat dich angerufen? An deinem zweiten Urlaubstag? Und ich hab mit Rachel gewettet, er schafft es bis zum vierten ... «

»Tja, tut mir leid, dass du deine Wette verloren hast, Kristen, da solltest du dich bei unserem Boss beschweren. Wo wir gerade von Rachel sprechen – sie hat's echt nicht leicht, oder?«

»Jack ist knallhart, du kennst ihn. Aber ich hab mit Rachel geredet, sie ist taff und wir alle mussten da durch.«

Ich nickte und hatte meinen Blick weiterhin nach draußen auf Jamesons Farm gerichtet, als plötzlich eine Frau auftauchte. Sie hatte blondes, schulterlanges Haar und sah nicht so aus, als würde sie auf Farmen ein- und ausgehen. Auf Absatzschuhen und in engem Blazer stöckelte sie auf den Rinderstall zu und rief Jameson winkend zu. War sie eine Vertreterin, eine Bekannte oder – warum zur Hölle machte ich mir darum Gedanken?

»Er war am Telefon fuchsteufelswild, aber wann ist er das mal nicht? Ich glaube, sein Puls ist beständig auf Hundertachtzig. Nicht gesund, wenn du mich fragst.«

»Allein dass du dich dazu hast breitschlagen lassen, in deinem Urlaub einen Reisebericht zu schreiben!«, erwiderte Kristen und schnalzte missbilligend mit der Zunge. »Das ist nicht meine Definition von freier Zeit ...«

»Ist halb so schlimm, ehrlich«, wiegelte ich ab, »den hab ich in Nullkommanichts geschrieben.«

»Wenn du meinst, Riley.« Ihr war anzuhören, dass sie das ganz und gar nicht guthieß.

Als waschechte Kanadierin, die auf einer Farm aufgewachsen war, stellte es für mich doch ein leichtes dar, einen Reisebericht zu verfassen, bei dem die Leser glaubten, sie befanden sich mitten in der Wildnis, oder?

Natürlich konnte sich meine Freundin und Arbeitskollegin einen letzten Kommentar nicht verkneifen.

»Genieß den Urlaub und lass dich mal von einem schnuckligen Farmer verführen!«, schnurrte Kristen in den Hörer und hatte aufgelegt, bevor ich ihr bildlich gesehen das Smartphone um die Ohren hauen konnte. Sie konnte es einfach nicht lassen und obwohl sie es natürlich nicht wissen konnte, verärgerte ihr Spruch mich.

Ich schob mein Smartphone zurück in meine Hosentasche und ließ mich auf das Bett fallen. Von einem Farmer verführen lassen – im Grunde genommen keine schlechte Idee, aber abgesehen davon, dass ich mich wohl niemals darauf einlassen konnte, kannte ich hier in White Field so gut wie jeden. Mit den meisten in meinem Alter war ich in die Schule gegangen und somit war es für mich unvorstellbar, mit jemandem davon etwas anzufangen. Und Jameson kam schon dreimal nicht in Frage. Auch wenn unser Sex immer leidenschaftlich gewesen war und wir nie die Finger voneinander hatten lassen können ...

Himmel, wie konnten meine Gedanken derart abschweifen? Das mit Jameson und mir war schon lange vorbei und eine zweite Chance hatten wir uns verspielt. Denn wenn alles in Schutt und Asche lag, wie sollte daraus Neues entstehen? Wie sollte man nach vorn schauen, wenn der Staub der Zerstörung weiterhin in der Luft lag?

Schluss jetzt! Ich musste mich ablenken und was lag näher, als mit dem Reisebericht zu beginnen? Ich schnappte mir meinen Laptop, machte es mir auf der Veranda gemütlich und öffnete ein neues Dokument. Die Aussicht, die sich mir bot, war doch die beste Voraussetzung, einen Knallerartikel zu schreiben, oder? Gerade flog ein Weißkopfseeadler durch die Lüfte und verschwand hinter den Baumspitzen, im Hintergrund hörte ich die Rinder grasen und irgendwo einen Trecker brummen. Doch der Cursor und die leere Seite blinkten mir nur entgegen. Mein Kopf war wie leergefegt, meine Hände versteinert und kein einziges Wort gelangte aufs Blatt. Das durfte doch nicht wahr sein! Sonst fiel mir selbst bei den abstrusesten Themen etwas ein und gerade kam es mir vor, als hätte man mein gesamtes Gedächtnis ausgelöscht. Na gut, wenigstens eine Überschrift ließ sich finden, oder etwa nicht? Sie musste den Leser sofort mitreißen und neugierig auf den Artikel machen. Kurz und knackig.

Meine Fingerspitzen berührten zaghaft die Tastatur und ich löschte die Buchstaben schneller, als sie auf dem Bildschirm erschienen. Nichts wollte richtig passen, alles wirkte langweilig und nicht einnehmend genug. Dann ging es eben sofort an den Artikel, die Überschrift konnte noch bis später warten.

Kanada. Farmleben. Schneebesetzte Bergspitzen und dichte Wälder, weite Seen. Grizzlys und Elche. Natürlich Ahornsirup.

Genauso lasen sich die meisten typischen Touristenberichte über Kanada! Hatte ich wirklich nichts Besseres vorzuweisen? Gerade ich als Kanadierin musste doch wissen, was mein Heimatland ausmachte und wie ich es am besten rüberbrachte. Das konnte ich unmöglich meinem Boss vorlegen, er würde mich womöglich noch feuern und abgesehen davon würde ich mich in Grund und Boden schämen, so einen Bericht abzugeben.

War ich so lange fortgewesen, dass ich nicht einmal mehr wusste, wie es sich hier zwischen wilder Natur und unendlicher Freiheit lebte? Hatte ich so viel von dem, was mich als Einheimischen ausmachte, vergessen?

Verflucht nochmal! Genervt klappte ich den Laptop zu und hätte ihn am liebsten weit von mir geworfen. Ich konnte keinen glaubwürdigen Reisebericht verfassen, wenn ich selbst keine Ahnung von dem hatte, was ich da schrieb. Da blieb mir nur eines übrig: Recherche. Und das bedeutete, ich musste mich unters Volk mischen und am Leben teilhaben, anders würde es mir nicht gelingen, die Leserinnen und Leser zu überzeugen. Ich musste versuchen, mein Heimatgefühl zurückzugewinnen. Heimat, das war White Field doch schließlich für mich, oder?

Also schlüpfte ich wieder in meine Gummischuhe und konnte selbst nicht fassen, wohin meine Füße mich trugen. Aber manchmal musste man eben über seinen Schatten springen.

Kapitel 8 — Jameson

Nun war ich noch verschwitzter, als ich ohnehin schon gewesen war, aber eine kleine Ablenkung hatte noch nie jemandem geschadet, oder? Ich zog mir das T-Shirt wieder über den Kopf, während Jessica ihren Blazer zuknöpfte und sich mit der Hand durch die Haare fuhr.

»Nächstes Mal rufst du aber vorher an«, brummte ich.

»Ach, tu doch nicht so, als hätte es dir nicht gefallen, Jameson«, gurrte sie und zwinkerte mir zu.

»Das tut nichts zur Sache. Ich hab eine Farm, um die ich mich täglich kümmern muss, und keine Sekretärin, der ich die unliebsamen Aufgaben übertragen kann.«

Daraufhin warf sie mir nur einen vernichtenden Blick zu und stolzierte Richtung Haustür. Ihre Absatzschuhe hallten im Raum wider und der Geruch von Sex lag in der Luft. Jessica war Immobilienmaklerin im Nachbarsort und wir hatten uns kennengelernt, als ich auf der Suche nach einem kleinen Haus für meine Eltern gewesen war. Wir kamen schnell ins Gespräch und noch schneller ins Bett. Ebenso wie ich wusste sie, was sie wollte, und so hatten wir gelegentlich unseren Spaß. Da sowohl sie als auch ich einen fordernden Job hatten und zeitlich eingebunden waren, sahen wir uns nicht allzu oft und wenn dann vereinbarten wir ein Date. Klang unromantisch? War es vielleicht auch, ich wollte weder eine feste Bindung eingehen noch jemanden beeindrucken. Es war unverbindlich und somit genau das Richtige für mich.

Als Jessica die Tür öffnete, hielt sie inne und drehte ihren Kopf zu mir. »Du hast Besuch, Jameson. War schön mit dir, bis dann!«, rief sie mir zu und stöckelte davon.

Besuch? Ich hatte doch niemanden erwartet. Hektisch schlüpfte ich in meine Jeans und wankte zur Tür, als ich dort Riley erkannte. Sie stand auf der Veranda, ihr rotblondes Haar wehte im Wind und ihr Gesichtsausdruck war wie versteinert. Scheiße, so war das definitiv nicht geplant gewesen. Es war unübersehbar, was hier gerade abgelaufen war, und so machte es wenig Sinn, Riley für dumm zu verkaufen. Warum aber war es mir so unangenehm, dass sie davon mitbekam? Wir waren beide erwachsen, schon ewig getrennt und jeder konnte tun und lassen, was er wollte. Doch gerade fühlte ich mich schuldig und als müsste ich mich vor ihr rechtfertigen.

Als ich vor ihr stand, blieben mir sämtliche Worte im Hals stecken und ich brachte nur ein kehliges »Hey« hervor. Das hier würde nicht gut enden, ganz und gar nicht gut. Was sollte ich sagen, das die Situation bessermachte? Und warum zur Hölle glaubte ich, das tun zu müssen? Ich konnte ja nicht ahnen, dass sie vor meiner Haustür stehen würde, nachdem ich mit Jessica geschlafen hatte. Und das war doch kein Verbrechen, oder?

»Ich wollte auf deine Einladung eingehen«, entgegnete sie in einem Ton, der mir durch Mark und Bein fuhr und mir unmissverständlich klarmachte, was sie

von mir hielt, »aber wie ich sehe, komme ich gerade un-
gelegen.«

»Was? Nein, ich meine–«

»Ach, stimmt, du hast sie ja schon flachgelegt.«

»Riley, ich ... es tut mir ... «

»Leid?«, spie sie mir entgegen und Tränen schossen
ihr in die Augen. »Hat es dir gestern auch leidgetan, als
du die andere Frau gevögelt hast? Was? Hat es dir nun
die Sprache verschlagen? Vielleicht kannst du dich
vage daran erinnern, dass man von meinem Fenster im
Kinderzimmer direkt in deines schauen kann.«

Die Worte, die sie mir entgegenschleuderte, trafen
mich genau da, wo sie es wollte. Zu sehen, wie ihre Augen vor Schmerz glänzten, stieß den Dolch noch tiefer
in meine Brust. Die Schuld und die Scham, sie verletzt,
ohne es beabsichtigt zu haben, hinterließen einen bitteren Geschmack. Vielleicht waren wir doch nicht so
erwachsen, wie wir dachten, vielleicht verband uns
doch noch mehr. Würde es sonst so wehtun?

»Hör zu, Riley, ich wollte dich nicht verletzen, das
musst du mir glauben«, setzte ich an.

Ihre Augen funkelten. »Ach ja, das muss ich dir glauben?«

Was zum Teufel sollte das heißen? Dass ich sie jemals
absichtlich verletzt hatte? Ich hatte sie mein gottver-
dammtes Leben lang auf Händen getragen, ihr ein be-
schissenes Haus gekauft, in dem wir eine Familie gründen und zusammen alt werden wollten. Ich war nicht
derjenige, der einfach von heute auf morgen abgehauen und alles und jeden zurückgelassen hatte, der
ihm etwas bedeutete. Sie hatte geglaubt, zu flüchten

würde alle Probleme lösen, dabei hinterließ sie nichts als einen Scherbenhaufen.

»Ist das dein Scheißernst?«, platzte es aus mir heraus und ich ging auf sie zu, woraufhin sie einen Schritt zurückwich. »Ich hab dir alles gegeben! Ich hab um uns gekämpft und das hältst du mir jetzt vor?«

Eine Träne rollte über ihre Wange und sie wischte sie mit dem Handrücken weg. »Weißt du was, hab deinen Spaß. Mach, was du willst, im Grunde geht es mich nichts an. Nicht mehr.« Dann stürmte sie von der Veranda und direkt in eine große Pfütze, fluchte und lief weiter.

»Riley! Bleib doch stehen!« Glaubte ich etwa, sie damit aufhalten zu können? Und dann? Was versprach ich mir davon?

Mit ihr ein klärendes Gespräch zu führen und ihr begreiflich zu machen, dass ich nur weil sie plötzlich hier auftauchte, nicht alles über Bord warf? Dass nicht nur sie gelitten hatte?

Sie drehte sich um, verließ meine Farm und ich blickte ihr wortlos hinterher.

Ein weiterer Abschied, wieder mal stellte sie mich vor vollendete Tatsachen. Es gab so vieles zu erklären und das wusste sie genauso gut wie ich, aber in der Vergangenheit zu wühlen, riss geheilte Wunden auf und es war besser, das nicht zu tun. Stattdessen verhielten wir uns wie zwei Teenager, die sich all das nicht eingestehen wollten. Aber Riley war mal wieder weg, ich stand hier und diesmal lief ich ihr nicht hinterher. Es war zu viel passiert und zu spät, um all unsere Fehler wiedergutzumachen.

Ich ging zurück ins Haus, warf die Tür ins Schloss und schmetterte das Whiskeyglas, welches noch von gestern Abend auf dem Couchtisch stand, auf den Boden. Die Scherben verteilten sich auf dem Parkett und die geschmolzenen Eiswürfel hinterließen Pfützen. »Fuck!«, brüllte ich aus vollem Halse und stützte mich mit den Händen an der Wand ab.

Der Plan war es, Rileys Anwesenheit so gut wie möglich zu überstehen und nicht, ihr unter die Nase zu reiben, wie gut es mir angeblich doch ging. Die letzten fünf Jahre waren auch an mir nicht unbemerkt vorübergegangen, ob sie es wahrhaben wollte oder nicht. Aber sie tat so, als sei sie die einzige Leidtragende und wie ich es überhaupt wagen konnte, mein Leben weiterzuleben. Dabei hatte sie es doch auch getan und eine Karriere fernab von Kanada gestartet, ohne zurückzuschauen. Ihr war es egal, wie es mir dabei ergangen war und dass nicht nur sie etwas verloren hatte.

Scheiße, scheiße, scheiße. Ich musste hier raus, sonst schlug ich möglicherweise noch meine gesamte Einrichtung kurz und klein. Gerade als ich die Hand auf den Türknauf legte, klingelte das Telefon. Genervt riss ich es hoch.

»Trembley.«

»Jameson, hallo«, erklang die Stimme meiner Mutter.

Sofort war ich auf Habachtstellung. »Mum, was gibt's?«

»Hast du kurz Zeit vorbeizukommen? Dein Vater würde es zwar nie zugeben, aber ... «

»Ich bekomm den Boiler schon selbst wieder auf Vordermann!«, ging Dad dazwischen, was mich schmunzeln ließ.

»Schon verstanden, ich bin sofort da.« Ich legte auf, fischte nach meinem Hemd und machte mich auf den Weg zu meinen Eltern. Da das Haus fußläufig entfernt war, erreichte ich es binnen weniger Minuten. Meine Mutter stand draußen auf der Veranda, die Arme vor der Brust verschränkt und schüttelte grinsend den Kopf. Das war mein Vater, wie er leibte und lebte, ein Sturkopf, wenn es um handwerkliche Arbeiten ging.

»Ein Glück, dass du da bist«, murmelte Mom und drückte mir einen Kuss auf die Wange. »Er tüftelt schon seit zwei Stunden daran herum.«

»Ich kann dich hören, Regina!«, brummelte Dad und steckte seinen hochroten Kopf aus der Tür. »Es ist vollkommen, unnötig, dass du herkommst, Jameson, ich krieg das … « Da zuckte er zusammen und rieb sich den Kopf.

Während Mom mit den Augen rollte, nahm ich den Boiler unter die Lupe und hatte bereits nach wenigen Handgriffen den Fehler ausfindig gemacht. Der Leistungsschutzschalter hatte sich versehentlich ausgelöst.

»Ja, gut, also das hätte ich schon selbst rausgefunden«, meinte mein Dad und räusperte sich, als wir es uns nach getaner Arbeit auf der hinter dem Haus anschließenden Terrasse gemütlich machten. Bei der Einrichtung ihres neuen Heims war Mom vollkommen aufgegangen, wohingegen Dad das stillschweigend hingenommen hatte. Er hielt wenig von Dekoration und sonstigem Schnickschnack, er war eher der pragmatische Typ und brauchte nicht viel zum Leben. Da sie hier aber alt werden wollten, wollte Mom es so gemütlich wie möglich einrichten.

»Wie läuft's auf der Farm, mein Sohn?«, fragte Dad.

Diese Frage stellte er mehrmals die Woche und auch wenn es mich anfänglich nervte, weil ich annahm, dass er mir seine Farm nicht zutraute, wusste ich mittlerweile, dass er sich nur sorgte. Immerhin hatte er sein gesamtes Leben der Farm gewidmet und wollte sie lediglich in guten Händen wissen.

»Alles bestens. Den Hühnerstall muss ich allerdings mal ausbessern.«

»Sag Bescheid und ich helf dir, okay?« Dad fuhr sich mit der Hand durch den dichten Bart, legte die Beine auf dem Stuhl ab und schlug sie über.

»Bob«, mahnte ihn meine Mutter, die gerade mit einem Tablett mit Kuchen und Kaffee zu uns kam, »hast du etwa wieder vergessen, was Dr. Grant gesagt hat?«

Da wurde ich hellhörig. »Dr. Grant? Was hat sie denn gesagt? Sollte ich das wissen?«

Dad schnaufte und nippte an seinem schwarzen Kaffee. »Ach, das Übliche«, wiegelte er ab. »Erhöhter Blutdruck, die Bandscheiben, du weißt schon.«

»Du darfst das nicht so auf die leichte Schulter nehmen, selbst Kenneth nimmt sich zurück. Ihr werdet nun mal älter und es ist nicht verwerflich, Hilfe anzunehmen«, schloss ich mich meiner Mutter an und schob mir eine Gabel des Maple Cake in den Mund. Die karamellisierten Walnüsse und die Creme aus griechischem Joghurt und Sahne waren ein Gedicht. Genau das Richtige nach solch einem nervenaufreibenden Tag.

»Du redest so, als läge ich schon im Grab«, entgegnete Dad in seiner gewohnt abwehrenden Haltung, wenn es um das Thema ging. »Ich bin Farmer und kein verfluchter Rentner, der mit dem Rollator durch den Ort watschelt.«

Wäre es nicht ein so ernstes Thema, könnte ich glatt darüber lachen, aber bei Gesundheit hörte der Spaß auf. Dad hatte bereits einige kleine körperliche Baustellen, weshalb umso mehr Achtung geboten war.

»Jetzt lass mal die Kirche im Dorf, Dad, davon hat keiner gesprochen und darum geht's auch nicht.«

»So sieht's aber aus«, hielt er dagegen und knallte die Kaffeetasse auf den Tisch, sodass es überschwappte. »Deine Mutter würde mich am liebsten von jeglicher Arbeit abhalten und du mir jegliche Anstrengung abnehmen.«

Großer Gott, das konnte er doch nicht ernst meinen, oder? Musste er mir jedes Wort im Mund herumdrehen? Seit Kindheitstagen hatte ich bei der Farmarbeit mitgeholfen und ihn selbst während des Colleges so gut es ging unterstützt, um ihm zu beweisen, dass ich das Zeug zum Farmer hatte. Und jetzt tat Dad so, als wollte ich ihm alles absprechen!

»Verstehst du denn nicht, dass wir uns nur um deine Gesundheit sorgen?« Mom legte eine Hand auf seine und der Blick, den beide austauschten, ließ mich erleichtert aufatmen. Selbst nach über vierzig Ehejahren sahen sie sich so verliebt wie am ersten Tag an, sowas gab es heutzutage kaum mehr. Man schmiss lieber alles hin, als darum zu kämpfen. Oder man machte es so wie ich, und beließ es bei belanglosem Sex. Klang verbittert, erwies sich für mich aber als die beste Devise.

»Ich weiß ja, dass die Farm bei dir in besten Händen ist, Jameson«, räumte er ein. »Ich hab mich eben immer noch nicht ganz damit angefreundet, die Arbeit abzugeben. Wird noch eine Weile dauern.«

»Das verlangt auch niemand, Dad. Immerhin warst du derjenige, der mir alles gezeigt hat, um einmal in deine Fußstapfen treten zu können. Du bist ein Vorbild für mich.« Und das war er wirklich. Bereits mein Grandpa hatte eine Farm geführt, nur weitaus kleiner, und Dad hatte sie mit den Schweinen vergrößert. Sein ganzes Leben lang hatte er sich der Farm gewidmet, von vier Uhr in der Früh bis spätabends hatte er geackert, sich um anfallende Handwerksarbeiten im Haus und bei anderen gekümmert und vor allem darum, dass es seiner Familie gut ging. Eine Farm zu führen, bedeutete harte, körperliche Arbeit und nicht um siebzehn Uhr die Heugabel fallenzulassen. Es gab Tage, an denen ich mir vorstellte, wie es war, einem Nine-to-Five-Job nachzugehen, und sicherlich war es in manchen Angelegenheiten einfacher, aber jeder Job war auf seine Weise anstrengend. Und ich bereute es keinen einzigen Moment, die Farm übernommen zu haben. Sie war alles, was ich hatte, und würde mich ewig daran erinnern, was mein Großvater erschaffen und mein Vater fortgeführt hatte.

Obwohl Dad nichts darauf sagte, sah ich, wie seine Augen glänzten. Auch Mom tupfte sich eine kleine verräterische Träne von der Wange und tätschelte mein Knie. Als Familie hatte man es manchmal nicht leicht, aber wir hielten zusammen wie Pech und Schwefel, und ich war überzeugt, dass auch Dad irgendwann einsah, dass er es langsamer angehen musste. Sie hatten ein Häuschen mit Garten, in dem er tüfteln und beide alt werden konnten. Wenn es nach Mom ging, fehlten nur noch die Enkel, die dort herumrannten. Das war allerdings in weite Ferne gerückt und nichts, worum ich mir momentan Gedanken machen wollte.

»Ich hab gehört, Riley ist wieder da.« Da war der Satz, den ich so fürchtete. Wie oft ich mir den in den kommenden Wochen wohl noch anhören durfte? Zu oft, viel zu oft, das stand fest.

»Komisch, Mom«, erwiderte ich und nippte an meinem Kaffee, »nur gehört? Ich wette, Brenda hat es dir schon vor Wochen zugeflüstert.«

Sie senkte beschämt den Blick und da wusste ich genau, dass ich recht hatte. Was das anging, brauchte Mom mir nichts vorzumachen, schließlich kannten sie und Rileys Mom sich schon seit ihrer Kindheit. Sie waren beide in White Field aufgewachsen, hatten jahrzehntelang nebeneinander gewohnt, und daher mehr als nur Nachbarn. Sie erzählten sich den neuesten Klatsch und Tratsch und wussten von jeder Hochzeit oder Schwangerschaft, bevor jemand es verkündete. Ganz egal, was damals zwischen Riley und mir vorgefallen war, sie waren sich immer noch nahe. Es war also ein Ding der Unmöglichkeit, dass Brenda ihr nichts mitgeteilt hatte. Mir war allerdings klar, dass Mom nur mir zuliebe so tat, als wüsste sie von nichts.

»Na ja, schon«, gestand sie und sammelte mit den Fingerspitzen die Krümel des Maple Cake auf ihrem Teller auf.

»Ich hab sie gestern vom Flughafen abgeholt.«

Mit schreckgeweiteten Augen sah Mom mich an und auch Dads Kopf schnellte zu mir herum. Dass ich damit eine Bombe platzen ließ, hatte ich nicht geahnt, erzählten Brenda und meine Mom sich doch alles. Ich hätte meine Hand ins Feuer gelegt, dass sie auch das schon längst wusste.

»Du hast was?«

»Kenneth hat den ganzen Tag geschuftet, da hat Brenda mich gefragt, ob ich es übernehme«, sagte ich.

»Du bist eine geschlagene Stunde zum Flughafen und wieder zurückgefahren, um … Riley abzuholen?« Aus dem Mund meines Vaters hörte es sich noch unglaubwürdiger an, als es ohnehin war. Zugegeben, es war nicht ganz gewöhnlich, seine Ex-Freundin abzuholen, aber gestern hatte mir auch noch mehr zu diesem vollkommen irrsinnigen Einfall geritten: Genugtuung. Rache. Vergeltung. Gestern hatte ich mich wie der stereotypische Ex-Freund verhalten.

Ich verdrehte die Augen und leerte den Kaffee in einem Zug. »Als ob ihr das nicht wüsstet, zumindest du, Mom, hast es doch aus erster Hand erfahren.«

»Brenda hat mir kein Sterbenswörtchen davon gesagt, wirklich nicht«, entgegnete Mom und blickte mich aus ihren rehbraunen Augen so unwissend an, dass ich es ihr für einen winzigen Moment abnahm.

»Das ist nichts als ein abgekartetes Spiel, hab ich recht? Das haben du und Brenda doch ausgeheckt, oder?«, platzte es aus mir heraus und ich konnte nur schwer die aufkommende Wut zurückhalten.

»Wie kommst du denn darauf?« Sie spielte weiter die Unwissende, was mich nur noch rasender machte.

»Ihr erzählt euch alles! Aber ausgerechnet das nicht?« Ich stieß ein Lachen aus. »Halt mich nicht für dumm, Mom.«

»Denkst du, ich hab vergessen, wie sehr du damals gelitten hast, als –«

»Nicht!« Ich versuchte, die aufkommenden Bilder vor meinem geistigen Auge zu verdrängen, aber es war zu spät. Wie Sequenzen rasten sie an mir vorbei und obwohl es schon so viele Jahre her war, fühlte es sich an, als wäre es gestern. Der Schmerz fühlte sich genauso brennend und die Traurigkeit genauso bitter an wie damals. Riley. Vor Schmerz krümmend. Ihr tränenverzerrtes Gesicht. Und das, was seitdem zwischen uns stand und uns auseinanderriss. »Scheiße, scheiße, scheiße«, stammelte ich vor mich hin und entzog mich Moms Hand, die sich auf mein Knie legte, indem ich den Stuhl zurückstieß. »Tut mir leid, Mom.« Dann verließ ich die Terrasse und ließ das Haus, und meine Eltern, hinter mir zurück. Erst als ich die Tür zu meinem Haus hinter mir schloss, konnte ich aufatmen. Die Scherben des Whiskeyglases lagen immer noch auf dem Boden und Nichts spiegelte mein inneres Zerwürfnis besser wider.

Ich fuhr mir durch die Haare und ließ mich kraftlos auf das Sofa sinken. Kaum war Riley hier, geriet alles aus dem Ufer und ich befürchtete, das würde noch eine ganze Weile andauern. Wie würden wohl die nächsten Wochen werden, wenn die ersten zwei Tage schon derart nervenaufreibend waren? Wie konnte ich auch nur annehmen, ich würde ihre Anwesenheit überstehen, ohne ein einziges Mal an die Vergangenheit erinnert zu werden? Mir war ja nicht klar gewesen, wie schwer es werden würde.

Kapitel 9 — Riley

Ich schlug die Tür hinter mir zu und pfefferte sowohl die Gummischuhe als auch meine Jacke in die Ecke. Tränen rannen mir unentwegt über die Wangen und verschleierten mir die Sicht, aber irgendwie schaffte ich es trotzdem, in mein Zimmer zu gelangen. Was war nur in mich gefahren? Wie konnte ich dermaßen die Fassung verlieren? Die letzten fünf Jahre hatte es doch auch hervorragend geklappt, so zu tun, als ob alles an mir abprallte und ich keine Sekunde daran verschwendete zurückzuschauen. Dabei sah ich der schmerzenden Vergangenheit jedes Mal ins Auge, wenn ich in den Spiegel blickte. Sie war allgegenwärtig, egal wie sehr ich versuchte dagegen anzukämpfen. Und hier, zurück in White Field, fühlte es sich an, als müsste ich alles nochmal durchleben. Aber wie schwer konnte es schon sein, ein zweites Mal die Hölle zu passieren? Würden sich die Schmerzen genauso tief in mein Inneres brennen?

Nicht nur, dass das Aufeinandertreffen mit Jameson jedes Mal in einem Fiasko endete – nein, auch war ich nicht fähig, einen einfachen Reisebericht zu verfassen. In New York City hätte ich diesen in wenigen Tagen geschrieben, aber es war, als plagte mich eine Schreibblockade. Wie konnte ich nur so leichtsinnig die Vereinbarung mit meinem Boss eingehen, ausgerechnet an dem Ort, den ich Hals über Kopf verlassen hatte, für ihn einen Bericht zu schreiben? Ich hatte mich selbst belogen. Die ganze Zeit. Die ganzen letzten fünf Jahre.

Dass Frauen bei Jameson ein- und ausgingen und er offensichtlich kein Problem damit hatte, Nähe zuzulassen, machte mir zu schaffen. Während ich Tag für Tag, Nacht für Nacht an jenes Ereignis erinnert wurde, das sein und mein Leben schlagartig verändert hatte, hatte er es wohl überwunden. Weshalb konnte ich nicht einfach weitermachen? Weshalb fiel es ihm so leicht und mir so schwer, damit abzuschließen?

Ich war nicht aus White Field geflohen, weil ich Jameson nicht mehr liebte – denn das tat ich und ich zweifelte zu keiner Zeit an meinen Gefühlen ihm gegenüber. Doch ich ertrug seine ständige Nähe und das, was sie in mir auslöste, wenn ich ihn nur ansah, nicht mehr. Überall lauerte die Erinnerung. Nirgends konnte ich dem Schmerz und der Trauer aus dem Weg gehen.

Was zum Teufel hatte mich nur dazu geritten, tatsächlich die Einladung von Jameson anzunehmen und damit einer seiner Geliebten in die Arme zu laufen? Zwar hatten wir uns im Stall unterhalten, aber die Anspannung war deutlich spürbar gewesen. Mein Verstand sagte mir, dass es besser war, mich ihm nicht zu nähern und doch tat ich genau das Gegenteil. Ich hatte mich Jameson gegenüber wie eine hysterische Kuh verhalten, was alles nur noch schlimmer machte. Es fiel mir ohnehin schwer, ihm in die Augen zu schauen, aber jetzt? Jetzt war es fast unmöglich. Wie sollte ich ihm mein vollkommen unberechtigtes Ausrasten erklären?

Ohne es zu wollen, habe ich ihm eingestanden, dass ich immer noch in der Vergangenheit festhing. Und da Jameson ein bedeutender Teil meiner Vergangenheit war, hieß das auch, dass ich noch an ihm hing? Oder spielte mir mein Herz einen Streich? Sehnte es sich nur nach den guten Zeiten?

Ein von unten kommendes Poltern riss mich aus meinen Gedanken und wenig später wurde die Tür zu meinem Zimmer einen spaltbreit geöffnet. Mom steckte ihren Kopf rein und machte große Augen, als sie mich wie ein Häufchen Elend auf dem Bett sitzen sah.

»Nanu, was ist denn mit dir los, mein Schatz?« Sie kam herein, setzte sich neben mich und strich mir eine rotblonde Haarsträhne hinters Ohr. Ihre Augen, die vom selben Grün wie meine waren, blickten mich besorgt an.

Wie sollte ich meiner Mutter das nur erklären? Ich hatte ja selbst keine Ahnung, was in mich gefahren war und mein Gefühlsausbruch verriet mehr, als mir lieb war. Er verriet, dass ich all die Jahre falsch gelegen hatte und immer noch Gefühle da waren. Gute wie schlechte, Traurigkeit wie Schmerz, Schuld wie Sehnsucht. Aber ich wusste nicht, wohin damit und was ich damit anfangen sollte. Was vergangen war, war schließlich vergangen und vorbei. Oder?

»Ich war so dumm, Mom, so dumm«, schniefte ich und konnte die Tränen endgültig nicht mehr zurückhalten, als Mom einen Arm um mich legte. Wie oft hatte ich mir in den letzten Jahren jemanden gewünscht, der einfach da war und mich tröstete, wenn ich drohte unterzugehen?

»Ganz ruhig, Riley. Erzähl mir, was passiert ist.«

Wo sollte ich da nur beginnen? Alles hatte damit angefangen, dass ich mich in den Flieger nach Kanada gesetzt hatte, in der Hoffnung, meine Eltern zu beschwichtigen. Ich konnte ihnen ja nicht ewig aus dem Weg gehen und White Field gehörte, ob ich wollte oder nicht, zu meinem Leben. Dass ich Jameson wohl oder übel begegnen würde, war mir klar, aber nicht dass er alles durcheinanderbringen würde.

»Ich sollte mich die nächsten Wochen in mein Zimmer einschließen«, beschloss ich.

Mom runzelte die Stirn. »Was redest du denn da?«

»Dann laufe ich nicht Gefahr, Jameson zu begegnen.«

»Daher weht der Wind«, murmelte sie.

Ich seufzte. »Eher ein Hurrikan.« Oder wie ein Unwetter, das plötzlich aufzog, dessen Blitz krachend einschlug und einen bis aufs Mark erschütterte.

»Ich hatte den Eindruck, dass ihr euch ganz gut versteht.«

»Mehr oder weniger, Mom«, sagte ich. »Aber meistens weniger.«

»Ich kann mir vorstellen, dass es schwierig ist, aber das ist doch kein Grund zum Weinen, oder? Da steckt noch mehr dahinter, hab ich recht?«, hakte sie nach und drückte mich eng an sich.

Natürlich konnte ich es vor ihr nicht verbergen und ich konnte auch einen Ratschlag gut gebrauchen. Sie kannte Jameson, sie kannte mich und sie hatte mit angesehen, wie alles den Bach runterging. Sie war in der schwersten Zeit meines Lebens für mich da gewesen und würde es immer sein, das wusste ich.

»Ich saß vorhin an meinem Reisebericht«, begann ich zu erzählen und blickte dabei auf meine ineinander verschlungenen Hände in meinem Schoß, »da ich aber kein Stück vorankam, habe ich leichtsinnig Jamesons Einladung angenommen, bei ihm auf der Farm vorbeizuschauen. Ich konnte ja nicht ahnen, dass der Zeitpunkt mehr als ungünstig gewählt war. Gerade hatte nämlich eine von Jamesons ... Geliebten das Haus verlassen.« Es auszusprechen, fühlte sich an, als würde jemand ein weiteres Mal meinen Kopf unter Wasser tauchen. Was Mom wohl dazu sagte? Dass ich mich wie eine hysterische Kuh verhalten und absolut überreagiert hatte? Denn genauso war es und im Nachhinein schämte ich mich für meinen Gefühlsausbruch.

»Oje«, machte meine Mutter bestürzt. »Das hat gerade noch gefehlt, was? Wie geht es dir damit, mein Schatz?«

»Das Schlimmste kommt erst noch«, ich biss nervös auf meiner Unterlippe herum, »ich bin ausgerastet und hab mich total kindisch verhalten. Ihn mit einer anderen Frau zu sehen, hat mir zugesetzt, dabei steht es ihm frei, zu tun und zu lassen, was er will. Stattdessen hab' ich ihm eine Szene gemacht.«

»Ach, Riley.« Mom verstand, dass es in diesem Moment nicht vieler Worte bedarf, um mich aufzumuntern. Sie nahm mich einfach in ihre Arme, hielt mich fest und trocknete meine Tränen. Ihre Umarmung war alles, was ich brauchte, und womöglich hätte sie mir auch in den vergangenen Jahren die ein oder andere schlaflose Nacht genommen.

»Wir sind zwei erwachsene Menschen, schon lange getrennt und dann bricht es plötzlich aus mir heraus. Sonst hat es mich auch nicht interessiert, was er treibt – und vor allem nicht mit wem.«

»Da warst du aber mehrere hundert Meilen entfernt, Liebes«, gab sie zu Bedenken und hatte damit prompt einen Nerv getroffen. Es stimmte, die letzten fünf Jahre war Jameson weit weg gewesen, aber in meinen Gedanken spukte er dennoch immer herum. In Augenblicken voller Einsamkeit, an Tagen der Hoffnungslosigkeit und vor allem nachts, wenn das Erlebte zum Albtraum wurde und ich schweißgebadet aufwachte. Hunderte von Meilen entfernt und doch so nah.

»Wie soll ich ihm je wieder unter die Augen treten, Mom? Er wird mich für vollkommen durchgeknallt halten! Zurecht, das tue ich ja selbst.«

Ein kleines Lächeln schlich auf ihre Lippen. »Glaubst du nicht, dass es für ihn genauso seltsam ist wie für dich, dir nach all den Jahren wieder gegenüberzustehen? Bestimmt war es für Jameson auch alles andere als angenehm.«

»Hm, gut möglich, aber ... «

»Aber?«

Ich sah in ihre Augen und haderte kurz, ihr mein Herz auszuschütten, wusste ich doch selbst nicht meine Gedanken zuordnen. Sie überforderten mich und stellten mir Fragen, denen ich lieber weiterhin aus dem Weg ginge. »Warum fühlt es sich dann so an, als würde man mir das Herz rausreißen? Warum tut es so weh? Sollte ich nicht darüber hinweg sein?« Und warum zum Teufel war ich es nicht?

»Das sind Fragen, die nur du dir beantworten kannst. Das Herz, mein Liebling, macht seine ganz eigenen Regeln, die man schwer umgehen kann.«

Die Worte meiner Mutter hörten sich wie eine Weisheit aus einem Spruchkalender an, aber sie bedeuteten mir viel. Es waren nicht einfach Worte, sondern gaben mir ein Gefühl von Verständnis. Verständnis für mich, Verständnis für mein Herz, das fühlte, wie es nun mal fühlte. Gefühle, die man hatte, konnten nie verkehrt sein – sie waren da und sie waren okay. Für Gefühle sollte man sich nicht schämen, denn sie waren gewissermaßen der Spiegel der Seele. Was nicht okay war, war mein Gefühlsausbruch. Das geschah wohl, wenn so vieles aufeinanderprallte, oder?

»Manchmal ist das Herz ein ziemlicher Vollidiot«, murrte ich und konnte den Anflug eines heiseren Lachens nicht zurückhalten.

»Wem sagst du das«, stimmte Mom zu und strich mir sanft über den Rücken. »Lass einfach etwas Gras über die Sache wachsen und du wirst sehen, alles wird gut.«

Alles wird gut. Das war ein Mantra gewesen, das ich mir damals immer wieder vorgesagt hatte, bis ich begriff, dass dem nicht so war. Das, was geschehen war, und Jameson und mich auseinandergerissen hatte, konnte unmöglich wieder gut werden. Das Schicksal schlug zu, während ich machtlos danebenstand.

»Es ist einfach ungerecht«, sagte ich flüsternd und starrte in die Ferne, in eine vergangene Zeit. »Er lebt sein Leben weiter, tut so, als sei nichts gewesen und Frauen gehen in seinem Haus ein und aus. Während ich immer noch feststecke und weder Nähe zulassen noch geben kann. Während es Tage gibt, an denen ich ersticke. Und sich in seinem Bett die nächste räkelt!«

Da waren sie wieder, die ausbrechenden Gefühle, die sich nicht bändigen ließen. Es war, als hätten sie sich über Jahre hinweg in mir angesammelt, um jetzt auszureißen.

»Aber Riley, sag doch sowas nicht. Er mag sich in Liebeleien stürzen, aber ist es nicht genau das, was darauf hindeutet, dass er beständige Nähe ebenso meidet? Glaubst du etwa, die Vorkommnisse haben ihn kaltgelassen?«, erwiderte sie. »Ihm das zu unterstellen, wäre ungerecht. Ihr habt beide gleichermaßen geliebt und gelitten. Da gibt es keinen Gewinner oder Verlierer.«

Scheinbar hatte es meine Mutter im Gespür, immer das Richtige zu sagen. Sie brachte wieder Sicht in den Nebel, der sich vor meinen Augen gebildet hatte und durch den ich nur sah, was ich sehen wollte. Ich wusste nur zu gut, dass auch Jameson gelitten hatte, weil auch das ein Grund war, dass ich geflüchtet war. Tag für Tag sein gebrochenes Herz zu sehen und zu spüren, brach meines aufs Neue. Wieder und immer wieder. Mitzuerleben, wie der Mensch, der mir die Welt bedeutete, zerbrach, während ich selbst zerbrach, nahm mir das letzte bisschen Kraft.

»Du hast ja recht«, gab ich mich geschlagen. »Nach White Field zurückzukehren, ist viel kräftezehrender, als ich angenommen habe. Die Zeit schreitet auch hier voran ... « Und doch war die Vergangenheit allgegenwärtiger als sonst. Wie sollte ich in die Zukunft blicken und in der Gegenwart leben, wenn die Vergangenheit mich immer wieder heimsuchte und nie losließ?

»Nun erzähl aber mal von dem Reisebericht«, lenkte Mom das Gespräch auf ein anderes Thema, worüber ich ihr auch sehr dankbar war.

Also berichtete ich ihr von der Vereinbarung, die mein Boss und ich getroffen hatten, und ich erkannte an ihrem Gesichtsausdruck, dass sie es nicht guthieß. Genau genommen wusste ich selbst nicht, weshalb ich dem überhaupt zugestimmt hatte. Vielleicht um meine Arbeit als Ausrede vorzuschieben, mich nicht zu oft in White Field herumtreiben zu müssen. Das hatte ja gut geklappt.

»Allerdings hab ich kein Wort aufs Blatt bekommen, mein Kopf war wie leergefegt. Es ist, als hätte ich vergessen, wie es sich hier lebt, obwohl ich mein ganzes Leben hier verbracht habe«, beendete ich meine Erzählung und stützte das Kinn auf meinen Händen ab.

»Du lebst seit fünf Jahren in dieser riesigen Stadt, das komplette Kontrastprogramm«, erwiderte sie verständnisvoll. »Sei nicht so hart zu dir, Riley.«

»Aber mein Boss erwartet, dass ich diesen verflixten Bericht in wenigen Wochen abgebe!« Eine Lösung für mein Debakel hatte ich immer noch nicht gefunden und ich konnte weder Jack noch mich selbst enttäuschen, indem ich einen Artikel abgab, der in keiner Weise meinen Fähigkeiten entsprach. Die Schreibblockade hatte ich einzig und allein diesem Ort zu verdanken – der einmal meine Heimat gewesen war. Die alten Geister der Vergangenheit weilten immer noch hier und ich bekam ihre Anwesenheit mehr als deutlich zu spüren.

Auf einmal sprang meine Mutter vom Bett auf und legte sich einen Finger nachdenklich ans Kinn. »Ich glaub, ich hab da eine Idee!«

»Das würde mir so ziemlich den Allerwertesten retten«, murmelte ich und wartete gespannt darauf, ob sie die allesentscheidende Lösung parat hatte. Denn gerade war mein Kopf voll und leer zugleich – voller Zweifel und leer an strukturierten Gedankengängen.

»Wie wäre es, wenn du mich ein bisschen auf meiner ehrenamtlichen Arbeit begleitest? Morgen bin ich zum Vorlesen im Kindergarten, den darauffolgenden Tag wieder im Seniorenheim und Patricia freut sich sicher, dich auch wiederzusehen. Bei ihr im Feinkostladen kannst du deine Erinnerungen kulinarisch auffrischen und deinen Leserinnen und Lesern noch typisch kanadische Rezepte mitgeben. Besser kannst du White Field nicht erleben. Was hältst du davon?«

Diesmal war ich diejenige, die vom Bett aufsprang und ihr in die Arme fiel. »Du bist die Beste, Mom! Wieso bin ich nicht selbst darauf gekommen?«

»Weil deine Gedanken Karussell fahren, Schatz«, erwiderte sie lachend.

Das traf es gut. Meine Gedanken fuhren eine Runde nach der anderen Karussell und mir war bereits ganz schwindelig und somit unfähig, Ordnung in meinem Kopf zu schaffen. In New York City kam ich gar nicht erst zum Nachdenken, weil ich bis zum Hals in Arbeit steckte und ich mich so gar nicht dazu verleiten ließ. Urlaub konnte doch ziemlich anstrengend sein.

Nach dem Gespräch mit meiner Mutter war ich jedenfalls zuversichtlich, einen authentischen Bericht zu verfassen, der über die typisch touristischen und langweiligen Reisetipps hinausging. Am Tag meiner Ankunft hatte ich nicht einmal den Weg zu meinem Elternhaus gefunden, obwohl ich ihn bis vor wenigen Jahren noch mit verbundenen Augen gefunden hätte! Hoffentlich konnte ich, indem ich Mom begleitete, ein bisschen Heimatgefühl aufschnappen und mich wieder mehr wie die Kanadierin fühlen, die ich immer noch war. War es nicht verrückt, dass White Field damals meine Zukunft hätte sein sollen? Dass es der Ort sein sollte, an dem ich mit Jameson alt werden und eine Familie gründen wollte? Nicht nur Zeiten änderten sich, sondern die Zeit änderte Menschen.

***

Am Abend saßen wir zu dritt im Wohnzimmer, das knisternde Feuer im Kamin und kleine Popovers auf dem Couchtisch, ein kanadisches Gebäck, das einem Windbeutel glich, die Mom natürlich selbst gebacken hatte. Während Dad im Ohrensessel saß und einen Popover in Erdbeermarmelade tunkte, lief im Fernseher eine Quizshow und Mom strickte Socken. Eingemummelt in eine Decke, saß ich dazwischen und fühlte mich auf einmal wieder wie das kleine Mädchen von früher. Wohlbehütet, verliebt in den Nachbarsjungen und mit dem Wunsch, auch einmal so glücklich wie meine Eltern zu sein, die sich selbst nach über dreißig Ehejahren so vernarrt in die Augen sahen.

»Hilfst du mir morgen wieder bei den Rindern, Riley?«, fragte mich Dad.

Ich schüttelte den Kopf und griff nach einem Popover. »Nein, morgen werde ich Mom etwas begleiten, Recherche betreiben.«

»Recherche betreiben? Sieht so Urlaub aus?«

»Dad«, murmelte ich und biss missmutig in das Gebäck in meiner Hand. Hätte ich doch nur nichts erwähnt.

»Hast du nicht in New York genug zu tun?« Er warf Mom einen vielsagenden Blick zu, der mir natürlich

98

nicht entging. Aber sie sagte nichts und widmete sich stattdessen ihren Stricknadeln und der Wolle.

»Ich liebe meine Arbeit«, war alles, was mir darauf einfiel. Dann starrte ich wieder auf den Fernseher und war froh, dass keine Diskussion entfachte. Ich war nur zwei Tage hier und bereits am ersten hatten meine Nerven blankgelegen, ich hoffte nur, das würde bald ein Ende haben. Lange hielt mein Nervenkostüm das nicht mehr aus, so viel stand fest.

Diese Nacht traute ich mich nicht, von meinem Fenster aus auf Jamesons Haus zu schauen. Ich wollte nicht noch einmal riskieren, etwas zu sehen, was mich erneut aus der Bahn warf. Also legte ich mich einfach in mein Bett, zog die Decke bis unters Kinn und war heilfroh, als meine Augen schwerer wurden und irgendwann zufielen.

Kapitel 10 — Jameson

Es war kurz nach zwei Uhr nachts, als ich auf dem Sofa erwachte und meinen steifen Hals durchstreckte. Ich war wirklich nicht mehr in dem Alter, in dem man bedenkenlos überall einschlafen konnte, ohne sich Sorgen machen zu müssen, sich am nächsten Tag wie Achtzig zu fühlen. Meine Gliedmaßen knackten, als ich mich erhob und mit dem Schuh in den mittlerweile eingetrockneten Whiskey auf dem Boden trat.

»Mist«, fluchte ich und holte sofort aus der Küche ein befeuchtetes Tuch, um die angetrockneten Reste aufzuwischen. Mehr schlecht als recht, aber für mehr hatte ich nun wirklich keinen Kopf. Immer noch spukte mir Rileys Gefühlsausbruch im Kopf herum und obwohl es lächerlich war, plagte mich ein schlechtes Gewissen. Sie hätte es nicht sehen sollen, nicht einmal wissen, dass ich lockere Liebeleien führte. Wie befürchtet, brach es ihr das Herz und wieder mal fühlte ich mich dafür verantwortlich. Aber ich konnte nicht ewig in der Vergangenheit festhängen und mir Nacht für Nacht den Kopf über das Was-wäre-gewesen-wenn zerbrechen. Riley hatte mir mit ihrer Flucht vor fünf Jahren deutlich genug mitgeteilt, dass unsere Zeit vorüber war. Mit dem Unterschied, dass sie weg war und ich nach wie vor hier, an dem Ort, der uns zugleich unfassbares

Glück wie Pech beschert hatte. Was glaubte sie, sah ich jeden Morgen und jede schlaflose Nacht? Uns. Sie. Das, was wir gehabt hatten. Das, was wir verloren hatten. Ich konnte mich nicht wie Riley einfach auf und davon machen, ich war an White Field gebunden und obwohl hier nicht nur Gutes geschehen war, würde ich nichts daran ändern wollen. Das kanadische Örtchen war eben meine Heimat. Hier waren meine Freunde und Familie, meine Vergangenheit und Zukunft und wer weiß, vielleicht auch irgendwann meine eigene Familie.

Nachdem ich die Treppe hochgeschlurft war, schälte ich mich aus meinen Klamotten und stellte mich unter die Dusche. Der eiskalte Wasserstrahl prasselte auf meinen Körper und wusch den Dreck des Tages ab. Verflucht, tat das gut. Ich hätte noch eine ganze Weile unter der Dusche stehen können, aber in wenigen Stunden musste ich mich um das Vieh kümmern. Also stellte ich den Wasserstrahl ab, trocknete mich notdürftig ab und tapste ins Schlafzimmer. Auf dem Weg dahin hielt ich inne und stellte mich ans Fenster, von dem aus ich in Rileys altes Kinderzimmer schauen konnte. Die Vorhänge waren bereits zugezogen und es schien kein Licht drinnen zu brennen. Ob sie schon schlief? Hatte sie sich in den Schlaf geweint? Wegen mir?

Mit einer raschen Bewegung zog ich den Vorhang zu, schüttelte den Kopf über mich selbst und haute mich nun endlich aufs Ohr. Dieser Tag war anders gewesen als alle anderen, anstrengender und aufwühlender. Trotzdem suchte mich der Schlaf nicht schneller heim als sonst, ich starrte noch einige Zeit in die Dunkelheit, bis ich in einen unruhigen Traum fiel.

***

Drei Stunden später wachte ich auf, rieb mir die Augen und fühlte mich wie gerädert. Da half nur ein starker, schwarzer Kaffee, also zwang ich mich aus dem Bett und zog mir frische Kleidung über. In der Küche angekommen, ließ ich den Kaffee durchlaufen und warf einen Blick in den Kühlschrank, in dem lediglich gähnende Leere herrschte. Um in das achtzehn Meilen entfernte Einkaufszentrum zu fahren, fehlte mir die Zeit, weshalb ich meist im örtlichen Supermarkt vorbeischaute. Dort war die Auswahl zwar beschränkt und die Preise höher, aber ich sparte mir den langen Weg. Als Kanadier hatte ich selbstverständlich auch immer Ahornsirup im Haus und den besten im gesamten Umkreis gab es unumstritten in Patricias Feinkostladen. Er war immer einen Besuch wert und mit ihrer charismatischen, offenen Art schaffte die Inhaberin es immer, mir die ein oder andere Köstlichkeit anzudrehen. Aber ich gab das Geld gerne aus, zumal nichts über gutes Essen ging und ich gern die örtlichen Geschäfte unterstützte. In White Field gab es keine Fast-Food-Ketten oder Franchiseunternehmen, hier fand man noch Familienbetriebe, die seit Jahrzehnten existierten.

Der Duft von Kaffee füllte die Küche aus und ich stöhnte genüsslich auf, als ich den ersten Schluck davon trank. So, und nicht anders, begann ein guter Morgen. Ich schlurfte zur Haustür raus und setzte mich auf die Treppenstufen der Veranda, die dampfende Tasse

Kaffee in der Hand und den Blick auf den klaren Himmel gerichtet. Noch zeigte sich die Sonne nicht, aber es würde nicht mehr lange dauern.

Ganze zwanzig Minuten saß ich auf der Veranda, die Kaffeetasse war bereits leer und mein Magen verlangte nach einer weiteren, als plötzlich die Tür vom Nachbarhaus schwungvoll geöffnet wurde. Wie erwartet trat Brenda heraus und winkte mir sogleich gutgelaunt zu. Vermutlich war sie auf dem Weg zu einer ihrer ehrenamtlichen Tätigkeiten, denen sie nachging. Genau wie meine Mutter konnte auch sie nicht ihren wohlverdienten Ruhestand genießen, sondern war immer auf Achse. Doch was, oder vielmehr wen, ich nicht erwartet hatte, war Riley, die hinter ihr aus dem Haus trat. Ihre Beine steckten in einer engen Jeans, ihre Füße in einem Paar flacher Schuhe, eine olivgrüne Bluse machte das Outfit komplett. Ihr rotes Haar wurde vom Wind aufgeweht und als sie es sich aus dem Gesicht strich, wagte sie einen Blick zu mir. Der Moment war allerdings so schnell vorbei, dass ich es gar nicht richtig realisieren konnte. Seit gestern Abend stand noch mehr zwischen uns als ohnehin schon und ein Blick in ihre Augen hätte mir zumindest verraten, wo wir gerade standen. Und ich hätte ihr so gern gesagt, dass es mir leidtat. Gestern, damals, so vieles, das wir verbockt hatten. Aber Riley gab mir nicht die Möglichkeit und ich war zu feige, um sie aufzuhalten.

Sie folgte ihrer Mutter, ich schaute ihnen hinterher und fragte mich, weshalb sie trotz ihres Urlaubs so früh auf den Beinen war. Ob sie alte Freundinnen aus der Schule oder dem College besuchte?

Das Klingeln des Telefons aus dem Hausinneren riss mich aus meinen Gedanken, weshalb ich in den Wohnbereich hechtete und den Hörer an mein Ohr presste.

»Trembley.«

»Morgen, Jameson! Wusste ich doch, dass du um die Uhrzeit schon wach bist«, ertönte die Stimme von Scott am anderen Ende der Leitung.

»Klar, die Tiere versorgen sich nicht von selbst«, erwiderte ich und erntete ein losgelöstes Lachen. Da er selbst eine Farm betrieb und vor allem viel Getreide erwirtschaftete, wusste er das natürlich.

»Haben uns schon lange nicht mehr gesehen. Wie wär's, wenn wir uns mal wieder mit den Jungs im *Greystone* treffen? So einen richtigen Männerabend«, schlug er vor.

Das konnte ich gerade gut gebrauchen, endlich mal abschalten, nicht an Rileys Anwesenheit denken und es mir einfach mit meinen Freunden gutgehen lassen. Außerdem gab es im *Greystone* den besten Gin, nicht unbedingt günstig, aber Qualität hatte seinen Preis.

»Da bin ich sofort dabei«, erwiderte ich und fühlte mich mit einem Mal viel wacher. »Hast du Kyle, Aaron und Devon schon angefragt? Steht schon ein Wochenende fest?«

»Du hast es ja richtig eilig.« Scott lachte und kurz darauf vernahm ich lautes Poltern, gefolgt von einem *Daddy, Daddy.* »Ja, mein Engel, ich komme gleich, okay? Daddy führt gerade ein Telefonat«, sagte er gedämpft, ehe seine Stimme wieder durch den Telefonhörer drang. »Sorry, mit mittlerweile drei Kids im Haus geht's ganz schön rund.«

»Ihr habt eben eine ganze Rasselbande unterm Dach.«

»Das kannst du laut sagen, und alles Mädels. Falls ich also irgendwann im Elfenkostüm auftauchen sollte, wundere dich nicht.«

Bei der Vorstellung von Scott, einem fast zwei Meter großen Mann mit Vollbart und kräftiger Statur, in einem Elfenkostüm musste ich schmunzeln. Er und seine Frau Paige hatten bereits kurz nach dem College geheiratet, Zwillinge bekommen und vor Kurzem den dritten Spross im Bunde. Scott ging voll und ganz in seiner Vaterrolle auf und so sehr ich es ihm gönnte, so sehr beneidete ich ihn auch. Er hatte nicht nur eine Farm sondern eine Familie, die ihn auf die wunderbarste Weise um den Verstand brachte. Er hatte all das, was Riley und ich uns gewünscht hatten. Aber manchmal machte das Schicksal andere Pläne und das zu akzeptieren, war fast schwieriger als Rileys Anwesenheit zu ertragen.

»Also ich hab damit kein Problem, Scott. Sag mir nur, ob du als Zahnfee oder Pummelfee auftrittst.«

Daraufhin lachten wir aus vollem Halse und ich schätzte mich glücklich, dass wir fünf noch Jahre nach dem Collegeabschluss in Kontakt standen. Damals waren wir noch Halbstarke und heute erwachsene Männer, die auf eigenen Beinen standen. Mit den Jungs war es jedes Mal so, dass es sich wie immer anfühlte, egal wie viel Wochen oder Monate zwischen unseren Treffen lagen. Wir unterhielten uns über Gott und die Welt, machten Quatsch und genossen den Abend nur unter uns. Da Scott, Devon und ich mit Farmen selbstständig waren, konnten wir uns nicht ganz so oft treffen, aber dafür war es jedes Mal ein überaus gelungener Abend. Ich konnte Kraft tanken und die konnte ich momentan mehr als zur Genüge gebrauchen. Es schien, als schluckte Riley meine ganze Kraft samt der Reserve. Aber es war nicht ihre Schuld, immerhin ließ ich sie so nah an mich heran und ich war vollkommen machtlos.

Bevor wir das Telefonat beendeten, redeten wir noch kurz über die Arbeit und den neuen Trecker, den Scott sich zugelegt hatte. Scheinbar funktionierte etwas nicht richtig und ich bot ihm meine Hilfe an, der Zugmaschine mal unter die Motorhaube zu schauen. Danach musste ich mich aber wirklich um meine Tiere kümmern, sie warteten bestimmt schon hungrig und wunderten sich, wo ich blieb. Für gewöhnlich war ich um die Uhrzeit schon längst dabei, die Rinder zu tränken. So viel zu geregelten Arbeitsabläufen.

Nachdem ich die Rinder und Schweine versorgt hatte, fütterte ich die Hühner mit Getreidekörnern und füllte das Wasser nach. Anschließend sammelte ich im Stall rund zwanzig Eier ein, gab den Gänsen ebenfalls Getreidekörner und wechselte das Wasser aus. Gerade warf ich einen Blick auf die Nachbarsfarm, als Kenneth mit einer Heugabel aus dem Rinderstall stapfte und mir zuwinkte. Ich hob den Arm zum Gruß, schloss das Gatter zum Gänsestall und ging hinüber, um Kenneth unter die Arme zu greifen. Ich glaubte, insgeheim war Brenda froh, dass er meine Hilfe annahm und er sah es weniger als solches an, sondern als Unterstützung unter Farmern. Bereits als kleiner Junge hatte ich ihm geholfen und wurde von ihm eingewiesen, ähnlich war es heute. Vermutlich sah er mich immer noch als den Nachbarsjungen, der ihm, was die Rinderhaltung anging, nacheiferte und am liebsten jede freie Minute bei den Tieren verbracht hätte. Aber das war nicht schlimm, denn ich

sah ihn ebenso immer noch als Vorbild – und Vater
meiner ersten großen Liebe.

Kapitel 11 — Riley

Nach einem fünfzehnminütigen Fußweg, bei dem wir den noch leeren Ortskern von White Field mit seinen Geschäften durchquerten, standen wir dem gelbgestrichenen Gebäude des Crayon Kindergarten gegenüber. Die Fenster waren von bunten Bildern geschmückt, im angrenzenden Außenbereich gab es zahlreiche Kletter- und Spielmöglichkeiten und lautes Stimmengewirr drang nach außen. Ein Lächeln schlich sich auf mein Gesicht. Als kleines Mädchen hatte auch ich den Crayon Kindergarten besucht und hier hatte sich, abgesehen von neuen Spielgeräten, kaum etwas geändert.

»Vor ein paar Jahren hat die Gemeinde den Kindergarten modernisiert«, berichtete mir Mom und betätigte die Klingel am Eingang. »Du wirst Augen machen.«

Kurz darauf öffnete uns eine Frau mit pechschwarzen Korkenzieherlocken die Tür und als wir uns gegenüberstanden, konnte ich es kaum fassen. So lange war es her, dass wir uns das letzte Mal gesehen hatten, und doch erkannte ich sie auf den ersten Blick.

»Oh mein Gott, Riley, du bist es wirklich!« Erin schlang ihre Arme um mich und ein freudiges Lachen entschlüpfte mir. Es war, als wäre ich nie fortgewesen.

»Kaum zu glauben, was?«, erwiderte ich, als wir uns aus unserer stürmischen Umarmung lösten und uns in die Augen schauten. Sie hatte noch genau dasselbe strahlende Lächeln, das sich in ihren stahlgrauen Augen widerspiegelte, und dieselben perfekt geschwungenen Augenbrauen. Nicht umsonst war Erin in der Highschool ein echter Feger gewesen und hatte sich aussuchen können, mit wem sie zum Abschlussball ging.

»Wie lange ist es jetzt schon her?«

»Fünf Jahre«, murmelte ich schuldbewusst. Fünf Jahre, in denen ich mich viel zu selten bei ihr gemeldet hatte. Fünf Jahre, in denen Erin nie müde geworden war, mir Nachrichten zu schicken. Es war einfach, Kontakte zu knüpfen und Bekanntschaften zu machen, aber Freundschaften aufzubauen und zu pflegen war eine Herausforderung. Und wahre Freundschaft war so selten zu finden wie die Nadel im Heuhaufen, aber wenn man sie gefunden hatte, blieb sie. So wie bei Erin, Cassie und mir. Obwohl ich es ihnen nicht leichtgemacht hatte.

»Ich bin so froh, dich wiederzusehen«, sagte Erin und nahm mich ein weiteres Mal in die Arme.

Auch wenn ich die letzten Tage über meine Rückkehr gezweifelt und sie sogar verteufelt hatte, so hatte es sich allein deshalb gelohnt. Wer weiß, wann ich Erin jemals wieder getroffen hätte, wenn nicht heute.

»Und ich erst«, erwiderte ich und blinzelte die aufkommenden Tränen weg. Die Erkenntnis, dass ich nicht nur eine Familie, sondern auch Freunde zurückgelassen hatte, war gleichermaßen berührend wie verletzend. Die letzten Jahre in New York hatte ich so sehr in meiner eigenen Blase verbracht, dass ich die Augen vor all dem verschlossen hatte. Nicht ein einziges Mal hatte ich daran gedacht, meine Freundinnen Cassie und Erin zu besuchen, weil mich allein der Gedanke an die Vergangenheit gelähmt hatte.

»Kommt rein, die Kinder warten schon ganz ungeduldig.« Erin führte uns in eine der vier Kindergartengruppen, in deren Raum uns rund zwanzig Kinder auf Sitzkissen bereits erwarteten. Als sie meine Mutter erblickten, klatschten und jubelten sie und ihre kindliche, unbeschwerte Begeisterung übertrug sich auf mich.

»Guten Morgen, meine Lieben«, begrüßte Mom die Mädchen und Jungs, die ihr schon jetzt an den Lippen hingen. »Sicher wollt ihr erfahren, welches Buch wir heute lesen, oder?«

In einer Lautstärke, die meine Ohren klingeln ließ, bejahten die Kindergartenkinder ihre Frage. Erin hielt sich scherzhaft die Ohren zu und deutete mir, mich neben sie zu setzen. Im Schneidersitz ließ ich mich neben ihr nieder und lauschte gebannt meiner Mutter. Sie ging so entspannt und liebevoll mit den Kindern um, als hätte sie nie etwas anderes gemacht – dabei hatte sie bis zu ihrem Ruhestand als Sekretärin des Bürgermeisters von White Field gearbeitet.

»Heute werde ich euch aus *Der Eisbär und der Waisenjunge* vorlesen«, fuhr Mom fort und holte ein gebundenes Buch aus ihrer Handtasche. Das Cover zeigte eine schneebedeckte Landschaft und einen Eisbären, auf dessen Rücken ein kleiner Junge saß. »Eure Erzieherin Erin hat mir erzählt, dass ihr erst vor Kurzem Eisbären gemalt habt. Wollt ihr mir eure Zeichnungen mal zeigen?«

Sofort sprangen sie auf, zeigten auf die zahlreichen Bilder an der Wand und plapperten munter auf meine Mutter ein. Diese wiederum unterhielt sich so unbeschwert mit ihnen, dass ich daran dachte, wie gut sie sich doch als Oma machen würde. Wenn ich ihr denn jemals einen Enkel oder eine Enkelin schenken konnte.

Sogar mir zeigten die Kinder stolz ihre Zeichnungen und auf einmal wuselten so viele um mich herum, dass ich gar nicht wusste, welchen Eisbären ich zuerst bestaunen sollte. Warum konnte man sich als Erwachsener nicht auch ein Stück ihrer Sorglosigkeit beibehalten? Warum wurde stattdessen das Erwachsensein von Ernsthaftigkeit dominiert?

Nachdem die Kinder wieder ihre Plätze eingenommen hatten, nicht ohne von Erin darauf hingewiesen worden zu sein, begann Mom aus dem Kinderbuch vorzulesen. Sie las so lebendig und mitreißend, dass sie die volle Aufmerksamkeit der Jungen und Mädchen hatte. Es ging um einen kleinen Jungen, der in der eisigen Wildnis ausgesetzt und von einem Eisbären aufgenommen wurde. Er wächst im Dorf des Bären auf und lernt dabei einige Lektionen über das Überleben. Eine berührende Geschichte zwischen Mensch und Tier, die nicht nur für die Kleinen spannend war.

Als nach ungefähr dreißig Minuten Unruhe einkehrte und die Konzentration der Kinder nachließ, las meine Mutter das angefangene Kapitel zu Ende und Erin entließ die Mädchen und Jungen. Natürlich nicht ohne dass sie sich mit einem tosenden Applaus bei ihr bedankten. Sie waren so einfach zu begeistern und dabei so dankbar, dass ich nicht länger die tiefe Traurigkeit zurückhalten konnte, die durch meine Glieder fuhr. Mir wurde heiß und kalt zugleich, Panik schnürte mir den Hals zu und ich musste so schnell wie möglich raus. Luftschnappen, nicht im Strudel der Erinnerungen untergehen und nach vorn blicken. Nicht zurück, niemals in die Vergangenheit.

Ich erhob mich so ruckartig, dass der winzige Stuhl nach hinten umkippte und mir mehrere kleine Augenpaare überrascht hinterhersahen, als ich fluchtartig den Raum verließ. Draußen angekommen legte ich den Kopf in den Nacken, schloss die Augen und versuchte, mich auf meine Atmung zu konzentrieren. Das war aber leichter gesagt als getan, wenn weiterhin die vergnügten Kinderstimmen nach außen drangen und mir nur mehr vor Augen hielten, was Jameson und ich hätten haben können.

Da wurde plötzlich die Tür aufgerissen und Erin stand vor mir. Ein betroffener Ausdruck legte sich auf ihr Gesicht und sie legte einen Arm um mich. Natürlich musste sie nicht fragen, was los war, sie wusste es.

»Das war zu viel, hm?«

Ich brachte nichts weiter als ein lahmes Kopfnicken zustande, denn alles andere hätte mir mehr Kraft abverlangt als ich geben konnte. White Field war zu viel, der Kindergarten, Jameson, einfach alles war zu viel für mein geschundenes Herz. An jeder Ecke lauerten Erinnerungen, die wie ein Platzregen auf mich niederprasselten und vor dem mich selbst ein Regenschirm nicht schützen konnte.

»Es war eine dämliche Idee, herzukommen«, brachte ich hervor.

»Sag sowas nicht, Riley.«

»Du hast ja keine Ahnung, wie es ist, überall mit der Vergangenheit konfrontiert zu werden. Und ich Idiotin dachte, ich wäre darüber hinweg.« Ich seufzte. »In New York City war es einfach, dort hatte ich meine Arbeit und meine eigenen vier Wände, in die ich mich einschließen konnte. Ich musste mich nichts und niemandem stellen.«

»Du hast recht, ich weiß nicht, wie es dir geht. Ich kann es mir nur vorstellen und wahrscheinlich fühlt es sich für dich noch tausendmal schlimmer an«, sagte sie einfühlsam. »Aber ich wäre nicht deine Freundin, wenn mir nicht was einfallen würde, um dir deinen Urlaub zu versüßen, oder?«

Ich spitzte die Lippen. »Was spukt dir in deinem Köpfchen herum?«

Ein breites Grinsen schlich sich auf Erins Gesicht und sie tippte sich mit dem Zeigefinger ans Kinn. »Urlaub bedeutet, es auch krachen zu lassen, und die letzten fünf Jahre hatten du, Cassie und ich dafür keine Zeit. Also sollten wir das schleunigst nachholen! Wer weiß, wann du das nächste Mal nach White Field kommst.«

Obwohl ich Erin gut genug kannte, um zu wissen, dass ihr letzter Satz nicht vorwurfsvoll gemeint war, schlug ich beschämt die Augen nieder. Ich war so sehr damit beschäftigt gewesen, das, was in White Field vorgefallen war, zu vergessen, dass ich sogar meine Freundinnen von mir gestoßen hatte. Dabei waren Cassie und Erin seit der Highschool stets an meiner Seite gewesen, ganz besonders als das Schicksal unliebsam zuschlug. Wie oft hatten wir Mädelsabende veranstaltet, irgendwelche ungenießbaren Cocktails gemixt und darüber sinniert, wie wohl die Hochzeit von Jameson und mir aussehen würde. Natürlich war es selbstredend, dass Cassie und Erin meine Brautjungfern sein und meinen Junggesellinnenabschied organisieren würden.

»Und du glaubst, Cassie sagt zu? Immerhin hab ich mich die letzten Jahre viel zu selten bei euch gemeldet ... «

Erin machte eine wegwerfende Handbewegung. »Wenn einer weiß, was du und Jameson durchgemacht habt, dann sind das wohl wir, oder? Freundinnen bleiben Freundinnen, Riley.«

Die beiden ahnten ja nicht, wie dankbar ich ihnen für ihre unendliche Freundschaft war. Auch wenn es Erin zufolge nichts gab, was ich wiedergutmachen musste, so wollte ich mich bei ihnen revanchieren. Zwar war ich mir noch nicht darüber einig, wie ich das anstellen sollte, aber irgendwas fiel mir bestimmt ein. Und bis zu unserem Mädelsabend blieb mir sicher noch etwas Zeit.

»Wie wär's mit diesem Wochenende?«

Oder auch nicht. Wie konnte ich nur Erins Vorliebe für spontane Einfälle vergessen? Diese hatten mich bereits zu Schulzeiten wahnsinnig gemacht. Ich bevorzugte es, einen Vorlauf von mindestens einem Tag zu haben – alles andere machte mich nervös.

»Dieses Wochenende?«, quiekte ich.

Erin nickte und vereinzelte lockige Strähnen fielen ihr ins Gesicht, die sie zurückstrich. »Oder hast du schon was anderes geplant?«

»Ähm, nein.«

»Na, siehst du. Und wenn Cassie sich keine Zeit frei-
schaufeln kann, komm ich eigenhändig mit der Mistgabel vorbei.«

Daraufhin lachten wir, die Vorstellung von Erin, die
eine Mistgabel in der Hand hielt, war einfach zum
Schießen. Zwar war sie wie ich in White Field aufgewachsen, aber Mist und Kuhfladen waren nicht ihre
Welt. Damals war sie viel zu sehr um ihre manikürten
Nägel besorgt gewesen, als dass sie freiwillig mitange-
packt hätte. Ein Blick auf ihre gefährlich langen Fingernägel verriet mir, dass das heute immer noch der Fall
war. Wenigstens irgendwas, das noch so war wie früher.

»Arbeitet sie noch immer bei *Heathers Hair Salon*?«,
fragte ich.

»Der Salon trägt mittlerweile den Namen *Cassies Cut
Salon*.«

Ich riss die Augen auf. »Nein?!«

»Oh doch«, erwiderte Erin kichernd.

»Wieder etwas, das ich verpasst hab. Dabei war das
Cassies großer Traum gewesen, ein eigener Salon!«
Frustriert rieb ich mir mit den Händen durch mein ohnehin gerötetes Gesicht. Ich musste erst meiner Schul-
freundin Erin begegnen, um zu kapieren, was ich alles
hinter mir gelassen hatte und was mir entgangen war.
Und ewig konnte ich nicht die Vergangenheit als Ausrede vorschieben, und mich wie eine Idiotin verhalten – sowohl meiner Familie als auch meinen Freunden gegenüber.

Lautes Stimmengewirr ließ uns herumfahren. »Ich
muss wieder rein, ich kann meine Kollegin und deine
Mom nicht länger allein lassen«, meinte sie und ehe sie

zurück in den Kindergarten ging, drückte sie meine Hand. »Es nützt nichts, immer wieder die Vergangenheit zu durchleben, Riley. Du kannst nur deine Zukunft verändern.«

Sie hatte recht, so verdammt recht, aber es fiel mir schwer, mit etwas abzuschließen, das mir jeden Tag aufs Neue begegnete. Ich konnte mich nicht für immer in Selbstmitleid und den Auswirkungen der Vergangenheit suhlen.

Ich versuchte, sowas wie ein Lächeln zustande zu bringen, aber vermutlich war es wenig überzeugend. »Geh du schonmal vor, ich komm nach.«

Als ich schließlich allein war, ließ ich den Blick über die meterhohen, dichten Baumspitzen und die Dächer der umliegenden Häuser gleiten. Kaum zu fassen, dass Jameson und ich hier sogar ein Haus gekauft hatten, das älter als wir beide zusammen und deshalb ziemlich renovierungsbedürftig war. Zu keiner Zeit war ich je glücklicher gewesen.

Vor 6 Jahren

Nervös starrte ich auf die Verpackung in meinen Händen und schluckte die aufkommenden Zweifel herunter. Ich wollte Gewissheit haben und ein Schwangerschaftstest war unumgänglich. Seit Wochen plagte mich morgendliche Übelkeit und meine Periode, die für gewöhnlich nie mehr als zwei Tage später einsetzte, verspätete sich bereits um knapp zwei Wochen.

»Mist«, murmelte ich, fuhr mir mit der Hand durch die Haare und riss ungestüm die Verpackung auf. Das kleine Stäbchen, auf das ich pinkeln musste, lag wie der Heilige Gral in meiner Hand. Was, wenn er positiv war?

Wenn ich wirklich ... schwanger war? Der Zeitpunkt war denkbar ungünstig, denn vor Jameson und mir lagen die letzten Prüfungen unseres Studiums und danach wollten wir in die Arbeitswelt einsteigen, um die Renovierung stemmen zu können. Aufgrund seines Zustandes war das Haus erschwinglich gewesen und sowohl seine als auch meine Eltern hatten uns als, wie sie es nannten, vorzeitiges Hochzeitsgeschenk etwas dazugegeben. Die Renovierung hingegen würde uns einiges an Schweiß und Geld kosten.

Okay, es nützte nichts, ich musste diesen Test machen. Außer meine Periode überlegte es sich anders und setzte genau in diesem Augenblick ein. *Du bist ein wirklicher schlauer Fuchs, Riley*, sprach ich mir selbst zu und klatschte mir imaginär mit der Hand gegen die Stirn.

Also gut, Hose runter, auf das Stäbchen gepinkelt und nun hieß es abwarten. Ich lief im Bad auf und ab, die Arme vor der Brust verschränkt und wagte es kaum, einen Blick auf den Test zu werfen. Wie quälend langsam konnten fünf gottverdammte Minuten vergehen? Das war ja schlimmer als auf die Klausurergebnisse am College zu warten oder bis die Mikrowelle das Essen erwärmt hatte, wenn einem der Magen vor Hunger bis zum kleinen Zeh hing.

Nach einer gefühlten Ewigkeit, die mit einem Schlag endete, teilte mir der Timer meines Smartphones mit, dass die fünf Minuten vorüber waren. Und mit einem Mal wünschte ich mir, die fünf Minuten hätten nie geendet. Was, wenn der Schwangerschaftstest zwei Striche anzeigte? Wie sollte ich das Jameson beibringen? Und viel wichtiger, wie würde er reagieren? Würde er sich, trotz des Prüfungsstresses, in dem wir uns befanden, freuen? Aber was, wenn nicht? Ja, wir wünschten uns Kinder und wollten nach dem College heiraten – aber doch nicht jetzt!

Panik schnürte mir den Hals zu und ich war drauf und dran, loszuweinen, als ich mir ein letztes Mal in den eigenen Hintern trat. Jameson liebte mich, ich liebte ihn und wir waren gerade dabei, uns eine gemeinsame Zukunft aufzubauen – niemals würde er das nach all den Jahren wegwerfen. Oder? Nein, das war ausgeschlossen. Wenn der Test nun positiv war, dann wollte es das Schicksal so.

Also drehte ich mich mit zusammengekniffenen Augen um, atmete geräuschvoll aus und schaute endlich auf die Anzeige des Schwangerschaftstests. Die Welt um mich herum blieb stehen, während ich Achterbahn zu fahren schien.

Zwei Striche. Das bedeutete positiv, und das wiederum, dass ich ... dass wir ...

Ich konnte nichts denken, nichts wahrnehmen, nicht einmal das Geräusch der zufallenden Haustür und Jamesons Stimme. Er sagte etwas, rief dann meinen Namen und stand schließlich in der Tür zum Badezimmer.

»Riley? Ist alles okay?«

Ich weiß nicht, ist es das?, wollte ich sagen und bekam doch kein einziges Wort heraus. *Ist immer noch alles okay, wenn ich dir sage, dass ich ein Kind von dir erwarte?*

»Süße?« Er kam näher und auch ich schaffte es, mich zu ihm umzudrehen und den Blick zu heben. Seine stahlgrauen Augen, die unter dichten Augenbrauen ruhten, erforschten mich und holten mich zurück ins Hier und Jetzt.

»Jameson«, setzte ich mit brüchiger Stimme an.

Unsere Fingerspitzen berührten sich und mit dem Daumen strich er über meinen Handrücken. »Ist was passiert? Langsam mach' ich mir Sorgen«, meinte er.

»Ja. Ich meine, nein.« Meine Güte, was war daran so schwer, es ihm zu offenbaren? Wir waren seit der High-school zusammen, niemand kannte mich besser als er und unsere Zukunft war, so kitschig es klang, in Stein gemeißelt. Er und ich, das war alles, was wir beide je wollten.

»Riley, bitte«, drängte Jameson mich.

»Ich bin schwanger.« Wo es mir vor wenigen Minuten nicht einmal möglich gewesen war, die richtigen Worte zu finden, waren sie nun auf einmal aus mir herausge-sprudelt.

»Du bist … oh mein Gott, ist das dein Ernst?« Er um-klammerte meine Handgelenke so fest, dass es fast schmerzte. »Das ist dein Ernst, oder Riley?«

»Ja.«

Mit weitaufgerissenen Augen sah er mich an und es fiel mir schwer, zu deuten, ob sich darin Freude oder Entsetzen widerspiegelten. »Wir werden Eltern!«

»Du freust dich also?«, fragte ich.

»Aber natürlich! Du etwa nicht?«

»Doch, schon«, gestand ich ein, als mir bewusst wurde, was hier gerade geschah. Ich war schwanger, verdammt! Jameson und ich würden eine Familie sein! Zwar früher als geplant, aber war es nicht egal, *wann* Wünsche wahr wurden? War es nicht weitaus bedeu-tender, *dass* sie wahr wurden? »Ich war mir nur nicht sicher, was du sagen würdest. Wir sind doch gerade in den letzten Zügen unseres Studiums und wegen des Hauses … «

»Riley, wir bekommen das schon hin. Dann kümmerst du dich eben erst später um einen Job, ja und? Das Allerwichtigste ist unser Kind.«

Unser Kind. Die Worte aus Jamesons Mund zu hören, erfüllte mich mit unsagbarer Freude. Es änderte unser Leben auf eine wunderbare Weise und plötzlich verschwanden all die Sorgen aus meinem Gedächtnis. Gerade zählten nur Jameson, unser ungeborenes Baby und ich.

»Du bist doch meine Smiley-Riley«, sagte er flüsternd und zog mich an sich heran.

»Ich liebe dich«, stieß ich mit tränenerstickter Stimme hervor.

»Ich liebe dich auch, und unser kleines Baby.« Mit den Fingerspitzen strich er über meine Wange und unsere Lippen fanden sich. Sanft und zärtlich, ohne Bedrängnis, sondern so als hätten wir alle Zeit der Welt, küssten wir uns.

Bald würden wir zu dritt sein.

Kapitel 12 — Jameson

Das Wochenende stand schneller als erwartet vor der Tür und so tigerte ich bereits samstagsnachmittags unruhig im Haus herum. Die Tiere waren mit Futter, Wasser und neuem Heu versorgt und auch das Geschirr der letzten Tage hatte ich bereits abgewaschen. Unser letzter Männerabend war über einen Monat her und ich merkte, wie es mir fehlte, abzuschalten und mal nicht über die täglichen Verpflichtungen nachzudenken. *Und über Riley*, setzte ich in Gedanken hinzu. Aber heute wollte ich nicht an sie denken, heute ging es nur um meine Jungs und jede Menge Quatsch. Wobei sie mich bestimmt wieder mit Fragen löcherten, was mein Liebesleben anging, und wie ich sie kannte, würden sie mich belächeln. Sowohl Scott als auch Devon und Aaron waren verheiratet und bereits Väter, ihre wilden Zeiten waren vorüber. Einzig Kyle wollte sich nicht binden und bevorzugte wie ich lockere Beziehungen, wobei er sich bedeckt hielt und keiner wirklich wusste, worauf er aus war. Er hatte einen gutbezahlten Job als Fotograf in Belcourt, die nächstgrößere Stadt in der Umgebung, ein nettes Häuschen am Rande von White Field und eine stilvolle Inneneinrichtung. Ob es in seinem Leben aber Platz für eine Frau gab? Das wusste keiner so richtig, vielleicht nicht einmal er selbst. Im

Grunde genommen ging es mich auch nichts an, jeder von uns führte sein Leben, wie er es für richtig hielt. Und was für den einen passend war, war es nicht zwingend für den anderen. Manchmal war aber das Richtige nicht immer das, was einen glücklich machte. Gelegentliche Dates und Sex waren in Ordnung, aber die Freude war nur von kurzer Dauer. Genau so wenig wie Geld und Reichtum konnten Affären einen auf ewig glücklich machen.

Gerade lief ich im Wohnzimmer auf und ab und war bereits drauf und dran, den Staubwedel zu schwingen, als ich vom Fenster aus Kenneth erblickte. In gewohnter Arbeitskleidung, verstrubbeltem Haar und Werkzeug in den Händen stapfte er Richtung Weide. Ich runzelte die Stirn. Wollte er etwa jetzt schon den Zaun für die Rinder herrichten?

Mit großen Schritten lief ich auf die Veranda, als er mich auch schon bemerkte und mir zuwinkte. »Bereitest du den Zaun für die Weide vor?«, frage ich nach, woraufhin Kenneth nickte und ich mit dem Kopf schüttele. Wie mein Dad will er auch am liebsten alles allein stemmen und ja keine Hilfe brauchen.

Da deutete er mir plötzlich mit einer Armbewegung, ihm zu folgen. Wahrscheinlich war er einfach zu stolz, mich zu fragen. Also schlüpfte ich in Arbeitsschuhe und machte mich mit Kenneth auf den Weg zu den Weiden, die nur wenige Meter hinter den Rinderstallungen lagen. Im Sommer verbrachten die Rinder die Tage und Nächte dann hier.

»Hättest ruhig was sagen können«, murmelte ich, als wir dort ankamen und dabei waren, Abmessungen vorzunehmen.

»Ich hatte sowieso nicht vor, heute den ganzen Zaun auszurichten«, meinte er und zuckte mit den Schultern.

»Na gut, das will ich dir mal glauben.«

Seine Mundwinkel zuckten und verrieten mir, dass das nur ein Vorwand war. Aber ich konnte nicht anders, als sein Lächeln zu erwidern, und so machten wir uns an die Arbeit. Ich war froh, dass ich Kenneth schon lange genug kannte, um keine erzwungenen Gespräche mit ihm führen zu müssen. Hier und da unterhielten wir uns, manchmal aber schwiegen wir auch zusammen.

Die Sonne versteckte sich hinter dichten, grauen Wolken und den hohen Bergspitzen, die White Field umgaben. Vereinzelt konnte man kleine Schneehauben entdecken und eine Quelle, die aus einem Berg entsprang. Ein paar Mal war ich sogar in den Bergen Kanadas klettern gewesen, und obwohl ich glaubte ganz gut in Form zu sein, brachte es mich ziemlich ins Schwitzen. Die Aussicht hatte das wiederum wettgemacht, denn Kanada von oben zu betrachten war nochmal etwas ganz anderes als die Landschaft jeden Morgen vor der Nase zu haben. Die umliegenden Ortschaften, die Seen und dichten Wälder aus der Höhe zu sehen, war ein atemberaubendes Gefühl. Dafür lohnte sich der anstrengende Aufstieg allemal.

Eine mir nur allzu bekannte Stimme, die mehrmals »Dad!« rief und immer näherkam, riss mich aus meinen Gedanken. Ich drehte mich in die Richtung, aus der sie zu kommen schien und musste mir ein Augenrollen verkneifen. Nach dem gestrigen unschönen Zusammenstoß zwischen Riley und mir, war es besser, nicht noch für mehr Unstimmigkeiten zu sorgen. Also ließ ich mir nichts anmerken und fuhr mit den Abmessungen fort.

»Dad! Ich suche dich schon die ganze Zeit, nicht mal Mom hast du Bescheid gegeben, wo du bist«, klagte Riley und verschränkte die Arme vor der Brust.

»Jameson ist bei mir«, war alles, was Kenneth darauf sagte.

»Hm.«

Mir entging nicht der Seitenblick, den sie mir zuwarf. Offensichtlich war es auch ihr Plan, mich so wenig wie möglich zu beachten – gut so. Alles andere würde wahrscheinlich nur zu weiteren Auseinandersetzungen führen.

»Mom fragt, was du zum Lachs dazu haben möchtest.«

»Wie immer mariniert mit Ahornsirup und Sojasauce, dazu Gemüse«, antwortete Kenneth und reichte mir Zollstock und Stift.

Wieder machte sie »Hm«, hatte die Lippen aufeinandergepresst und weiterhin die Arme vor der Brust verschränkt. »Willst du ... mitessen?«, fragte sie mich nur widerwillig und aus reiner Höflichkeit – und nicht, weil sie mich unbedingt dabeihaben wollte.

Kurz überlegte ich, sie reinzulegen und ihre Einladung wider Erwarten anzunehmen, aber ich wollte ihre Geduld nicht unnötig strapazieren. Zumal es sicher keine gute Idee war, wenn wir heute zusammen an einem Tisch saßen. Glücklicherweise musste ich mir aber auch keine Ausrede einfallen lassen. »Ich bin heute Abend verabredet, also muss ich leider ablehnen. Aber nett, dass du fragst.«

Im ersten Moment wirkte sie überrascht, versuchte aber, ihre Verwunderung zu überdecken. »Ach so, ja, schön.« Dann wandte sie sich wieder ihrem Dad zu. »In einer Stunde gibt es dann Abendessen. Ich werde aber nicht dabei sein.«

Kenneth schaute auf. »Warum denn nicht?«

»Dad«, sagte sie langgezogen und verzog die Lippen zu einem kleinen Lächeln, »ich hab dir doch erzählt, dass ich heute mit Erin und Cassie verabredet bin.«

»Ach, stimmt. Du darfst deinem alten Herrn nicht übelnehmen, dass er ab und zu was vergisst.«

»Niemals, Dad.«

Das Lächeln, das ihr Gesicht zierte, stand ihr so viel besser als die tiefe Trauer und der Schmerz, die sie gezeichnet hatten. Es war Jahre her, dass ich sie sorgenfrei und glücklich habe lächeln sehen. Damals war sie so voller Freude gewesen und wenn sie weinte, dann nur vor Glück und nicht weil ihr Herz zerbrochen war.

»Viel Spaß mit deinen Freundinnen und amüsiere dich, mein Liebling.« Er drückte seiner Tochter zum Abschied einen Kuss auf den Scheitel.

»Dir, äh, auch noch einen schönen Abend«, murmelte sie in meine Richtung, ehe sie auf dem Absatz kehrtmachte.

Ohne es zu merken, sah ich Riley noch eine ganze Weile hinterher, bis sie im Haus verschwunden war. Sie traf sich also mit Erin und Cassie. Damals in der Highschool waren die drei unzertrennbar gewesen, wie ihr Kontakt jedoch seit Rileys Flucht aus White Field aussah, wusste ich nicht. Da sowohl Erin als auch Cassie hier lebten und arbeiteten, begegnete ich ihnen hin und wieder. Wir grüßten uns, unterhielten uns über belangloses Zeug und das war's. Sie hatten mich nur wenige Male auf Riley angesprochen und da ich damals selbst nicht gewusst hatte, wohin sie verschwunden war, hatten sie es dabei belassen. Ich vermutete, dass sie befürchteten, mir mit ihrer Fragerei noch mehr Schmerz zuzufügen. Damit hatten sie nicht gänzlich unrecht gehabt, aber immerhin waren sie Rileys beste Freundinnen und sie hatte auch die zurückgelassen. Hatten sie nicht auch ein Anrecht darauf gehabt, zu wissen, wo sie sich aufhielt? Das spielte aber nun keine Rolle mehr, ich sollte mir nicht den Kopf darüber zerbrechen. Letztendlich war all das Rileys Entscheidung gewesen. Ihr Leben, ihre Entscheidung. *Ihr Leben, in welches auch du gehört hast,* schoss es mir durch den Kopf. Warum zum Henker konnte man Gedanken nicht einfach ausschalten?

»Du bist heute Abend also auch verabredet?«

»Hm?« Ich fuhr herum und blickte Kenneth ertappt an. »Ja, mit den Jungs. Wir haben uns schon viel zu lange nicht mehr gesehen, ist bitter nötig.«

Er nickte. »Hm«, machte er dann, wie Riley, und ich ahnte, dass das nichts Gutes hieß.

»Was *hm*?«

So recht wollte er mit der Sprache nicht rausrücken, Kenneth druckste herum, bis ich schließlich genervt die Backen aufblies.

»Dachte du triffst eine deiner ... Freundinnen«, äußerte er sich endlich.

Ich runzelte die Stirn, hielt in meiner Bewegung inne und versuchte, Kenneth' Blick aufzufangen. Erfolglos, denn er wich meinem geschickt aus. »Was soll das bedeuten? Eine meiner Freundinnen?«

»Na ja, ich seh' doch, dass hin und wieder Frauen dein Haus betreten und verlassen.«

»Und?«

»Nichts und.«

»Das machst du mir zum Vorwurf?«, hakte ich nach.

»Herrgott, nein«, entgegnete er nun wenig gefasster und sah mir endlich ins Gesicht. »Du kannst tun und lassen, was du willst, Jameson. Aber denkst du mal dran, wie es Riley damit geht? Ich glaube nicht, dass sie–«

Ich stieß ein Lachen aus. »Wie es Riley damit geht? Ist das dein Ernst, Kenneth? *Sie* hat mich damals verlassen! *Sie* hat unsere Zukunft weggeschmissen! Hat sie eine einzige Sekunde daran gedacht, wie es mir geht? Nein!« Wut fuhr durch meinen Körper und ich konnte nicht fassen, dass ich gerade dieses Gespräch führte. Sicher, es war schwer für Kenneth, mit dieser Situation umzugehen, aber mit diesen Äußerungen hatte er eine Grenze überschritten.

»So meinte ich das nicht«, ruderte er hastig zurück und hielt mich am Arm zurück, als ich mich von ihm abwenden wollte. »Was ich damit sagen will, ist, dass ihr beide darunter leidet. Ich hab mitangesehen, wie meine Tochter *und* der Junge, der wie ein Sohn für mich ist, zerbrechen. Denkst du, das vergesse ich?«

»Nein, natürlich nicht«, antwortete ich flüsternd.

»Na, also«, er klopfte mir auf die Schulter, »ich hab nur Sorge, wenn Riley mitbekommt–«

»Das hat sie längst.«

»Du meinst ...?«

Diesmal war ich derjenige, der den Blick gesenkt hielt. »Ja.«

»Weißt du, ich kann mir denken, warum du all diese lockeren Liebeleien eingehst, es ist nicht so, dass ich es nicht nachvollziehen könnte«, erwiderte er. »Nur ist bei Riley genau das Gegenteil der Fall, sie kann sich auf nichts und niemanden mehr einlassen. Ihr musstet beide lernen, damit auf eure Art und Weise umzugehen.«

Nun plagte mich das schlechte Gewissen, das ich bis dato gut verdrängt hatte, tausendfach mehr. Bedeutete das, Riley war bisher keine Beziehung mehr eingegangen? So sehr unterschied sich also unsere Art und Weise mit der Vergangenheit umzugehen. Ich fühlte mich als Schuldigen, obwohl es in dieser Angelegenheit keinen Schuldigen gab – außer vielleicht das Schicksal, das viel zu unberechenbar arbeitete. Am liebsten wollte ich auf der Stelle zu Riley laufen, sie umarmen und ihr sagen, dass es mir all die Jahre doch nicht anders ergangen war. So sehr man versuchte, das Geschehene zu verdrängen, so wenig erfolgreich erwies sich diese Taktik. Das hatte ich am eigenen Leib erfahren müssen. Aber vielleicht befand ich mich auch gar nicht in der Position, Riley gegenüberzutreten, hatte uns genau dieses Ereignis doch auseinandergerissen. Dabei dachte ich, nichts und niemand hätte unserer Liebe etwas anhaben können. War sie etwa nicht stark genug gewesen? Waren *wir* nicht stark genug gewesen? Oder hatte das Schicksal einfach heftiger zugeschlagen als wir uns je hätten dafür wappnen können?

Verdammter Mist, da hätte ich mir doch fast einen Nagel in den Finger gehauen, weil ich wieder diesen elendigen Gedanken hinterherhing. Es brachte nichts, immer und immer wieder die Vergangenheit zu durchleben, man konnte sie ohnehin nicht mehr ändern. Was geschehen war, war geschehen. Ich sollte mich vielmehr auf den bevorstehenden Abend mit Scott, Kyle, Aaron und Devon freuen. Ein paar Gin, die Jungs, lustige Gespräche und ein bisschen Dartspielen – der Abend konnte nur gut werden und ich würde ihn mir von niemandem miesmachen lassen.

Kapitel 13 — Riley

Der Stoff des Kleides schmiegte sich um meinen Körper und ich drehte mich mehrmals prüfend vor dem Spiegel. Es war schon lange her, dass ich mich schickgemacht hatte. War es nicht Ironie des Schicksals, dass ich ausgerechnet in diesem verschlafenen Örtchen, das über nur eine einzige Bar verfügte, das erste Mal wieder ausging? Zuhause in New York City warteten an jeder Straßenecke Bars, Clubs und Restaurants, aber ich war arbeitstechnisch viel zu eingespannt gewesen, um auszugehen. Ob ich überhaupt noch wusste, wie man Spaß hatte und ausnahmsweise nicht an Abgabefristen und Interviewtermine dachte? *Und an Jameson*, fügte ich gedanklich hinzu. Einfach abschalten, den Urlaub genießen und mir mit meinen Freundinnen einen schönen Abend machen. Ob sie mir verziehen, dass ich damals Hals über Kopf aufgebrochen und alles und jeden, Erin und Cassie eingeschlossen, zurückgelassen hatte? Sie waren dabei gewesen, als Jameson und ich zusammenkamen, gemeinsam aufs College gingen, uns ein Häuschen kauften und als sowohl wir als auch unsere Zukunft zusammenbrachen. Aber ich hatte sie von mir gestoßen und keinen anderen Ausweg als diesen gewusst. Ich bereute meine Flucht nach New York City keinesfalls, aber die Art und Weise, wie ich aufgebrochen war. Als wäre mir unsere jahrelange Freundschaft egal gewesen, was nicht der Wahrheit entsprach. Danach hatten wir nur noch unregelmäßig Kontakt gehabt, was mehr an mir als an meinen Freundinnen lag.

Ein letztes Mal sah ich in den Spiegel, zog den roten Lippenstift nach und strich mir durchs Haar. Heute Abend sollte all das keine Rolle spielen, heute Abend wollte ich einfach nur Spaß haben.

»Mom, Dad«, rief ich, als ich die Treppe herunterlief und nach meiner Tasche griff. Ich steckte den Kopf in die Küche, wo beide zusammen am Esstisch saßen und sich den Lachs munden ließen. In Kanada gab es mehrmals die Woche Lachs und es war ein unverzichtbares Gericht. »Ich mach mich dann auf den Weg, könnte spät werden.«

Mom bedachte mich mit einem sanften Lächeln. »Ach, das erinnert mich an alte Zeiten, als du jedes Wochenende mit Erin, Cassie und Jam–«, sie hielt kurz inne, ehe sie möglichst unbeirrt fortfuhr, »unterwegs warst.«

»Und mich daran, wie deine Mutter stets auf der Hut lag, wann du zurückkommst«, fügte Dad grinsend hinzu und kassierte einen liebevollen Stupser von ihr ein.

»Du hast dir doch genauso Sorgen gemacht wie ich.«

Als wolle Dad sie beschwichtigen, legte er eine Hand auf ihren Oberschenkel, und die Blicke, die sie austauschten, ließen meine Wangen erröten. Sie waren schon seit Jahrzehnten verheiratet und doch sahen sie einander nicht nur als Mann und Frau, sondern als Geliebte und Geliebter. Schade, dass es sowas in Zeiten von Dating-Apps immer seltener gab. Tatsächlich hatte ich mich eine Zeit lang auch in Onlinedating versucht, aber schon nach Kurzem frustriert aufgegeben. Dabei versuchte man, sich dermaßen von seiner besten Seite zu zeigen, dass man vergaß, dass es nicht nur darauf ankam. Waren es nicht die Ecken und Kanten, die einen Menschen ausmachten? Man stand nicht immer im Licht, sondern musste auch mit Schatten im Leben auskommen.

»Hab' viel Spaß und grüß' Erin und Cassie von uns«, meinte Mom und strich mir über den Arm.

»Danke, mach ich. Und, Mom? Der Lachs riecht gut.«

Wir tauschten ein Grinsen aus. »Ich stell dir eine Portion in den Kühlschrank, okay?«

Das waren doch mal gute Aussichten. Ich verließ das Haus mit einem guten Bauchgefühl und konnte den Abend mit den Mädels kaum erwarten. Das *Greystone*, in dem wir uns verabredet hatten, war nur wenige Gehminuten entfernt und gab es schon seit jeher. Es war weniger eine Bar als ein Pub, aber allemal gemütlich und damals ein beliebter Treffpunkt gewesen. Von Weitem sah ich Cassie am Eingang warten, deren braune Haarpracht bis zu den Hüften reichte und gesund glänzte. Sie trug eine knallenge Skinny-Jeans, dazu derbe Boots und ein hochgeschlossenes Spitzenoberteil. Cassie hatte schon immer gewusst, sich zu kleiden und mit Mode zu spielen. Während ich selbst auf dem College noch nicht meinen Stil gefunden hatte, verwandelte sie sich jeden Tag in jemand anderes und blieb dabei doch sie selbst.

»Riley, oh mein Gott!« Mit ausgebreiteten Armen kam sie auf mich zu und als wir uns umarmten, schien es nicht, als hätten wir uns das letzte Mal vor Jahren gesehen. »Heißes Kleid«, sagte sie grinsend, als wir uns aus der Umarmung lösten und uns gegenüberstanden.

Unsicher, wie ich das Kompliment aufnehmen sollte, strich ich über den Stoff des Kleides. »Danke. Ich dachte mir, wenn ich mich mal schickmachen kann, dann nutze ich das aus.«

»Gehst du in New York City etwa nie aus?«

»Ich hab viel mit der Arbeit zu tun«, murmelte ich. Das war zwar nicht gelogen, aber entsprach auch nicht unbedingt der Wahrheit.

»Immerhin bist du stellvertretende Redaktionsleitung! Das war doch dein Traum, oder?« Fast hatte ich vergessen, wie schnell Cassie für etwas zu begeistern war. Ihre unverfängliche Art erleichterte es mir aber, alles andere zu vergessen und mich auf den Abend einzulassen.

Während wir draußen auf Erin warteten, die uns beiden eine Nachricht sendete, dass sie sich um fünf Minuten verspätete, löcherte Cassie mich mit Fragen zu meinem Job, die ich ihr bereitwillig beantwortete. Und dabei merkte ich, wie viel mir die Arbeit bedeutete, auch wenn ich oftmals bis in die Nacht hinein schuftete. Recherche zu betreiben, Artikel zu verfassen, Interviews zu führen – ich konnte mir nichts Schöneres vorstellen. Zumindest diesen Traum hatte ich mir erfüllt.

»Und du«, beendete ich meine ausschweifenden Erzählungen, »hast einen eigenen Salon! *Cassies Cut Salon*!«

»Selbst nach zwei Jahren kann ich es noch nicht glauben, mein eigener Salon!« Sie schüttelte ungläubig den Kopf.

»Na, Mädels, habt ihr etwa ohne mich zu viel Spaß?«, erklang plötzlich Erins Stimme und als wir uns umdrehten, fielen mir fast die Augen aus dem Kopf. Hatte ich bis eben noch geglaubt, mich ordentlich herausgeputzt zu haben, stellte Erin jeden in den Schatten. Das lockige Haar hatte sie zu einer aufwendigen Hochsteckfrisur drapiert, dazu trug sie ein schulterfreies, langes Kleid mit Beinschlitz und riesige Creolen.

»Halleluja, was hast du denn heute Abend vor? Willst du alle Junggesellen von White Field abschleppen?«, rutschte es mir raus.

Cassie lachte und knuffte mich in die Seite, während Erin sich provokativ eine Haarsträhne aus dem Gesicht pustete. »Da wäre ich ja in weniger als zwei Stunden fertig«, konterte sie. »Nein, heute Abend will ich es einfach nur mit meinen besten Freundinnen krachen lassen. Vorausgesetzt, wir wissen noch, wie das funktioniert ... « Daraufhin hakte sie sich bei uns ein und wir betraten das *Greystone*. Ob man tatsächlich verlernen konnte, Spaß zu haben? Oder war es wie Fahrradfahren?

***

Das *Greystone* war in den letzten Jahren offensichtlich renoviert worden und erstrahlte in neuem Glanz. Dunkler Linoleumboden, schwarze Möbel mit Lederbezug und stilvolle Dekoration rundeten die Inneneinrichtung ab und hatten es mehr in eine Bar verwandelt.

Zielsicher steuerte Erin einen Tisch im hinteren Bereich an, wo wir Drei uns niederließen. Kurz darauf nahm die Bedienung unsere Bestellung an, wir entschieden uns alle für einen Cocktail und durchforsteten die Speisekarte anschließend nach einer Kleinigkeit zu essen. Um die Uhrzeit waren die Tische nur vereinzelt besetzt, leise Musik füllte den Raum und ich ließ meinen Blick über die Gemälde rauer Landschaften an den Wänden gleiten. Sie zeigten Kanada von seiner prächtigsten Seite und mir, wie schön doch der Ort war, aus dem ich stammte. Hatte ich etwa die ganze Zeit über versucht, mir White Field schlechtzureden und ja kein gutes Haar daran zu lassen, damit ich mich besser fühlte? Um mich weniger schuldig zu fühlen, weil ich Menschen zurückgelassen hatte, die mich bedingungslos liebten?

Während wir auf unsere Getränke warteten, erzählte Cassie von einem ihrer heutigen Kunden im Salon, der sich während des Haarschnitts sage und schreibe fünfmal umentschieden hatte, wie er seine Frisur haben wollte.

»Ich hab ihm dann nur gesagt: Guter Mann, wenn es so weitergeht, haben Sie bald gar keine Haare mehr auf dem Kopf, die ich Ihnen schneiden kann«, beendete sie ihre Erzählung, als uns die Cocktails gebracht wurden und wir freudestrahlend anstießen.

»Auf einen tollen Mädelsabend, wie in alten Zeiten!« Erin lächelte in die Runde.

»Und weniger schwierige Kunden«, fügte ich hinzu.

Kaum benetzte die süßlich-fruchtige Flüssigkeit des Caipirinhas meine Zunge, stöhnte ich genüsslich auf.

Es war das erste Mal seit Langem, dass ich einen Cocktail trank und danach keinen Artikel über die Bar schrieb. Ich konnte ihn einfach genießen, ohne mir bereits Gedanken über mögliche Formulierungen und die finale Bewertung machen zu müssen.

»Das kann ja wohl nicht angehen, Cocktails *muss* man genießen!«, antwortete Erin offensichtlich auf meinen ausgesprochenen Gedanken und orderte nach zwanzig Minuten die zweite Runde Cocktails.

Ich riss die Augen auf. »Ich weiß gar nicht, ob ich überhaupt so viel vertrage!«

»Dann wird's Zeit.«

Und so läuteten wir die zweite Runde Cocktails ein, bei dem das Brennen des Alkohols in meiner Kehle weniger intensiv einsetzte. Der Zucker vermischte sich in meinem Mund mit dem Geschmack von Limette, während die Eiswürfel knackten. Da kam bereits das XXL-Baguette mit Schinken, Peperoni und jede Menge Käse, das wir uns zu dritt teilten. Das Brot war knackig, der Käse darüber geschmolzen und das Wasser lief mir sofort im Mund zusammen. Zuhause wartete zwar noch Lachs von meiner Mom, aber ich konnte unmöglich mit leerem Magen weitertrinken.

Also machten Cassie, Erin und ich uns über das Baguette her und quatschten dabei über Gott und die Welt. Ich erfuhr, dass Cassie sich auch im Online-Dating versuchte, bisher aber nicht Mr. Right getroffen hatte. Ähnlich wie Erin, die sich mittlerweile von allen Dating-Apps abgemeldet hatte und lieber jemanden über den klassischen Weg kennenlernen wollte.

»Kann man sich kaum mehr vorstellen, heute jemanden nicht online kennenzulernen, oder?«, meinte Cassie und schob sich ein Stück des Baguettes in den Mund.

Erin zuckte mit den Schultern. »Einen Versuch ist es wert. Vielleicht treffe ich ja heute Abend ganz unverhofft Prince Charming.«

»Ich wusste gar nicht, dass Prince Charming dein Typ ist«, sagte ich und grinste sie an.

»Na ja, Prince Charming im Holzfäller-Look, verstehst du? Einer, der Möbel aufbauen, mir ein Schuhregal zusammenschrauben und es mir ordentlich im Bett–«

»Erin!«, kam es prompt von Cassie und mir wie aus einem Mund, sodass wir nicht länger an uns halten konnten und loslachten. Es drehten sich einige Köpfe zu uns herum, aber entweder lag es am Alkohol oder daran, dass ich endlich entspannen konnte – es machte mir rein gar nichts aus. Warum war New York City nur so weit weg? Warum konnte ich nicht öfter auf Mädelsabende gehen? *Weil du dich so entschieden hast*, fügte ich gedanklich hinzu.

»Es tut mir so leid«, platzte es aus mir heraus und die Köpfe meiner Freundinnen schnellten zu mir herum. Sie schauten mich unverständlich an, während die Musik um mich herum leiser zu werden schien. »Dass ich damals so ein Arsch gewesen war und einfach abgehauen bin, ohne euch zu informieren. Dabei wart– oder seid – ihr meine besten Freundinnen! Ihr wart immer für mich da, habt mir zur Seite gestanden und dann bin ich einfach für fünf Jahre weg. Ihr müsst mich doch hassen!«

Erin und Cassie wechselten einen Blick, den ich mich nicht traute zu deuten, denn mein Gefühlsausbruch hatte mit einem Mal die Stimmung gedrückt. Aber jetzt war der Moment gekommen, der mir verriet, ob ich meine Freundinnen auf ewig verloren oder doch noch eine Chance bei ihnen hatte.

»Ja, wir waren vor den Kopf gestoßen. Ich meine, am Tag davor haben wir uns noch bei Erin im Wohnheim getroffen und am nächsten Tag warst du weg«, entgegnete Cassie, »das hat uns natürlich irritiert.«

»Wir haben uns tierische Sorgen um dich gemacht«, stimmte Erin zu und ließ das Glas in ihrer Hand hin- und hergleiten. »Wir konnten ja nicht mal ausschließen, dass du dir was angetan hast. Immerhin war die Zeit für dich alles andere als einfach … «

Ich nickte betreten und starrte auf die geschmolzenen Eiswürfel in meinem Cocktail. Einfach war untertrieben. Damals glaubte ich, der Last nicht standhalten zu können. Ich war ein einziges Wrack gewesen.

»Als uns deine Nachricht erreicht hat, dass du wohlauf bist, waren wir erleichtert. Auch wenn du mehrere tausend Meilen weg warst und wohl so schnell nicht zurückkommen würdest. Aber wenn du so besser über den Verlust hinwegkommen konntest, dann mussten wir es wohl oder übel akzeptieren, oder?«, fuhr Cassie fort und fing meinen Blick auf.

»Es war nicht unbedingt die feine englische Art«, wandte ich ein.

Daraufhin zuckte Erin mit den Schultern. »Menschen machen Fehler, Riley. Und was wären wir für Freundinnen, wenn wir dir nicht schon vor langer Zeit verziehen hätten?«

Ihre Worte trieben mir Tränen in die Augen und ich machte mir nicht einmal die Mühe, sie wegzublinzeln. Zu wissen, dass ich mich wenigstens in dieser einen Sache nicht mehr schuldig fühlen musste, ließ mir einen Stein vom Herzen fallen.

»Ihr seid wahre Freundinnen«, brachte ich flüsternd hervor, als wir uns alle Drei in die Arme fielen. Im Herzen waren wir immer noch die jungen Mädchen von damals – nur ein bisschen erwachsener und mit genau denselben großen Träumen. Natürlich hatten wir uns früher auch gezankt und oft in den Haaren gelegen, aber verziehen hatten wir einander immer. Denn ohneeinander war das Leben weniger schön.

Nachdem wir uns gegenseitig die Tränen getrocknet und anschließend über uns gelacht hatten, war es Zeit für die dritte Runde Cocktails und eine Runde Desserts. Cassie bestellte kanadische Schokoschnitten mit Walnüssen und Kokosflocken, Erin entschied sich für gebackenen Ahorn-Pudding und ich mich für einen Flapper Pie mit Erdnussbutter und Himbeeren. In New Cork City hatte ich mich mit mächtigen Schokomuffins und Bubble Waffles sattgegessen, hier in White Field wollte ich mal wieder in den Genuss kanadischer Gerichte kommen.

Das Greystone füllte sich mit fortschreitender Stunde, anregende Gespräche und gedämpftes Lachen erfüllten die Bar. Im vorderen Bereich und wenn es der Platz um die Tische zuließ, wurde sogar ausgelassen getanzt. Und ehe ich mich versah, riss mich Cassie an der Hand von meinem Stuhl und ich tanzte nach über fünf Jahren das erste Mal wieder in meinem Leben. Ich schloss die Augen, die Musik rauschte durch meine Ohren und der Augenblick fühlte sich schier endlos an. Wie auf einer Wolke, die durch die Lüfte glitt und der Wind, der mein Haar aufwirbelte. Erin zog groteske Grimassen, was Cassie und mich so sehr lachen ließ, dass wir uns den Bauch hielten und ich nach Luft schnappte. Das waren Momente, für die es sich lohnte, mehrere tausend Meilen zu fliegen. Tatsächlich ertappte ich mich bei dem Gedanken daran, dass ich gerade keine Lust hatte, mir den Kopf über die Vergangenheit zu zerbrechen. Ich wollte diesen Konfetti-Moment so gut es ging auskosten. Einfach zur Musik tanzen, über alberne Witze lachen, quatschen und Spaß haben. Die ganze Bar war wie aufgeladen von elektrisierender Feierlaune, die meine sämtlichen Sinne in Beschlag nahm. Und es lag nicht an den Cocktails, dass ich so viel Spaß wie schon lange nicht mehr hatte – sondern an den Menschen, die mich umgaben und mir das Gefühl vermittelten, dass mein Leben nicht nur aus Vergangenem bestand.

Hier und Jetzt, das war alles, was zählte.

Die Eingangstür zum Greystone schwang auf, eine Gruppe Männer trat ein und ich glaubte, bekannte Gesichter unter ihnen zu erkennen. Einer von ihnen trug einen Vollbart, der andere kinnlanges dunkles Haar und … Jameson. Ich bemerkte erst, dass ich aufgehört hatte zu tanzen, als mich Cassie in die Seite knuffte. Doch mein Blick war weiterhin wie gebannt auf ihn gerichtet. Natürlich! Vorhin hatte er meine Einladung zum Abendessen mit dem Grund abgelehnt, dass er noch verabredet war. *Im Greystone*, ausgerechnet hier.

»Riley, was ist denn–« Erin folgte meinem Blick und auch Cassie tat es ihr gleich. Nun starrten wir alle drei Jameson und seine Freunde an, na toll.

»Könnten wir bitte aufhören, sie anzustarren wie süße Welpen?«, fand ich meine Sprache wieder und nahm einen tiefen Schluck meines Cocktails.

»Hey, du hast doch plötzlich aufgehört zu tanzen«, murrte Cassie mit zusammengezogenen Augenbrauen.

»Sollen wir gehen?«

Der verständnisvolle Ton in Erins Stimme und der mitleidige Blick in ihren Augen machten mich rasend. Nichts und niemand sollte den heutigen Abend ruinieren, einschließlich mir selbst. Wer sagte, dass ich trotz Jameson's Anwesenheit nicht Spaß haben konnte? Außerdem gab es weit und breit keine andere Bar oder kein anderes Pub, in dem wir weiterfeiern konnten. Abgesehen davon dass es keinen Grund dafür gab. Es war absehbar, dass Jameson und ich uns über den Weg laufen würden, und da wir beide erwachsen waren, sollten wir uns auch so verhalten. Er war mit seinen Freunden hier, ich mit meinen.

»Stellt euch nicht so an«, winkte ich ab und zog meine Freundinnen wieder mit auf die Tanzfläche. »Er ist zwar mein Ex, aber das heißt noch lange nicht, dass wir nicht normal miteinander umgehen können, okay? Und jetzt will ich euch wieder tanzen sehen. Dafür sind wir doch schließlich da!« Na gut, vielleicht versuchte ich, mir selbst gut zuzusprechen. Aber meine Freundinnen sollten nicht meinetwegen auf einen Mädelsabend verzichten. Erin und Cassie musterten mich, als wollten sie sichergehen, dass ich es auch so meinte. Dann schnappten sie sich ihre Cocktails, wir prosteten uns zu und tanzten endlich weiter.

Während es draußen bereits dunkel war, wurde das Innere der Bar von farbigen LEDs beleuchtet, die von der Decke auf uns hinabstrahlten. Ich sollte definitiv öfter tanzen gehen, das brachte mich auf andere Gedanken und alles fühlte sich so leicht an. Kein Boss, der mich auf Abgabefristen aufmerksam machte, keine herrischen Kolleginnen, keine ...

»Ist das etwa Kyle?«, riss mich Erins Stimme aus den Gedanken und ich folgte ihrem Blick.

»Wer? Der mit den verwuschelten Haaren und den Tätowierungen?«

Erin schüttelte den Kopf. »Nee. Das ist Devon.«

»Devon? *Der* Devon?« Mir fielen fast die Augäpfel aus dem Kopf. »Tätowierungen können ganz schön was hermachen.« Früher hatte er eher unscheinbar gewirkt, wie der nette Junge von nebenan, immer ein Lächeln und einen Witz auf den Lippen.

»Tätowierungen *und* Fitnessstudio, meinst du eher«, kicherte sie.

»Kyle ist der mit den kinnlangen Haaren, der, der gerade mächtig am Flirten ist«, klärte mich Cassie auf und zog missbilligend eine Augenbraue in die Höhe.

»Wie eh und je ein Aufreißer also.« Ich nippte an meinem Cocktail, ohne den Blick von der Männergruppe zu nehmen. Dann musste der mit dem Vollbart Scott sein und neben ihm Aaron, der gerade aussah, als hielt er ein Gähnen zurück. Es war verrückt, wie die Zeit verging. Obwohl ich mit ihnen allen auf die Highschool oder das College gegangen war und wir oft an den Wochenenden zusammen unterwegs gewesen waren, kamen sie mir vor wie Fremde. Da lief Jameson durch mein Blickfeld, einen Gin in der einen Hand und in der anderen ... eine Frau. Sie lachte, beugte sich zu ihm vor und strich mit den Fingern über seine muskulöse Brust, die das schwarze Hemd freilegte. Ohne die übliche Arbeitskleidung wirkte er richtig elegant und machte mir bewusst, wie gutaussehend er war. Nicht dass es jemals anders gewesen war, aber ich konnte auch nicht leugnen, dass ich ihn nach wie vor attraktiv fand. So ging es wohl auch der Frau, mit der Jameson hemmungslos vor meinen Augen flirtete. Er flüsterte ihr etwas ins Ohr, sie kicherte und Jameson schenkte ihr ein Lächeln, das in einer anderen Zeit nur mir bestimmt gewesen war. *Richtig, in einer anderen Zeit, Riley,* schaltete sich meine innere Stimme ein, *eine Zeit, die längst vorüber war.* Und die ich selbst beendet hatte.

Plötzlich hörte die Musik auf zu spielen, der Cocktail schmeckte fad und die Menschen um mich herum tanzten wie in Zeitlupe. Mein Atem ging abgehackt und ich dachte nicht groß darüber nach, sondern stürzte aus der Bar. Selbst wenn Erin und Cassie nach mir riefen oder mir gar folgten, nahm ich es nicht wahr. Draußen empfing mich eisige Luft und als ich begriff, dass ich gerade ein weiteres Mal weggerannt war. Ich vergrub mein Gesicht in den Händen, als müsste ich so der Realität nicht ins Auge blicken. Doch diese holte mich schneller ein als mir lieb war, nämlich in Gestalt eines Grizzlybären, der nur wenige Meter vor mir mitten auf der Straße stand. Er hatte sich auf die Hinterbeine gestellt und offenbarte seine einschüchternde Größe. Ein. Verdammter. Grizzly. Was zur Hölle sollte ich tun?

Natürlich wusste ich, dass es in der kanadischen Wildnis vollkommen normal war, einem Grizzly oder Elch zu begegnen. Aber bisher war ich keinem Tier allein gegenübergestanden. Und das in der Dunkelheit! Zurück ins *Greystone* konnte ich nicht laufen, dafür war die Entfernung zu weit und so würde ich den Bären nur auf mich aufmerksam machen.

Er stand wenige Meter entfernt von mir und ich war wie erstarrt, unfähig mich zu bewegen. Was hatte mein Dad mir als kleines Mädchen immer geraten? Ruhe bewahren und dem Bären so vermitteln, dass ich kein Angreifer war? Und einfach hoffen, dass er verschwand? War da nicht noch was mit den Armen und dem Grizzly laut zureden? Oder bezweckte das genau das Falsche?

Am liebsten hätte ich auf der Stelle losheulen wollen, so hilflos fühlte ich mich und so ausweglos erschien mir die Situation. Warum hatte ich mich auch nur derart von meiner Panik leiten lassen?

Auf einmal ging der Grizzly ein paar Schritte auf mich zu, sodass ich rückwärts stolperte und gegen die Rampe eines Autos stieß. Sofort blickte der Bär in meine Richtung und ich war drauf und dran, loszuschreien, als sich zwei Arme um mich legten.

»Bleib ganz ruhig. Er wird dich nicht angreifen«, flüsterte mir die Stimme ins Ohr.

Jameson! »Was ... wie ...?«, murmelte ich.

»Psst.« Sein heißer Atem streifte meine Wange, seine Haut auf meiner zu spüren, jagte mir einen wohligen Schauer über den Rücken. Tausend Fragen schossen mir durch den Kopf. Wie kam er so plötzlich hierher? Hatte er im Pub nicht noch mit dieser Frau geflirtet?

Warum fühlte sich die Berührung so viel besser an, als sie sollte? Und vor allem, kamen wir lebend davon?

Ich zitterte und traute mich kaum zu atmen, geschweige denn mich zu rühren. Einfach ruhigbleiben. Ich schloss die Augen, konzentrierte mich auf meine Atmung und die Wärme, die von Jameson ausging.

»Er ist bald weg.«

Nickend öffnete ich wieder die Augen und beobachtete, wie der Grizzly an den vielen Autos und an uns vorbeischlurfte. Er schien sich nicht sonderlich für uns zu interessieren, aber erst als er außer Sichtweite war, atmete ich erleichtert aus.

Zwar war der Grizzly weg, Jamesons Arme hingegen hielten mich immer noch umschlossen – und ich hoffte, die Berührung dauere noch eine ganze Weile an. Es war die Art von Nähe, die wir früher immer ausgetauscht hatten und die mir in schlechten Zeiten so viel Kraft gegeben hatte. Nur einmal, da hatte selbst das nicht geholfen.

»Danke«, stieß ich hervor.

Er nickte. »Du solltest nicht nachts allein herumlaufen, hier gibt es immer noch viele wilde Tiere.«

»Sagt der, der mich an meinem Ankunftstag aus dem Auto geschmissen hat?«, entgegnete ich und konnte mir ein Lachen nicht verkneifen.

Und tatsächlich, auch Jamesons Mundwinkel zuckten. »Da hab ich auch mehr aus Wut gehandelt als aus Hilfsbereitschaft«, gestand er ein.

»Du warst nicht der Einzige, der wütend war.«

Unsere Blicke verfingen sich ineinander und auf einmal war da eine Vertrautheit, von der ich dachte, dass sie längst erloschen war. Noch immer berührten seine

Finger mich und wo er die letzten Tage meine Nähe gemieden hatte, wirkte es nun, als wollte er sich ihr nicht entziehen. Obwohl so vieles zwischen uns stand, unausgesprochen und in die hinterste Ecke verdrängt.

Aus seinen stahlgrauen Augen, die unter dichten Brauen ruhten, sah er mich an. Ob er auch so fühlte? Oder ob ich mich einfach nur in Erinnerungen verlor, denen er keinerlei Bedeutung mehr beimaß? Konnte etwas, das zerbrochen war, wieder zusammenfinden? Und blieben da nicht doch immer Risse zurück?

»Du ... kannst mich jetzt wieder loslassen«, wisperte ich, woraufhin sich ein verwirrter Ausdruck auf sein Gesicht legte und er augenscheinlich begriff, dass wir uns tatsächlich berührt hatten.

Dann nahm er seine Arme von mir und trat einen Schritt zurück. »Es tut mir leid, dass ich es dir am Anfang so schwergemacht hab.«

Im ersten Moment wusste ich nicht, wie ich darauf reagieren sollte. Eine Entschuldigung? Aus seinem Mund? Was war in den letzten Minuten geschehen, dass wir uns *so* verhielten? Fast sprudelten mir all die Worte heraus, die sich seit Jahren in meinem Kopf festgesetzt hatten: *Es tut mir leid, dass ich solch eine egoistische Kuh war und einfach abgehauen bin. Dass wegen mir alles, was wir hatten, kaputt ist. Dass ich jeden Tag daran denke.* Aber ich konnte sie gerade so noch zurückhalten und fuhr einen Schutzmechanismus hoch, indem ich das Erstbeste sagte, das mir einfiel: »Musst du nicht zurück zu deiner Freundin?«

Jameson zog die Augenbrauen zusammen. »Meine Freundin? Du meinst ...«

Doch ehe ich nachfragen konnte, ließ uns das lautstarke Gespräch einer aus dem *Greystone* heraustretenden Gruppe herumfahren.

»Du solltest wieder reingehen, Cassie und Erin machen sich bestimmt schon Sorgen«, sagte Jameson, der seine Hände in die Hosentaschen geschoben hatte.

»Und du?«

»Ich komme nach.«

Ich nickte, bemüht mir meine innere Zerrissenheit nicht anmerken zu lassen, und kehrte in die Bar zurück.

Kapitel 14 – Jameson

Ich legte den Kopf in den Nacken und starrte in den Sternenhimmel. Was war da gerade geschehen? Und damit meinte ich nicht, dass ich Riley vor dem Grizzly beschützt hatte – das war für mich selbstverständlich gewesen. Egal wie wir auseinandergegangen waren, ich überließ sie sicherlich nicht einem wilden Tier. Aber war da nicht noch was anderes gewesen? Dieses seltsame Gefühl zwischen uns? Das war allerdings unmöglich, schließlich konnten doch nach fünf Jahren nicht mehr dieselben Gefühle da sein, oder? Nicht, nach allem, was damals passiert war.

Ihre Haut an meiner zu fühlen und den Blick ihrer einst strahlenden Augen auf mir zu spüren, war auf eine Weise schön und vertraut, wie ich es nicht erwartet hätte. Und Riley hatte die Umarmung auch genossen, da konnte sie mir nichts vormachen. Ich hatte es in ihren Augen gesehen, in dem Leuchten, das sich für diesen winzigen Moment hineingeschlichen hatte. Aus ihr hatte nicht nur die Angst vor dem wilden Tier gesprochen – das sich ohnehin nur in die von Menschen besiedelte Umgebung verirrt hatte und somit keine große Gefahr darstellte –, sondern vielmehr das Verlangen nach Zuneigung. Es sollte mich nicht wundern, dass sie die Berührung schneller beendet hatte, als mir lieb war, schließlich kannte ich das nur zur Genüge von ihr. Wir hatten einen kurzen Moment miteinander geteilt und nun stand ich wieder einmal allein in der Dunkelheit der Nacht.

Vor 8 Jahren

Es war ein lauer Sommerabend und Riley und ich waren seit einigen Stunden am Lake Rayronto. Tagsüber war es dort ziemlich überlaufen, da es der ideale Platz war, um die Sonne zu genießen und sich abzukühlen. Aber um diese Uhrzeit herrschte meist idyllische Ruhe, perfekt für ein bisschen Zweisamkeit und ein Date vor schöner Kulisse. Der See war von meterhohen Nadel- und Laubbäumen umgeben, die während der Sommerzeit besonders blühten und Vögeln ein Zuhause boten. Sonnenstrahlen drängten sich durch das Dickicht und fielen auf Rileys blasse Haut.

»Endlich sind die Prüfungen vorbei«, meinte Riley und rollte sich auf der Decke auf den Rücken. Sie trug ein rotes Bikinioberteil, Shorts und die Haare zu einem hohen Pferdeschwanz.

»Jetzt kommt nur die weitaus nervenaufreibendere Zeit«, räumte ich ein.

»Ohja, das Warten auf die Verkündung der Noten.« Da lachte sie auf einmal losgelöst und flitzte zum Wasser. »Aber bis dahin lass uns an was anderes denken und die Zeit genießen!«

Das Glitzern in ihren Augen und ihre Lebensfreude waren genug, um mich vom Prüfungsstress der letzten Wochen und der anstehenden Warterei auf die Noten abzulenken. Als ich ihr vor vier Jahren den ersten Kuss stahl, hielt ich es für eine naive Träumerei, mit ihr den

Rest meines Lebens zu verbringen. Aber heute war ich mir sicher, dass es so sein würde. Ich bekam einfach nicht genug von Riley und wenn ich sie ansah, verflogen alle Sorgen. So wie jetzt, als sie nur in einer Shorts bekleidet im See stand und mich mit Wasser bespritzte.

»Na warte!«, rief ich lachend, rannte zu ihr und stieß sie in den See. Womit ich aber nicht gerechnet hatte, war, dass sie mich mitzog und wir beide mit unseren Köpfen untertauchten.

Nach Luft japsend tauchten wir wieder auf, gefolgt von einem beiderseitigen Lachanfall und einem Kuss, der uns alles um uns herum vergessen ließ. Ihre Lippen schmeckten süß und unsere Münder konnten nicht voneinander lassen. Ich steckte ihr eine nasse rote Haarsträhne hinters Ohr, da bemerkte ich etwas in meinem Augenwinkel. Es war groß, haarig und stapfte nur wenige Meter von uns entfernt am Ufer entlang.

»Riley, beweg dich nicht«, flüsterte ich.

Sofort versteinerte sich ihre Miene und aus schreckgeweiteten Augen starrte sie mich an. Nur das Zirpen der Heuschrecken und das gelegentliche Rascheln der Baumkronen war zu hören. Bisher machte der Elch nicht den Eindruck, sich bedroht zu fühlen, zumindest hielt er nicht den Kopf gesenkt, die Ohren angelegt oder das Nackenfell aufgestellt. Denn das waren klare Anzeichen von Bedrohung. Sein Geweih hatte eine gewaltige Spannweite und verlieh dem Tier noch mehr Präsenz als ohnehin. Es stand zwischen Gebüsch und hatte seinen Blick auf uns gerichtet.

»Jameson, was–«

»Psst«, machte ich, legte Riley einen Finger auf die Lippen und formte mit meinen eigenen lautlos: »Ein Elch.«

Daraufhin nickte sie bedächtig und als hätte das Tier auf eine Reaktion von ihr gewartet, trottete es los und verschwand zwischen den Bäumen. Ein kleines Lächeln schlich sich auf meine Lippen. Obwohl ich hier aufgewachsen war und es in Kanada nichts Ungewöhnliches darstellte, einem Elch zu begegnen, war es immer etwas Besonderes. Die Menschheit konnte so viele Gebäude und Straßen bauen, die Natur ließ sich nie verdrängen. Und ich liebte die raue, unbändige Wildnis Kanadas.

»Er ist weg, du kannst wieder aufatmen.«

»Und dich küssen?«, erwiderte sie neckisch, doch bevor sie ihren Mund auf meinen legen konnte, kam ich ihr zuvor. Ich zog sie an mich heran und küsste sie, so stürmisch, so hungrig, als bliebe uns keine Zeit mehr. Dabei lag uns jede Zeit der Welt zu Füßen, aber selbst die war zu wenig mit Riley.

Als wir uns voneinander lösten, schmiegte sie ihren Kopf an meine Brust. »Was wäre Kanada nur ohne Elche, hm?«, murmelte sie.

Ich lachte leise. »Nicht annähernd so schön«, pflichtete ich ihr bei. »Sowohl Elche als auch Bären greifen selten an, sofern man sich ruhig verhält.«

»Mit dir an meiner Seite kann mir nichts passieren.«

Die Abendsonne stand bereits tief am Himmel und offenbarte ein traumhaftes Farbenspiel. Allein deshalb lohnte es sich jedes Mal, an den Lake Rayronto zu fahren und den Abend ausklingen zu lassen. Hier konnte man die wahre Schönheit Kanadas betrachten und ich würde keinen anderen Fleck Erde mit meiner Heimat tauschen.

Kapitel 15 — Riley

Der Montag stand schneller vor der Tür als mir lieb war. Schlaftrunken torkelte ich am frühen Morgen in die Küche, in der es nach frischem Kaffee roch. Das Einzige, was mich morgens motivierte, überhaupt aufzustehen.

»Morgen, mein Schatz«, begrüßte mich Mom, die bereits ihre Küchenschürze gegen eine violette Caprihose und eine fesche Bluse eingetauscht hatte. Die Locken trug sie hochgesteckt.

»Morgen, Mom. Ist Dad schon bei den Rindern?« Dankend nahm ich die dampfende Kaffeetasse entgegen, die sie mir hinhielt und meine Mutter ließ es sich nicht nehmen, mir einen Kuss aufzudrücken.

»Er ist schon seit aller Herrgottsfrühe auf, du kennst ihn«, antwortete sie lächelnd. »Bist du bereit für das Seniorenheim?«

»Hast du eigentlich auch mal vor, deinen Ruhestand zu genießen?«

»Ach, Riley, zuhause rumsitzen gefällt mir nicht. Ich hab's ja versucht«, sie zuckte mit den Schultern, »aber ich will nicht im Ohrensessel versauern. Wenn ich anderen helfen kann, ist das doch viel schöner.«

Ich nippte an der Tasse und beobachtete Mom, wie sie einen Pancake in der Pfanne wendete. »Übernimm dich nicht, ja?«

»Na, hör mal, ich kann mich gar nicht zu viel draußen herumtreiben. Dein Vater braucht ja schließlich was zu essen auf dem Tisch und wenn er kocht, na ja – da entsteht alles, nur nichts Essbares.«

Da begannen wir zeitgleich aus vollem Halse zu lachen, denn Dad und Kochen ging einfach nie gut. Er brachte es sogar zustande, Nudeln oder Rührei anbrennen zu lassen.

Schließlich verputzten wir zwei Pancakes und ließen Dad noch eine Portion auf dem Teller zurück, über die er sich hermachen konnte, wenn er von den Tieren kam. Eine halbe Stunde später, mit frischgeputzten Zähnen, leichtem Make-up im Gesicht und einem passenden Outfit machten wir uns auf den Weg zum Seniorenheim. Es lag am Ortsrand von White Field, umgeben von hohen Nadelbäumen und einem angrenzenden gepflegten Park. Wie auch das *Greystone* war es renoviert worden und kaum mehr wiederzuerkennen.

»Ja, vor wenigen Jahren hat die Gemeinde den Plan aufgestellt, den Ort zu erneuern, moderner zu gestalten und so hoffentlich mehr junge Leute in die Provinz zu locken«, erzählte mir Mom, da öffnete sich vor uns die automatische Schiebetür und wir traten ein.

Drinnen war es hell, freundlich und mit vielen Pflanzen eingerichtet. Ich vernahm gedämpfte Stimmen und herumwuselnde Pflegerinnen in weißer Arbeitsmontur. Das Pflegen alter Menschen war einer der wichtigsten Berufe in unserer Gesellschaft und ich zollte allen Pflegern und Pflegerinnen meinen Respekt für das, was sie rund um die Uhr taten. Ich hätte wahrscheinlich viel zu viele Berührungsängste, um den Job auszuüben.

»Und, klappt es? Junge Menschen anlocken?«, hakte ich nach.

Mom zog eine Grimasse. »Eher mäßig, die heutige Jugend will in die große Stadt hinaus, was erleben.«

»Hm«, machte ich, weil ich mich auch angesprochen fühlte. Aber eigentlich war White Field gar nicht so übel, wie ich es in Erinnerung hatte ... Klar, man konnte nicht spontan zum Schuhladen um die Ecke oder durch die Clubs ziehen, dafür bot es andere Möglichkeiten. Man musste einfach nur die Augen offenhalten.

Huch, hatte ich das gerade wirklich gedacht? Schien so. Ich war gerade mal eine Woche hier und schon hatte sich mein Denken grundlegend verändert, verrückt. Was ich wohl in drei Wochen sagen würde? Doch nicht, dass ich wieder hierher zurück zog, oder? Nein, *das* war wirklich ausgeschlossen – keine zehn Rinder brachten mich dazu. Meine Zukunft lag in New York City.

»Brenda!«

Eine Stimme ließ mich herumfahren und eine kleingewachsene Frau mit dunkelrotem Haar, Pony und runder Brille kam die Arme ausgebreitet auf uns zu.

»Susan, wie geht's dir?«, entgegnete meine Mutter und die beiden umarmten sich.

»Gut, gut. Und dir? Ich sehe, du hast uns heute jemanden mitgebracht«, sagte die Dame, die offensichtlich den Namen Susan trug und hier arbeitete.

»Das ist Riley, meine Tochter. Sie ist für ein paar Wochen zu Besuch hier.«

»Wie schön! Willkommen, Riley, es freut mich.« Sie lächelte mich an und gerade versuchte ich, ihr Lächeln so gut es ging zu erwidern, da zog sie mich in eine stürmische Umarmung.

»Danke, es freut mich auch«, murmelte ich sichtlich überrumpelt.

»Es ist doch kein Problem, dass sie dabei ist, oder? Sie arbeitet für eine Zeitung und muss für einen Reisebericht ein bisschen Recherche betreiben, weißt du«, plapperte Mom freudig drauflos, woraufhin Brenda ganz große Augen bekam.

»Bei einer Zeitung? So richtig als Journalistin?«

Ich nickte und setzte zu einer Antwort an, da unterbrach meine Mutter mich. »Sie ist sogar stellvertretende Redaktionsleitung! Und das in dieser riesengroßen Stadt ...«

»Mom, bitte«, brummte ich, in der Hoffnung, damit ihre Lobeshymnen zu unterbinden. Natürlich war ich stolz auf das, was ich erreicht hatte, aber es war mir unangenehm, wie sie davon vor anderen schwärmte.

»Ja ja, tut mir leid.« Sie legte einen Arm um meine Schulter und wandte sich dann wieder Brenda zu. »Wartet Arthur schon?«

Ein Grinsen schlich sich auf ihr Gesicht. »Er sitzt schon seit über einer Stunde im Gemeinschaftsraum.«

»Na, dann wollen wir ihn nicht länger warten lassen, was? Komm, Riley.« Sie winkte Susan zu, hakte sich bei mir ein und schleppte mich mit sich.

Irrte ich mich oder war da ein seltsamer Unterton in Susans Stimme gewesen, den ich nicht zuordnen konnte?

»Wer ist Arthur, Mom?«, erkundigte ich mich.

»Ach, nur ein älterer Herr, mit dem ich jede Woche ein bisschen schäkere, mich über Buchtipps austausche und sowas. Er hat nur eine Tochter und die wohnt am anderen Ende der Welt, er ist also ziemlich allein.«

Wieder nickte ich nur. Die Tochter weit weg, die Eltern, die nicht jünger wurden, ganz woanders und einsam. Wollte ich, dass Mom und Dad so altwurden? Nein, keinesfalls, ich wollte für sie da sein – denn sie waren es ja auch immer für mich gewesen.

»Soso, weiß Dad davon?«, scherzte ich und prompt knuffte sie mich mit dem Ellbogen in die Seite.

»Aber Riley, der Mann ist doch mehrere hundert Jahre alt!«

Um nicht laut loszuprusten, hielt ich mir die Hand vor den Mund. »So redest du über die Leute, mit denen du deinen Ruhestand verbringst?«

Im weiträumigen Gemeinschaftsraum angekommen, folgte ich Mom unschlüssig an einen der vielen Tische zu einem älteren Herrn im Rollstuhl. Seine kurzen weißen Haare standen in alle Richtungen ab und die übergroße quadratische Brille ließ ihn sympathisch wirken. Mom stellte mich ihm vor und er schenkte mir ein Lächeln, das so aufrichtig ehrlich und strahlend war, dass ich nicht anders konnte, als es zu erwidern. Eine ganze Weile unterhielten wir uns, schlürften dabei Kaffee und ich merkte, wie sehr Arthur es genoss. Mein Blick schweifte durch den Raum, da glaubte ich, ein bekanntes Gesicht erkannt zu haben. War das etwa Ms. Parsons, meine Englischlehrerin aus der Highschool? Die kugelrunden, blauen Augen und der unverkennbare Topfschnitt ließen mich nicht daran zweifeln.

»Entschuldigt ihr mich kurz?«, murmelte ich zu
Arthur und Mom.

»Sicher, Schatz. In einer halben Stunde bereiten wir
dann das Bingo vor«, antwortete meine Mutter, woraufhin ich nickte und meine Beine mich an den Tisch
zu Ms. Parsons trugen.

Sie schaute aus dem Fenster, die knochigen Finger
um eine Tasse Tee geschlungen und ein aufgeklapptes
Buch vor sich. Ob sie sich überhaupt noch an mich erinnerte? In den vielen Jahren als Lehrerin hatte sie bestimmt unzählige Schulklassen unterrichtet.

»Ms. Parsons?«

Ihr Kopf drehte sich zu mir herum und ich befürchtete fast, dass sie mich nicht erkannte, als sich ihr Blick
aufhellte. »Riley, bist du es?«

»Sie erinnern sich noch an mich!«, stieß ich freudig
aus.

»Aber sicher! Du warst eine der wenigen, die gern Aufsätze geschrieben hat.« Ein Lächeln bildete sich auf ihrem faltigen Gesicht. »Was machst du denn hier?«

»Meine Mom«, ich deutete in ihre Richtung, »begleiten. Ich hab ganz vergessen, wie es ist, auf dem Land zu
leben.«

»Du bist vor einigen Jahren weggezogen, stimmt's?«

Ich nickte. »Ja, nach New York City.«

»Setz dich«, bat sie mich und rückte den Stuhl zurecht, »und erzähl mir unbedingt, wie es sich in dieser
Metropole lebt.«

Das ließ ich mir nicht zweimal sagen. Ich erzählte ihr
ausführlich, wie ich in New York City lebte, arbeitete
und dass ich es nur ihr zu verdanken hatte, meinen

Traum als Journalistin zu arbeiten, verwirklicht zu haben. In der Highschool hatte ich meist viel zu lange Aufsätze geschrieben, aber Ms. Parsons hatte sie immer zu Ende gelesen. Schon damals hatte sie mich unterstützt.

»Und jetzt bist du zurück?«, fragte sie interessiert und schenkte mir bereits zum zweiten Mal Tee nach.

»Zurück ja, aber nicht für immer«, sagte ich viel zu schrill und vor Nervosität lachte ich auf. »Nur für ein paar Wochen.«

»Oh«, machte sie, rührte im Tee herum und legte den Löffel anschließend auf die Untertasse. »Und ich dachte, wegen Jameson.«

»Was? Nein!«, stammelte ich beschämt. »Meine Eltern, sie haben mir schon ewig mit einem Besuch in den Ohren gelegen.«

Sie nickte und wirkte betreten. »Schön, schön. Hast du noch Kontakt zu deinen Freundinnen? Wie lauteten noch gleich ihre Namen? Erin und ... Cassandra?«

»Ja, wir sind immer noch befreundet. Erst am Wochenende haben wir uns getroffen.«

»Ich erinnere mich, früher wart ihr immer zu dritt unterwegs gewesen. Nicht auseinanderzubekommen.« Ihre Augen glänzten und auf einmal verstand ich, warum Mom so gern hierherkam. Es war schön, zu sehen, dass man den alten Menschen damit eine Freude machte, wenn man einfach mit ihnen Zeit verbrachte.

Früher waren auch Jameson und ich nicht auseinanderzubekommen, flüsterte plötzlich meine innere Stimme und die Worte fühlten sich wie Spitzen an, die sich in meinen Brustkorb bohrten. *Waren*. Wir *waren* nicht auseinanderzubekommen. Es ärgerte mich und machte mich zugleich wütend und traurig, dass ich immer auf Jameson angesprochen wurde. Sicher, eine ganze Zeit lang gehörten wir zusammen. Aber wie sollte ich jemals ganz damit abschließen können?

»Aber es ist schön zu sehen, dass Jameson weiter an eurem Häuschen schuftet und es nicht verwahrlosen lässt«, meinte meine ehemalige Lehrerin. »Dafür ist es viel zu –«

Ich verschluckte mich an meinem Tee und hustete mir die Seele aus dem Leib, während ich versuchte, die Worte zu verdauen. Jameson hatte das Haus also nicht verkauft? Er arbeitete immer noch daran? Ich war die ganze Zeit davon ausgegangen, dass er es nach meiner Flucht so schnell wie möglich hatte loswerden wollen. Offensichtlich war dem nicht so ...

»Liebes, alles in Ordnung?« Besorgt sah sie mich an und legte mir eine Hand auf den Arm.

»Ja, ja, alles bestens«, wiegelte ich ab, als ich prompt hörte, wie meine Mutter nach mir rief. Vermutlich war es an der Zeit, das Bingo vorzubereiten. Ich beeilte mich aufzustehen und Ms. Parsons zu verabschieden. Nach gut einer halben Stunde hatten Mom und ich die Stifte und Blöcke verteilt, den Bingo-Spinner aufgebaut und an den Tischen hatten sich viele Senioren versammelt. Sie alle warteten gespannt darauf, bis Mom die erste Zahlen-Buchstaben-Kombination ausrief. Das ging eine ganze Weile so, bis der erste »Bingo!« rief und eine zweite Runde eingeläutet wurde. Und Bingo empfand ich plötzlich nicht mehr als ganz so langweilig, es konnte doch ziemlich spaßig sein.

Als der Duft von deftigem Mittagessen den Raum ausfüllte, nahmen wir das zum Anlass, das Bingospiel zu beenden. Während ich alles aufräumte und kurz das stille Örtchen aufsuchte, war Mom in ein Gespräch verwickelt.

»Geh schonmal vor«, hatte sie gesagt. »Wir können uns bei Patricia was zu Mittag holen, bei ihr gibt es einmal die Woche ein typisch kanadisches Gericht zum Mitnehmen.«

Ich verabschiedete mich überschwänglich von Susan und zückte draußen mein Smartphone, das bereits mehrere ungelesene Nachrichten anzeigte. Zwei von meinem Boss Jack und eine von Kristen. Das konnte nichts Gutes bedeuten. Es grenzte an ein Wunder, dass mich noch keiner der beiden angerufen hatte. Mein Finger schwebte über Kristens Handynummer, als mich ein tiefes, nur allzu vertrautes Lachen herumfahren ließ. In einem von Farbklecksen bedeckten Hemd, Arbeitshose und schweren Boots stand Jameson an seinem SUV. *Natürlich*, schoss es mir zynisch durch den Kopf, *er flirtet mal wieder mit einer Frau*. Was auch sonst? Und natürlich sah sie so hübsch aus, dass ich förmlich spürte, wie der Neid mich zerfraß. Ihr lockiges braunes Haar reichte ihr bis über die Schulter und die Stiefel, die sie zu der schwarzen Jeans trug, unterstrichen ihre beneidenswerte Figur. Ich konnte es ihm nicht verübeln.

Doch als bemerkte Jameson meinen Blick, schnellte sein Kopf urplötzlich zu mir herum.

»Oh, ist das Riley?«, hörte ich die Frau neben ihm sagen und sie winkte mir zu.

Ich war wie erstarrt und traute mich erst, mich zu bewegen, als Jameson mir bedeutete näherzukommen.

Na gut, die wenigen Meter, die uns voneinander trennten, fühlten sich mit einem Mal wie mehrere Meilen an. »Hallo«, brachte ich mit brüchiger Stimme hervor, als ich vor den beiden stand.

»Riley, das ist Paige«, sagte Jameson mit einer Selbstverständlichkeit, als sollte mir die Frau bekannt sein. Und irgendwie war sie es mir auch, nur wusste ich nicht, woher.

»Ich bin Scotts Frau«, half sie mir auf die Sprünge.

Sie war ... Scotts Frau? *Der* Scott? Der, den ich am Wochenende mit Jameson und seinen anderen Freunden getroffen hatte?

»Oh, freut mich.« Okay, das klang nicht wirklich überzeugend.

Sie ließ sich jedoch nichts anmerken und lächelte mich mit einem perfekten Zahnpastalächeln an. »Ich glaube, wir haben uns nur ein paar Mal gesehen. Ganz flüchtig.«

Die Erinnerung an eine Begegnung mit ihr war ziemlich verblasst, was wohl daran lag, dass ich mich gerade nicht konzentrieren konnte. Immer wieder huschte mein Blick zwischen ihr und Jameson hin und her.

»Kannst Scott ausrichten, dass ich demnächst mal wegen des Treckers vorbeikomme und ihn mir anschaue«, meinte Jameson in die unangenehme Stille hinein.

»Klar, mach ich. Es kratzt sowieso an seinem Ego, dass er ihn nicht allein auf die Beine bekommt.« Paige grinste und hob zum Abschied die Hand. »Bis dann, Jameson. Mach's gut, Riley.« Dann öffnete sie schwungvoll die Tür zu einem rostroten Ford und kaum war sie weggefahren, starrte ich auf die Flecken auf seinem

Hemd. *Aber es ist schön zu sehen, dass Jameson weiter an eurem Häuschen schuftet*, hallten Ms. Parsons Worte in mir nach.

»Warum hast du es nicht verkauft?«, platzte es aus mir heraus. Nach Zurückhaltung stand mir gerade ganz und gar nicht der Sinn.

Er runzelte die Stirn. »Wovon redest du, bitte?«

Für wie dumm hielt er mich? »Du weißt genau, wovon ich spreche.«

»Du hast angenommen, Paige sei wieder nur eine meiner Flammen, was?«, hielt er dagegen und zog spöttisch eine Augenbraue in die Höhe.

»Wie kommst du denn jetzt darauf?«

»Ich dachte, wir spielen ›Dinge, die dich nichts angehen‹.«

Darauf wusste ich nichts zu erwidern und ich wollte mir sicherlich nicht die Blöße geben, zuzugeben dass er recht hatte. »Darum geht es jetzt doch nicht!«, spie ich ungehalten.

»Ach, worum denn dann?«

»Darum, weshalb du das Haus nicht verkauft hast.«

Jameson verschränkte die Arme vor der Brust. »Das interessiert dich so plötzlich?«

»Es war immerhin auch mein Haus!« Warum fühlte es sich auf einmal so an, als müsste ich mich verteidigen? Hatte ich nicht auch ein Anrecht darauf?

»Richtig, *war*«, entgegnete er, »es *war* dein Haus, Riley, bis du dich verpisst hast!«

Seine Stimme war auf einmal so laut geworden, dass ich zusammenzuckte. So sah er das also, seiner Meinung nach hatte ich mich verpisst.

»Und das gibt dir das Recht, einfach ohne meine Zustimmung ...«, ja, was eigentlich?, »das Haus weiter zu renovieren?« Meine Argumente waren nicht schwach, sondern schlichtweg nicht vorhanden. Was zur Hölle tat ich hier eigentlich? Ich redete mich um Kopf und Kragen für nichts und wieder nichts.

Aus seinen sturmgrauen Augen schaute Jameson mich an, den Mund zu einem Strich verzogen und die Miene unergründlich, als er plötzlich auflachte. »Was ist dein Problem, Riley? Sicher nicht, dass ich das Haus nicht verfallen lasse, oder?«

Warum musste er ständig recht behalten? Denn im Grunde genommen ging es mir tatsächlich nicht um das Haus sondern um etwas ganz anderes.

Ich schluckte den Kloß in meinem Hals herunter und suchte seinen Blick. »Warum behältst du das Haus? Der Ort, an dem ... so viele Erinnerungen lauern?«

Es dauerte eine gefühlte Ewigkeit, bis er antwortete. Die Welt um uns herum stand still, während mein Inneres tobte. Es hatte mich eine Menge Überwindung gekostet, es auszusprechen.

»Vielleicht genau deshalb.« Jamesons Stimme war leise, so als wären die Worte nur für mich bestimmt.

»Ich bin mehrere tausend Meilen weit weg und spüre den Schmerz nach wie vor. Und du bist jeden Tag hier, an dem Ort, an dem –« Ich hielt inne, da schossen mir bereits Tränen in die Augen und ich konnte es nicht länger ertragen, ihm in die Augen zu schauen. Und darin mehr zu erkennen, als mir lieb war. Also drehte ich mich um und wollte davonlaufen, aber Jameson packte mich am Arm und zog mich an sich heran. Wir waren uns plötzlich so nahe, viel zu nahe. Seine Lippen streiften meine und dann küsste er mich, stürmisch und fast drängend. Ich verlor mich in dem Kuss, legte meine Arme um seinen Nacken und vergaß alles andere. In diesem Moment existierten nur er und ich, nur wir zwei. Und dieser Moment war erfüllt von unerbittlicher Sehnsucht und dem Gefühl, mich dem hingeben zu dürfen.

Viel zu früh lösten wir uns voneinander und sahen uns an, keiner sprach ein einziges Wort. Was war da gerade nur geschehen?

»Jameson, was –«

»Frag nicht so viel, Riley. Nicht auf alles gibt es eine Antwort.« Dann kehrte er mir den Rücken zu, stieg in seinen Wagen und fuhr davon.

Während ich ihm nachsah, berührte ich mit den Fingerspitzen meinen Mund, der noch warm und geschwollen war. Warm und geschwollen von dem Kuss, der so unerwartet gekommen war wie meine Mutter, die gerade herbeistürmte. Sie zerrte mich in Patricias Feinkostladen und ich lauschte ihren Erzählungen nur vage, stattdessen musste ich ständig an den Kuss denken. Der erste für mich seit Langem.

Kapitel 16 — Jameson

Verdammt, ich hatte Riley geküsst! Was war nur in mich gefahren? Offensichtlich war ich völlig verrückt geworden, verrückt nach dieser Frau, obwohl sie mir das Scheißherz gebrochen hatte. Und spätestens jetzt wusste sie das.

In viel zu hohem Tempo fuhr ich zurück auf die Farm, stapfte ins Haus und goss mir einen Whiskey ein. Ich leerte das Glas in nur einem Zug und meine Kehle brannte wie die Hölle. Ich war drauf und dran, eine beliebige Telefonnummer zu wählen und den Abend mit unverbindlichem Sex zu verbringen. Das war in den letzten Jahren meine Art gewesen, mit allem umzugehen, aber ich musste der Wahrheit ins Auge sehen. Ich tat es, um nicht selbst unterzugehen und nicht ewig in Trauer und Schmerz zu versinken. Das Leben musste weitergehen, schließlich hatte Riley das auch getan.

Warum behältst du das Haus? Der Ort, an dem ... so viele Erinnerungen lauern?

Erinnerungen können nicht nur schmerzhaft sein, sondern auch etwas Schönes. Etwas an das man gerne zurückdenkt. Denn Rileys und meine gemeinsame Vergangenheit bestand nicht nur aus dem einen unglücklichen Ereignis, sie bestand aus vielen kleinen Momenten, die wir miteinander teilten. Aber es wirkte, als hätte Riley all diese Momente vergessen. Das Haus, in dem unsere Zukunft beginnen sollte, beherbergte so viele dieser schönen Momente. Und ich wollte keinen einzigen davon vergessen. Warum aber hatte ich sie geküsst? Das machte doch alles nur noch schlimmer. So sehr ich damals auch Verständnis dafür gehabt hatte, dass sie von hier fort musste, so sehr hasste ich sie auch dafür, dass sie mich allein ließ. Ob ich jemals aufgehört hatte, sie zu lieben?

Mit den Fingerspitzen fuhr ich über meine rauen Lippen und dachte an den Kuss – und wie gut es sich angefühlt hatte. Ob es ihr auch so ging? *Hätte sie sonst den Kuss erwidert und ihre Arme um meinen Nacken gelegt?*, fragte ich mich und ließ mich auf das Sofa fallen. Vielleicht interpretierte ich auch zu viel hinein. Riley hatte von Anfang an ihre Abscheu gegen das Landleben klargemacht und ich glaubte nicht an eine zweite Chance.

Blindlings griff ich nach der Fernbedienung und ließ mich von einer britischen Sitcom berieseln. Bis vor wenigen Tagen hatte ich angenommen, Rileys Anwesenheit einfach dulden zu müssen. Immerhin würde sie bald wieder abhauen – *so wie damals*, schoss mir der bitterböse Gedanke durch den Kopf und ich hätte mich sogleich ohrfeigen können. Möglicherweise schlummerten in mir weitaus mehr Wut und Zorn, als ich glaubte.

Das plötzliche Klingeln des Telefons ließ mich zusammenzucken und ich nahm den Hörer ab. »Trembley.« Warum nur hörte sich meine Stimme so atemlos an?

»Hallo, Liebling, ich bin's, Mom.«

»Was gibt's? Ist wieder was mit dem Boiler?«

»Also wirklich, darf ich meinen Sohn denn nicht einfach mal so anrufen?«, gab sie empört von sich.

Ich lachte. »Immer, wenn du anrufst, hat es einen Grund.«

»Na gut, das mag vielleicht stimmen. Aber trotzdem, ich will doch ab und an wissen, wie es dir geht. Wegen der Farm hast du ja nicht so viel Zeit, bei uns vorbeizuschauen.«

»Mom«, ich seufzte, »was willst du?« Sie benahm sich nicht nur seltsam, sondern verdächtig seltsam. Da steckte mehr dahinter als ein einfacher Anruf.

»Also, wie geht es dir? Ich meine damit, dass Riley hier ist?«

Aha, daher wehte also der Wind. Ich verstand allerdings immer noch nicht, warum meine Mutter das so plötzlich interessierte. Ja, Rileys Anwesenheit ließ mich nicht kalt, das konnte ich nicht mehr abstreiten. Aber ich musste damit klarkommen und sobald sie weg war, nahm alles wieder seinen geregelten Lauf.

»Wie soll es mir denn damit gehen? Gut«, antwortete ich leichthin.

»Dann ist es kein Problem für dich, wenn wir morgen mit den Wilsons zusammen Abendessen? Dein Vater war angeln und hat mal wieder viel zu viel Lachs gefangen, du kennst ihn ja.«

Dass meine Eltern mit den Wilsons aßen oder wir alle gemeinsam grillten, war nichts Ungewöhnliches. Sie waren jahrzehntelang Nachbarn und Freunde gewesen. Aber dass Riley dabei sein würde ...

»Mit Brenda, Kenneth und Riley?«, hakte ich nach.

»Ja, ist das okay?«

»Natürlich, wieso sollte es das nicht sein? Wir sind zwei Erwachsene, Mom, wir werden uns schon nicht die Köpfe einschlagen.« Hoffte ich doch inständig.

»Wunderbar, Schatz. Kannst du mich morgen auf den Markt begleiten? Ich brauche noch Kartoffeln, Räucherfleisch und für den Kuchen Saskatoon-Beeren.«

Ich grinste in mich hinein. Das war ja klar, dass Mom es sich nicht nehmen ließ, groß aufzutischen. Mit Sicherheit ging es Brenda ganz genauso. Das würde morgen ein ganzes Festmahl werden, es war also besser, wenn ich davor nichts aß.

»Dann nehmen wir meinen SUV, da hast du genug Platz für deine Einkäufe. Also dann morgen um sieben Uhr? Die Rinder kann ich auch danach versorgen, aber wenn wir zu spät auf den Markt kommen, kriegen wir nichts mehr.«

Daraufhin unterhielten wir uns noch ein wenig, aber ich war nicht unbedingt in Plauderlaune – falls ich das jemals war. Also beendeten wir das Telefonat und kaum legte ich den Kopf in den Nacken, klingelte es erneut.

»Ich vergesse es nicht. Versprochen«, murmelte ich in den Hörer, da kicherte jemand am anderen Ende der Leitung und das war definitiv nicht meine Mutter.

»Du vergisst was nicht, Jameson? Dich öfter bei mir zu melden?«, säuselte die Stimme.

»Jessica?«

»Du weißt noch meinen Namen. Applaus, Applaus«, spottete sie in bester Manier.

Ich konnte es mir bildlich vorstellen, wie sie die perfekt gezupften Augenbrauen in die Höhe zog und ein bissiger Ausdruck auf ihrem Gesicht lag. Zwar harmonierten wir im Bett, aber menschlich gesehen befanden wir uns nicht auf einer Wellenlänge.

»Was willst du?«, zischte ich unfreundlicher als beabsichtigt.

»Du hast dich nicht gemeldet seit dem letzten Mal.«

»Richtig erkannt. Und?«

Sie seufzte. »Das verlangt doch nach einer Wiederholung, findest du nicht auch?

Ich fuhr mir mit der Hand über das Gesicht. Vorhin hatte ich noch daran gedacht, mich mit Sex abzureagieren, aber es war ohnehin mehr Mittel zum Zweck gewesen als aufrichtige Lust. Und je länger ich Jessicas ätzende Stimme hörte, umso weniger wollte ich den Abend mit ihr verbringen. »Sei mir nicht böse, aber mir steht heute nicht der Sinn danach.«

Daraufhin herrschte Stille, unangenehme Stille. Ich war kurz davor aufzulegen, als ich sie Luft holen hörte. »Es ist die Kleine, hab ich recht?«

Ich runzelte die Stirn. »Was?« Meinte sie etwa ... Riley?

»Mir ist nicht entgangen, wie ihr euch angeschaut habt, Jameson.«

Und ich nahm an, sie hatte immer nur Augen für Geld und mörderisch hohe Schuhe. Ich hatte nicht vor, Jessica meine gesamte Lebensgeschichte zu offenbaren, die sie ohnehin nichts anging. Das mit ihr und mir war etwas Ungezwungenes, nicht mehr.

»Bist du seit Neuestem Hobbypsychologin?«, brummte ich.

»Ich bin zwar blond, aber nicht blöd. Ich erkenne es, wenn zwei Menschen mehr verbindet«, sagte sie und der zynische Unterton in ihrer Stimme war plötzlich verschwunden. »Und euch scheint einiges zu verbinden. Also, vergeig es nicht und wenn doch, melde dich meinetwegen für Mitleidssex.«

Dann beendete sie das Gespräch und das Leerzeichen in der Leitung dröhnte verräterisch in meinen Ohren. Das war das mit Abstand merkwürdigste Gespräch, das ich in letzter Zeit geführt hatte. Die Worte von Jessica schwirrten mir im Kopf herum.

Euch scheint einiges zu verbinden.

Aber was war es, das uns verband? Die Trauer der Vergangenheit oder Gefühle, die nie gänzlich weg waren?

***

Nach einer wenig erholsamen Nacht rappelte ich mich in der Früh auf und hoffte, dass eine kalte Dusche mich wacher machte. Danach stand ich mit nichts als einem Handtuch um die Hüften gewickelt im Schlafzimmer und kramte in den Tiefen meines Kleiderschranks nach einem frischen T-Shirt. Ich fand ein tannengrünes Poloshirt, warf es aufs Bett und kam mir mit einem Mal beobachtet vor, sodass ich mich blitzschnell Richtung Fenster umdrehte. Und tatsächlich, gegenüber am Fenster stand Riley und starrte mich unverhohlen an. Und ich lächelte, ich lächelte verdammt nochmal, weil es mich an früher erinnerte. Wie wir die Nacht an unseren Fenstern verbracht hatten, nur sie und ich und die tausend Sterne am Himmel.

Eine ganze Weile sahen wir uns an und ich glaubte, aus der Ferne auch ein kleines Lächeln auf ihrem Gesicht zu erkennen. Dann drehte sie sich um und der Augenblick war vorüber. Ich verharrte noch in der Position, ehe ich mich anzog und unten in der Küche frischgebrühten Kaffee runterstürzte. Heute Morgen hatte ich viel zu sehr getrödelt, weshalb ich mich nun ranhalten musste und die Rinder mit Schrot und frischem Wasser versorgen. Da stand zwei Stunden später bereits meine Mutter auf dem Grundstück der Wilsons und unterhielt sich mit Brenda, Riley wartete daneben auf den Stufen der Verandatreppe, als ich das Haus verließ und zu ihnen hinüberging.

»Ich seh schon, wir werden heute Abend mehr als genug zu essen haben«, meinte Mom und alle drei lachten, auch Riley. Es war, als hörte ich nur ihre helle, unbesorgte Stimme.

»Ihr solltet euch besser absprechen. Jedes Mal können wir davon noch tagelang später essen«, schaltete ich mich ein und erntete weitere Lacher von der Damenriege, selbst von Riley. Sie trug das Haar offen, wenig Makeup, eine ausgebeulte Hose und ein schlichtes Trägertop. Sie wirkte nicht ganz so angespannt wie an ihrem Ankunftstag.

»Können wir, Jameson?«

Die Stimme meiner Mutter ließ mich herumfahren und als wir uns auf den Weg zum Markt machten, schaute ich mich ein letztes Mal nach Riley um. Immer noch stand sie auf der Treppe, den Blick ihrer grünen Augen auf mich gerichtet. Ob der Kuss ebenso wenig spurlos an ihr vorbeigegangen war?

Auf dem Markt im Herzen von White Field war die Hölle los, Obst und Gemüse, Fleisch, Fisch und alles, was man sich nur vorstellen konnte, wurden angeboten. Hier wusste man solche Dinge noch zu schätzen. Während Mom sich natürlich mit dem ein oder anderen verquatschte, lockte mich der Duft von Buttertörtchen über den Markt. Da ich heute noch nichts gefrühstückt hatte, überlegte ich nicht lange und holte mir ein Törtchen vom Stand. Ich verputzte es innerhalb weniger Sekunden, da rief Mom nach mir. Ein Blick auf die Menge an Speck genügte und ich fragte mich, für wie viele Personen sie eigentlich einkaufte. Aber na gut, ich konnte es ihr nicht verübeln, kanadischer Speck war nun mal ein Gaumenschmaus. Die nächsten zweieinhalb Stunden schleppte ich also Speck, Kartoffeln und Gemüse durch die Gegend, bis die pralle Mittagssonne am Himmel stand.

»Du kannst die Sachen ja schonmal in den Wagen bringen, ich kaufe noch was bei Patricia. Okay?«

Ich kam ihrer Bitte nach, verstaute den Einkauf im Kofferraum und kehrte zu Patricias Feinkostladen zurück. Das Ladengeschäft war klein, gemütlich und mit fünf Personen ziemlich überfüllt. »Ihr habt euch wohl verabredet, hm?«, meinte ich in die Runde und erntete sowohl von Patricia als auch Brenda und Riley ein Lachen. Das konnte ja wohl kein Zufall sein, dass wir uns seit dem gestrigen Kuss ständig begegneten.

»Bedient euch ruhig bei den Beaver Tails, die hab ich frisch gemacht«, sagte Patricia und deutete auf die Schale, die prall gefüllt mit frittierten Teiggebäckstücken war. »Mit Schokoladen-Haselnuss-Aufstrich.«

»Die hab ich schon ewig nicht mehr gegessen«, murmelte Riley, schnappte sich einen Beaver Tail und biss ein Stück ab. Dann stöhnte sie genüsslich auf und ich

starrte sie wie ein Verrücktgewordener an. Plötzlich
war ich nicht mehr ein 30-jähriger Mann, sondern ein
Teenie, bei dem die Hormone überhandnahmen. Wie
viel doch ein einziger Augenblick, ein einziger Kuss ändern konnten ...

»Saskatoon-Kuchen hast du bestimmt auch das letzte
Mal vor fünf Jahren gegessen, oder?«, mutmaßte ich
grinsend und griff ebenfalls nach einem Teiggebäck-
stück. Es war mit Aufstrich überzogen, goldbraun gebacken und ähnelte in seiner Form dem Schwanz eines
Bibers – daher auch der Name.

»Schätze schon«, antwortete Riley zögernd und knabberte am Rand herum.

»Na, dann hast du heute Abend die Gelegenheit.«

Ihre Augen taxierten mich, so als müsste sie sich erst
die Worte zurechtlegen. »Nicht nur eine Gelegenheit,
vermutlich mehrere. In New York City wird man an jeder Ecke von fettiger Pizza, klebrig-süßen Pancakes
und gebratenen Nudeln verführt.«

Ich grinste. »Klingt wie im Schlaraffenland.«

»Na ja«, sie zuckte mit den Schultern, »nach einer
Weile ist es nichts Besonderes mehr.«

Da standen wir nun, irgendwie verloren und doch mit
einem Gefühl seltsamer Nähe. Jedenfalls mied Riley
mich nicht, das war zumindest kein schlechtes Zeichen,
oder? Aber sie schien auch keine Anstalten zu machen,
über gestern reden zu wollen. Das wiederum erschwerte es mir, einzuschätzen ob sie den Kuss genossen oder womöglich sogar bereut hatte.

»Riley-Schatz, willst du dir nicht noch was mitnehmen? Bevor du wieder so lange auf kanadische Köstlichkeiten verzichten musst?«, rief auf einmal Brenda und lugte zwischen den Regalen hervor.

Daraufhin presste Riley die Lippen aufeinander und stieß geräuschvoll Luft aus, ehe Worte ihren Mund verließen, die auf mich niederprasselten. »Wär ja nicht so, dass ich genug bei mir hab, das mich an Kanada erinnert«, sprach sie leise vor sich her und sauste dann zu Brenda, die ihr bereits einen prallgefüllten Einkaufskorb vor die Nase hielt. Alles nur keine Begeisterung, stand ihr ins Gesicht geschrieben. Ob beabsichtigt oder nicht, sie hatte sich mir geöffnet. Mit ihren Worten.

Nach einer halben Stunde hatte meine Mom endlich alles, was sie zur Zubereitung des Abendessens brauchte und so fuhr ich sie nach Hause. Ich trug die Einkäufe rein und schaute kurz bei meinem Dad in der kleinen Werkstatt vorbei, die er sich gebaut hatte, um gelegentlich zu tüfteln.

»Das hab ich wohl von dir«, kommentierte ich sein Tun und Machen, woraufhin er lächelnd aufsah.

Er legte die Handkreissäge neben sich ab und schob die Brille zurück auf die Nase. »Ist wohl auch der Grund, warum du es nicht übers Herz bringst, das Haus zu verkaufen.«

Es war ein Grund, aber nicht der Hauptgrund, da stand nämlich viel mehr dahinter. »Ich hab schon so viel reingesteckt.«

»Schon klar, mein Junge.« Dad klopfte mir auf die Schulter und der Blick, den er mir zuwarf, verriet mir, dass er sehr wohl verstand, worauf ich hinauswollte.

»Hast du schonmal darüber nachgedacht, Riley zu zeigen, was du bisher geschafft hast?«

Ich zog die Augenbrauen in die Höhe. »Dad, ich glaube, das ist keine gute Idee. Sie leidet, nach wie vor.«

»Und keiner kann das besser nachvollziehen als du.«

Darauf wusste ich nichts zu erwidern. Der Wahrheit ins Auge zu blicken, war meist schwieriger als alles andere. Nachdem Dad und ich uns noch etwas unterhalten hatten, machte ich mich auf den Heimweg – die Tiere warteten schließlich. Während ich sie mit frischem Wasser und Futter versorgte, bei den Hühnern die Eier aufsammelte und mit dem Trecker neues Heu holte, wollten meine Gedanken nicht ruhen. Immer wieder dachte ich an Rileys Worte, dass sie genug habe, das sie an Kanada erinnere. Sie konnte vor mir fliehen, aber nicht vor der Vergangenheit.

Kapitel 17 — Riley

Seit einer geschlagenen Stunde stand ich vor dem Spiegel in meinem alten Kinderzimmer und zupfte an dem dünnen Stoff des Oberteils herum. Zuerst hatte ich ein knielanges Kleid mit Blumenprint angezogen und mich dann doch für ein legeres Outfit mit Jeans und Top entschieden. Mein rotes Haar fiel in sanften Wellen über meine Schultern und mit kritischem Blick betrachtete ich den braunen Schimmer, der von der Tönung übriggeblieben war. In wenigen Wochen, genau genommen einen Tag nach meinem Rückflug hatte ich bereits wieder einen Friseurtermin in New York City. Vielleicht sollte ich ihn aber sausen lassen, so schrecklich fand ich das Rot gar nicht mehr. Es musste Jahre her sein, dass ich meine Naturhaarfarbe das letzte Mal gesehen hatte – und sie gefiel mir unerwarteterweise.

Ein eingehender Anruf auf meinem Smartphone ließ mich herumfahren und mit einem flüchtigen Blick aufs Display, nahm ich lächelnd ab.

»Hey Citygirl!«, schallte die fröhliche Stimme von Cassie durch den Hörer.

»Soll ich dich nun mit ›Hey Bossgirl‹ begrüßen?«, konterte ich. Als Antwort bekam ich ein Lachen meiner Freundin zu hören.

»Ich weiß, es ist schon spät am Abend. Aber wie wär's, wollen wir wieder zu dritt was unternehmen? Ins *Greystone*?«

»Ich wär echt gern dabei, allerdings veranstaltet Jameson und meine Familie später ein gemeinsames Abendessen.«

»Ach, schade.« Sie seufzte. »Und du und Jameson an einem Tisch, das klappt?«

Wenn meine Freundinnen nur wüssten, dass er mich geküsst hatte ... sie wären außer sich und würden da viel mehr reininterpretieren, als gewesen war. Nur ein Kuss, nicht mehr. Oder? Als könnte ich Jamesons Lippen auf meinen spüren, fuhr ich mit den Fingerspitzen über meinen Mund und erinnerte mich an seine Haut auf meinen Lippen. So vertraut, so warm und wie ein Schwarm Schmetterlinge, der in meinem Bauch umherflog. Wie in alten Zeiten und doch so, als waren die Gefühle nie weg gewesen.

»Wir werden uns schon nicht die Köpfe einschlagen«, entgegnete ich und nestelte am Saum des Oberteils herum.

»Ist seltsam, ihm zu begegnen, hm?«

Seltsam, aufwühlend, beängstigend – es gab viele Worte dafür. »Es fühlt sich an, als würde er mir die Luft rauben, mich in die Enge treiben und zugleich weiß ich, dass ...«, ich hielt inne und knabberte auf meiner Unterlippe herum, »dass ... Gott, Cassie, er hat mich geküsst.«

»Jameson hat was?!«, stieß sie so schrill aus, dass meine Ohren klingelten. »Geküsst?«

»Ja, als ich nach dem Bingospielen vor Patricias Feinkostladen gewartet hab ...«

»Das macht Sinn«, murmelte meine Freundin.

»Ach ja? Für mich macht das nämlich gar keinen Sinn.« Vor allem nicht, warum es sich so verdammt gut angefühlt hat. Nach fünf Jahren, in denen wir kein einziges Wort gewechselt haben und ich davon ausgegangen bin, dass zwischen uns nichts mehr ist. Hatte ich mich etwa die ganze Zeit über selbst angelogen? Denn eins stand fest: Jameson hatte mich immer gut behandelt, selbst als es mir hundeelend ging, er hatte nie ein böses Wort über mich verloren. Obwohl ich mich wie eine Idiotin verhalten habe und feige, wie ich war, davongelaufen bin.

»Jetzt mal ehrlich, Riley, ihr habt nie wirklich Schluss gemacht«, durchbrach sie meine Gedanken. »Der Grund, weshalb du damals gegangen bist, ist nämlich nicht der, dass du ihn nicht mehr geliebt hast. Oder?«

Unfähig zu sprechen, nickte ich einfach, obwohl Cassie es am anderen Ende der Leitung nicht sehen konnte. Bis zur letzten Minute, die ich in Kanada und jede weitere, die ich in New York verbracht hatte, war ich mir eines sicher gewesen: Dass ich nie jemanden mehr lieben würde als Jameson. Er war meine erste und einzige Liebe.

»Riley? Es tut mir leid, wenn–«

»Du recht hast. Das braucht dir nicht leidzutun, Cassie, ganz im Gegenteil.« Ich warf einen Blick aus dem Fenster auf Jamesons Farm, wo meine Eltern mit Regina und Bob bereits eine Tischgarnitur im Garten aufbauten.

»Mein letzter Kunde für heute kommt gerade, ich muss auflegen. Wir sprechen uns die Tage, ja?«

»Wir holen das nach«, versprach ich.

»Klar. Ich wünsche euch viel Spaß und – tu nichts, was ich nicht auch tun würde.« Ohne mir Zeit zu lassen, auf ihre Bemerkung zu reagieren, legte sie kichernd auf. Ich schüttelte den Kopf, sah mich ein letztes Mal im Spiegel an und schob mein Smartphone in die Hosentasche. Ein gemeinsames Abendessen, was sollte schon schiefgehen?

***

Nicht nur der Lachs schmeckte fantastisch, auch das Räucherfleisch, die Backkartoffeln und der Saskatoon-Kuchen von Regina waren ein Gedicht. Ich schob mir gerade eine Gabel meines zweiten Stücks in den Mund, da griff Jameson über den Tisch hinweg nach dem Teller. Seine Mom schlug ihm spielerisch auf die Hand.

»Hattest du nicht schon zwei Stücke?«, neckte sie ihn, woraufhin er die Zunge rausstreckte und sich ein drittes Stück mopste.

»Bei der körperlichen Arbeit, die ich jeden Tag ausübe, kann ich mir das erlauben«, gab er flapsig zurück.

Ich dachte ständig an Cassies Worte, wie recht sie doch hatte und was das überhaupt für mich, für uns bedeutete. Zwar war ich nach New York City abgehauen, aber einen Schlussstrich hatte ich nie gezogen – und das war mein Fehler. Es fiel mir schwer, meinen Blick von Jameson zu nehmen. Ich konnte nur hoffen, dass ihm nicht auffiel, wie oft ich ihn ansah. Das dunkle Haar, dessen Spitzen sich lockten, reichte ihm bis knapp zum Kinn und in seinen Augen lag eine gewisse Zufriedenheit. Ein Lächeln umspielte seine Lippen und ich fragte mich unwillkürlich, ob er mich jemals wieder so ansehen könnte. Musste er mich nicht hassen, für das, was ich ihm angetan hatte?

»Deine Mom hat mir erzählt, du schreibst gerade einen Reisebericht?«, fragte mich Regina und schenkte uns allen Limonade nach.

»Richtig, das bietet sich ja an und mein Boss war von der Idee begeistert.« Vielmehr war es ein Kompromiss meinerseits, damit er mich überhaupt für ein paar Wochen in der Redaktion entbehren konnte.

»Es ist so schön zu sehen, dass unsere Kinder sich ihre Träume verwirklichen, oder?«, meinte meine Mom und lächelte melancholisch in die Runde.

»Früher hat Jameson sich immer auf unseren Farmen herumgetrieben, ein waschechter Farmer eben«, stimmte Dad zu und prostete mit einer Bierflasche allen zu.

»Hab schon damals gewusst, dass er sich eines Tages Rinder anschaffen wird. Ein Dickkopf wie sein Vater.« Bob lachte, stieß mit meinem Dad an und die beiden vertieften sich in ein Gespräch über Schweinezucht.

Über uns ragte der dunkle Abendhimmel, Sterne glitzerten und der Mond stand hoch und strahlend. In meinem Appartement in New York City gab es sogar eine Dachterrasse, von der aus man auf die gesamte Stadt blicken konnte. Allerdings nutzte ich das viel zu selten, da ich nach der Arbeit meistens zu erledigt war. New York war mein Traum gewesen und doch hatte ich das Gefühl, ihn nie wirklich ausleben zu können. Vielleicht, weil ich nie einen Schlussstrich gezogen hatte?

Mit Müh und Not aß ich das zweite Stück Saskatoon-Kuchen auf, sank gegen die Lehne des Stuhls und strich mit der Hand über meinen Bauch.

»Lust auf einen kleinen Verdauungsspaziergang?«

Es war Jameson, der mich fragte und mich damit komplett aus der Bahn warf. Er wollte freiwillig Zeit mit mir verbringen? Hieß das, wir gingen uns also nicht mehr aus dem Weg?

»Klar«, brachte ich hervor und wir standen auf, umrundeten den Garten und schlenderten, mit einem gewissen Abstand zueinander, über Jamesons Farm.

Der vertraute Duft nach Mist und frischem Heu lag in der Luft und eine Stille lag zwischen uns, die ich mich nicht traute zu durchbrechen. Gerade passierten wir die Rinderstallungen, da stupste mich Jameson mit dem Ellbogen leicht an.

»Das sind meine dreiundvierzig Rinder, mein ganzer Stolz.«

»War doch abzusehen, dass du dir früher oder später Rinder zulegst«, erwiderte ich grinsend, »so oft wie du meinem Dad geholfen hast. Es wäre eher verwunderlich gewesen, wenn nicht!«

Die Hände in die Hosentaschen geschoben, fing Jameson an aus vollem Hals zu lachen. So losgelöst und fast wie in alten Zeiten, als wären wir uns vor ein paar Tagen nicht am liebsten an die Gurgel gesprungen.

»Weißt du«, brachte er zwischen zwei Lachern hervor, »wie du mich gerade ansiehst?«

Ich, ihn ansehen? Tat ich das gerade etwa? Okay, ich starrte ihn wirklich an, wie er lachte. Viel zu offensichtlich. »Wie denn?«

»So wie ich dich heute Vormittag.«

Ich runzelte die Stirn. »Heute Vormittag?«

Seine grauen Augen musterten mich, als wollte er abschätzen, wie ich seine Antwort womöglich aufnahm.

»Schon gut, vergiss es.« Er winkte ab und unterbrach den Blickkontakt, indem er den Sternenhimmel betrachtete.

Und wie er so dastand, den Kopf in den Nacken gelegt und die lockigen Haarspitzen, die im Wind wehten, wurde mir was bewusst. Fünf Jahre, so lange war ich weggewesen. Fünf verdammte Jahre. Fünf Jahre, die wir hätten zusammen verbringen können, wäre da nicht dieses eine Ereignis gewesen. Dieses eine Ereignis, an dem ich kaputt gegangen bin. Aber ich war feige und hab uns die Zeit genommen, die Chance auf ein gemeinsames Leben.

»Ich will aber eins wissen«, flüsterte ich in die Stille.

Da drehte er sich zu mir um. »Was?«

»Warum hast du mich geküsst?«

Im fahlen Licht des Mondscheins war sein Blick schwer zu deuten, und ich war mir nicht sicher, ob ich das überhaupt wollte. Was, wenn es keinerlei Bedeutung für ihn hatte? Wenn es einfach ein … Versehen war? Ja, dann hatte ich mich verrannt – in einem irrsinnigen Labyrinth aus Erinnerungen und Hoffnung.

»Was willst du jetzt von mir hören, Riley?«

»Ich weiß es nicht, keine Ahnung«, murmelte ich und wirbelte dabei mit den Armen in der Luft herum. Ich wollte so vieles von ihm hören und zugleich gar nichts. Mein Kopf war wie leergefegt und nicht fähig klar zu denken. Da spürte ich auf einmal etwas Nasses, Kaltes an meinem Arm und war so überrascht, dass ich nach hinten torkelte und auf den Hintern fiel.

Sofort kam Jameson zu mir und half mir auf. »Ist alles in Ordnung? Das war nur … Roberta, sie fand dich wohl zum Anbeißen.« Er grinste.

»Roberta?« Ich sah mich um und direkt in ein paar große, runde Augen, die Augen einer Kuh. »Oh, hey«, machte ich und als ich mich wieder zu Jameson umdrehte, stand er viel zu nah vor mir. Ich konnte seinen Atem hören.

»Ich hab ebenfalls keine Ahnung, was mich zu dem Kuss geritten hat«, setzte er an und zog mich an der Taille vom Rinderstall weg, vermutlich damit ich nicht ein weiteres Mal hinfiel. »Aber ich bereue ihn nicht. Obwohl ich es vielleicht sollte.«

»Warum?«

Wieder wich er meinem Blick aus. »Es tut mir leid, Riley, ich kann nicht ewig so tun, als wäre nichts geschehen. Du bist vor fünf Jahren von heute auf morgen abgehauen, hast mich in dem Scherbenhaufen sitzenlassen und bist nie mehr aufgetaucht. Bis vor zwei Wochen. Was glaubst du, wie ich mich gefühlt habe? Wie schwer es mir gefallen ist, meine Wut und meinen Schmerz im Zaum zu halten?«

Tausend heiße Nadeln drückten sich in meinen Brustkorb, zumindest fühlte es sich so an. Mein Mund war staubtrocken, mein Herz schlug mir bis zum Hals. An die Vergangenheit zu denken, schmerzte, aber noch mehr der Wahrheit ins Auge zu blicken.

»Ich bin es satt, drumherum zu reden, Riley. Wir haben damals unser ungeborenes Kind verloren, und weißt du was? Ich hab damit auch die Frau verloren, mit der ich den Rest meines Scheißlebens teilen wollte.«

Es brachte nichts mehr, die Tränen wegzublinzeln, sie liefen in Strömen über meine Wangen. Ich schlang die Arme um meinen Körper und presste die Augenlider so fest zusammen, dass es wehtat. Viel zu lange hatte ich mich vor der bitteren Wahrheit versteckt.

»Jeden Tag, jeden verfluchten Tag sehe ich die Narben der Vergangenheit auf meinem Körper, Jameson!«, brachte ich mühevoll hervor. »Jeden Tag denke ich daran, dass ich alles zerstört habe, was wir jemals hatten. Unser Zuhause, unsere Zukunft und unsere Liebe. Ich bin schuld daran.«

Die Tränen verschleierten mir die Sicht, doch ich spürte, wie Jameson mich an sich heranzog und seine starken Arme um mich legte. Und ich weinte mir die Seele aus dem Leib, etwas, was ich mir all die Jahre verboten hatte.

»Du bist nicht schuld, niemand von uns ist das. Ich will nicht, dass du das denkst. Verstanden?« Jamesons Stimme, heiser und sanft, drang zu mir durch. Er hielt mich und beschützte mich davor, ganz zu versinken.

»Du musst mich doch für das hassen, was ich dir angetan habe. Weil ich so verdammt egoistisch war«, schluchzte ich.

Er nahm mein Gesicht in seine Hände und wischte mit dem Daumen meine Tränen weg. »Du warst nicht egoistisch, du hast getrauert. Glaubst du, mir ging es anders? Glaubst du, ich habe nicht denselben Schmerz gespürt wie du? Es war unser Baby, unser Ein und Alles.«

Ihn so reden zu hören, brach mein Herz ein weiteres Mal. *Unser Baby.* Wie sehr hatte ich mich damals auf das Leben gefreut, das uns erwartete, zu dritt.

»Ich habe es vom ersten Moment an geliebt, so sehr. Und dann wurde es uns genommen. Warum? Warum musste das uns passieren, Jameson?«, kamen mir plötzlich die Worte über die Lippen, die ich bisher nie ausgesprochen hatte. »Ich habe versucht, es zu verstehen. Unser Baby, unsere Familie, alles war weg.«

»Ich weiß es nicht, Riley, ich weiß es nicht.« Tränen schimmerten auch in seinen Augen und ich wünschte mir, für einen Augenblick könnten wir alles um uns herum vergessen. Nur er und ich, nur wir Zwei. Das, was immer schon gezählt hat.

»Ich hab schwachsinnigerweise geglaubt, New York City würde mich heilen, mich vergessen lassen.«

»Aber war es nicht das, was du dir immer erträumt hast?« In seiner Stimme, leise und rau, lag so viel mehr Verständnis, als ich verdient hatte.

»Doch, natürlich«, erwiderte ich flüsternd und legte meine Hände um seine, »aber vielmehr hab ich mir uns gewünscht. Unsere kleine Familie, das Häuschen. Verstehst du? Bis alles zerbrach und ich nicht wusste, wie ich damit umgehen soll. Deshalb bin ich weg, nicht weil ... weil ich dich nicht mehr geliebt habe.«

Kaum hatte ich die Worte ausgesprochen, glaubte ich, sie bereuen zu müssen. Hatte ich gerade sowohl ihm als auch mir eingestanden, nie aufgehört zu haben ihn zu lieben? Was musste Jameson jetzt nur von mir denken?

»Fünf Jahre, Riley. Es ist so viel Zeit vergangen.«

»Ich weiß.« Aus irgendeinem Grund versuchte ich, gegen die Tränen anzukämpfen, die erneut in meine Augen schossen. Viel zu lange hatte ich mir eingeredet, erfolgreich einen Neuanfang in den Staaten begonnen zu haben. Dabei war die Vergangenheit immer präsent gewesen – weil ich sie nie aufgegeben hatte.

»Fünf Jahre, und ich hab's nie geschafft, dich gänzlich zu vergessen«, offenbarte Jameson.

»Aber du hast es versucht.«

Er nickte, nicht ohne von mir zu lassen. »Hab ich, mit anderen Frauen und unverbindlichem Sex. Geliebt hab ich aber keine davon.«

Diesmal war ich diejenige, die nickte. »Was machen wir hier nur?«, wisperte ich.

»Ich glaube, das nennt sich ehrlich zueinander sein.« Er lachte leise und entlockte mir damit ein Lachen, wenn auch nur ein kleines.

Es war seltsam, wie sich unser Umgang miteinander und den Ereignissen der Vergangenheit verändert hatte. Niemals hätte ich gedacht, Jameson jemals wieder so nahe zu kommen. Die Nähe fühlte sich vertraut und aufregend zugleich an, so als mussten wir uns erst wieder aneinander gewöhnen. *Fünf Jahre*, hatte Jameson gesagt, *es ist so viel Zeit vergangen.*

Sein heißer Atem streifte meine Wange, unsere Lippen kamen sich näher und ich wollte nicht länger warten, sie auf meinen zu spüren. Wir küssten uns zärtlich und langsam, als blieb uns diesmal alle Zeit der Welt. Jameson schmeckte so warm und seine Hände hinterließen heiße Spuren auf meiner Haut. Ich lehnte mich an ihn. Erst als wir uns wieder voneinander lösten, gelang es mir, wieder einigermaßen normal zu denken.

Mit den Fingerspitzen strich ich über meine Lippen, hielt die Augen geschlossen und wollte nicht, dass der Moment vorüberging. Zwei Küsse, was würden sie schon ändern? Alles oder nichts. Jedenfalls nicht die Vergangenheit – und was war mit der Zukunft?

»Gehört das auch zum Ehrlichsein dazu?«, fragte ich in die Stille hinein.

»Eher zum Gefühle eingestehen«, entgegnete er wieder mit diesem leisen Lachen in seiner Stimme.

»Und was bedeutet das?« Von Unruhe getrieben, öffnete ich die Augen und sah direkt in die seinen.

»Eine Menge.«

Es war keine richtige Antwort auf meine Frage, aber ich gab mich damit zufrieden. Was nützte es, das zu klären, wenn es ohnehin nicht von Belang war? In wenigen Wochen saß ich wieder im Flieger nach New York City und hierbleiben stellte für mich keine Option dar. Ganz gleich, wie gut Jameson und ich uns verstanden. Wichtig war nur, dass wir uns ausgesprochen hatten und keiner mehr einen Groll gegen den anderen hegte. Das erleichterte unser beider Gewissen. Unsere Zeit war vorbei.

»Komm, ich zeig dir den Rest meiner Farm«, durchdrang Jameson meine Gedanken. »Dann sollte dem Reisebericht doch nichts mehr im Weg stehen, oder?« Er nahm meine Hand und zog mich hinter sich her, und ich ließ es zu und verbannte alle Sorgen aus meinem Kopf. Hier und heute, darum ging es.

Stolz führte er mich durch die Stallungen und ich war erstaunt, wie viele Tiere er besaß. Auch Schweine, Gänse und Hühner hielten ihn auf Trab und erforderten einiges an Arbeit. Da hatte er tagein tagaus wirklich viel zu tun.

»Du bist ein richtiger Farmer geworden«, sagte ich, als wir wieder bei den Rindern angekommen waren und es uns auf dem Heu gemütlich gemacht hatten.

»Ich hab zwar oft bei deinem und meinem Dad mitgeholfen, aber eine eigene Farm bedeutet viel mehr Verantwortung – und Arbeit. Aber ich würde nichts lieber machen wollen.«

Unsere Blicke waren zum Himmel gerichtet, an dem vereinzelte Sterne glitzerten. Hin und wieder konnte man auch einen Adler durch die Abendlüfte fliegen sehen. Unsere Fingerspitzen berührten sich zaghaft und wir tauschten einen Blick aus, in dem viel mehr als tausend Worte steckten. Dann verschränkten wir die Finger miteinander und ließen die kanadische Nacht auf uns wirken. Dass dieser Abend so endete, hätte wohl keiner von uns beiden gedacht. Zwei Küsse, ein verdammtes Gefühlschaos und keinen blassen Schimmer, wie ich damit umgehen sollte.

Kapitel 18 — Jameson

Am Morgen nach diesem Abend, dessen Ausgang ich bis jetzt nicht realisieren konnte, lag ich noch eine ganze Weile im Bett. Ich rieb mir den Schlaf aus den Augen und schaffte es endlich, aufzustehen. Torkelnd kam ich im Bad an, schälte mich aus den Klamotten und stellte mich unter den kalten Strahl der Dusche. Verdammt, die Dusche war dringend nötig und ich hoffte, sie würde mir dabei helfen, meine Gedanken zu ordnen. Riley und ich hatten uns geküsst. Ein zweites Mal! Kaum dachte ich an ihre Lippen und wie sie mich angesehen hatte, wünschte ich mir, sie ein weiteres Mal küssen zu können. Sie hatte es auch gewollt. Oder?

Meine Güte, diese Frau brachte mich durcheinander. Niemals hätte ich mir erträumt, dass unsere Begegnung nach all den Jahren so eine Kehrtwendung hinlegen würde. Aber gab es für uns eine zweite Chance? Und wenn ja, wie sah sie aus? Und kam eine zweite Chance überhaupt infrage?

Ich shampoonierte meine Haare viel zu fest und selbst die Kälte des Wassers wischte das Chaos in meinem Kopf nicht weg. Bald würde sie ja wieder abreisen. Frustriert stieg ich aus der Dusche, trocknete mich ab und schlurfte mit einem Handtuch um meine Hüften gewickelt zurück ins Schlafzimmer. Wie immer huschte mein Blick zum gegenüberliegenden Fenster und es war zu spät, um das Lächeln zu verkneifen. Tatsächlich stand Riley am Fenster, die Haare zu einem hohen Zopf gebunden und breit grinsend. Ohne darüber nachzudenken, öffnete ich das Fenster und prompt tat sie es mir gleich.

»Schon so früh auf?«, rief ich ihr entgegen.

»Begleite meine Mom zu Patricia in den Feinkostladen, Recherche und so«, antwortete sie, die Arme auf die Fensterbank gestützt. »Du bist heute aber später dran, kann das sein?«

Das war ihr natürlich nicht entgangen. »Der gestrige Abend ging nicht spurlos an mir vorüber.« Ich erwiderte ihr Grinsen und so standen wir eine ganze Weile einfach so da, fast wie in alten Zeiten. Nur dass es heute nicht so schlimm war, wenn man uns erwischte – einmal war Riley doch tatsächlich von meiner Mom ertappt worden, als sie ihr Pyjamaoberteil auszog. Zum Glück hatte sie uns nie darauf angesprochen, aber mir entging nicht das Grinsen, das sie mir die Tage danach zugeworfen hatte. Das hatte uns jedoch nicht davon abgehalten, unsere nächtlichen Aktivitäten einzustellen. Ganz im Gegenteil, es hatte seinen Reiz und vor allem sein Risiko. Ob Riley auch gerade daran denken musste?

Die Stimme von Brenda ließ sie herumfahren, ich hörte sie etwas reden und dann wandte sie sich wieder mir zu. »Ich muss dann los. Vielleicht bis später?«

Da ihr letzter Satz weniger wie eine Feststellung als eine Frage klang, nickte ich. »Ja, bis später. Viel Erfolg bei der Recherche!«

Zum Abschied hob sie die Hand, dann verschloss sie das Fenster und wenige Sekunden später sah ich, wie sie mit ihrer Mom das Haus verließ. Ich fühlte mich ein bisschen wie ein Stalker, so wie ich ihr hinterherblickte. Aber seit gestern fiel es mir noch schwerer, sie aus meinen Gedanken zu streichen.

Jetzt muss ich mich aber ranhalten, schalt ich mich mental und zog mir flink neue Klamotten über. Danach begab ich mich in die Küche, wo ich eine viel zu heiße Tasse Kaffee in wenigen Zügen runterschluckte und dann schnurstracks zu den Stallungen lief. Die feuchten Nasen der Rinder streckten sich mir bereits gierig entgegen und ich streichelte sie versöhnlich zwischen den Ohren. Heute war ich nicht nur spät dran, sondern brauchte auch eine gefühlte Ewigkeit, bis ich die Rinder mit frischem Wasser und Futter versorgt hatte. Bevor ich zu Kenneth rüberging, um ihm auszuhelfen, schaute ich noch schnell bei den Hühnern nach und sammelte ein paar Eier ein. Ich wog sie in meinen Händen, lächelte und legte sie auf die Treppe meiner Veranda.

»Morgen, Jameson. Gut geschlafen heute, was?«, begrüßte mich Rileys Dad, der gerade dabei war, Heu aufzuschichten. Mit dem Handrücken wischte er sich Schweiß von der Stirn.

»Lass mich das Heu machen«, ging ich dazwischen. »Du weißt, deine Frau wird sonst wieder böse auf mich, wenn ich dich alles machen lasse.«

Er lachte kehlig und winkte ab. »Noch bin ich nicht in Rente und vollkommen bewegungsfähig.«

Ich stimmte in sein Lachen ein und stellte mal wieder fest, wie ähnlich er und mein Dad sich doch waren. Einmal Farmer, immer Farmer. Ob ich im Alter auch so sein würde? *Oja*, dachte ich, *mit großer Sicherheit.*

Schließlich kümmerte ich mich um Heu, Wasser und Futter, wobei Kenneth es sich trotzdem nicht nehmen ließ, mir Arbeit abzunehmen. Und ich verstand ihn, einfach danebenstehen und zusehen, war nicht sein Ding. Schweigend arbeiteten wir in den Stallungen, gelegentlich ertönte lautes Muhen der Rinder und Trecker fuhren hin und her.

»Du und Riley redet wieder miteinander, hm?« Kenneth stocherte im Heu herum und warf mir einen Blick zu.

»Ab und zu«, gab ich zur Antwort und fühlte mich sofort schlecht. Dabei war es nicht mal eine Lüge, oder?

»Ihr seid gestern Abend lange weggewesen.«

Der Unterton in seiner Stimme gefiel mir ganz und gar nicht, auch seinen Gesichtsausdruck konnte ich nicht deuten. Kenneth war nicht nur der Vater von Riley, sondern eine wichtige Bezugsperson. Ich wollte ihn nicht verärgern oder gar den Eindruck vermitteln, dass ich mit seiner Tochter spielte. Ja, ich hatte in den letzten Jahren Affären, aber Riley ... sie war immer die Eine gewesen.

»Wir haben uns ausgesprochen«, räumte ich ein.

Die Sekunden, bis Kenneth eine Reaktion zeigte, fühlten sich wie eine Ewigkeit an. »Hm«, machte er, schaute in die Ferne und dann mich wieder an. »Ich weiß, dass du ihr nicht wehtust, Jameson. Aber tu mir einen Gefallen, ja?«

»Natürlich.«

»Pass auf, auf euch beide«, bat er mich und ich nickte. »Ihr seid erwachsen und wisst, was ihr tut. Aber die Liebe ... sie ist manchmal unberechenbar.«

Als ob ich wusste, was ich da tat. Ich hatte nicht die leiseste Ahnung, wohin das alles führte, und wenn ich ehrlich war, wollte ich es auch gar nicht wissen. Ich wollte die Küsse solange wie möglich genießen.

»Ja, das weiß ich. Danke, Kenneth, für alles.«

Es war nur ein kurzes Gespräch und doch steckte mehr darin, wenn auch es das Gedankenchaos in meinem Kopf nicht lösen konnte. Kenneth' Worte bedeuteten mir viel.

Die restliche Zeit gingen wir schweigend der Arbeit nach. Zu guter Letzt wollte ich neues Schrot vorbereiten, als er mich frühzeitig entließ. Da Widerworte sinnlos waren, versuchte ich es erst gar nicht, und ging hinüber zu meinen Schweinen. Ich fütterte sie mit Frischgemüse, goss Wasser nach und war gerade bei den Gänsen zugange, da vernahm ich eine nur allzu bekannte Stimme.

»Da bist du«, sagte Riley und lächelte schüchtern. Ihre Füße steckten in ihren alten türkisfarbenen Gummistiefeln, deren Blumenmuster ich schon früher scheußlich gefunden hatte. Aber sie wollte sich einfach nicht von den Schuhen trennen.

»Und du bist wieder zurück«, erwiderte ich zögerlich, weil ich sonst nicht wusste, wie ich darauf reagieren sollte. Ich hatte nicht damit gerechnet, dass sie wirklich bei mir vorbeischaute.

»Jap.« Das Lächeln auf ihrem Gesicht war wie eingefroren, sie wusste wohl auch nicht so recht, was sie sagen sollte. Zwar war der gestrige Abend überraschend entspannt gewesen, aber nun gingen wir umso verhaltener miteinander um. Eine verfahrene Situation – und Rileys Anwesenheit tat ihr übriges. Warum kam ich mir jedes Mal wie ein Teenie vor und vergaß, wie man korrekt einen Satz bildete?

»Willst du … helfen?«, fragte ich in die unangenehme Stille und sie war gleich Feuer und Flamme. Sie versorgte die Gänse und Hühner mit Getreide, füllte Wasser nach und setzte sich anschließend auf einen Heuhaufen bei den Rindern. Geschickt wich Riley einem Rind aus, das sie abschlabbern wollte und bereits die Zunge nach ihr ausgestreckt hatte.

»Ich hab mich doch ganz gut geschlagen, oder?« Wieder grinste sie mich so unverschämt an. *Unverschämt sexy*, fügte ich gedanklich hinzu.

»Passt schon«, antwortete ich lachend und wurde prompt von ihr mit Heu beworfen. Ich klopfte mir den Dreck von der Hose und setzte mich dann zu ihr. Die Halme piekten in meine Haut, aber noch heftiger schlug mein Herz in der Brust.

»Gib es doch zu«, wisperte Riley auf einmal und ihre grünen Augen funkelten.

Shit, zwei Küsse konnten eine ganze Menge ändern. Dabei hatte ich bis vor Kurzem geglaubt, nur noch Verachtung für sie übrig zu haben. Was war ich doch für ein Idiot.

»Was zugeben? Dass ich immer noch was für dich empfinde und ständig an unsere Küsse denken muss?« Meine Stimme war ein einziges Flüstern, jedoch laut genug, damit sie es verstand.

Sie blinzelte, ihre Finger krallten sich in das Heu und ich wartete nur darauf, dass sie davonlief. Stattdessen blieb sie an Ort und Stelle, den Blick auf mich gerichtet.

»Aber Jameson ... was bringt das? Ich werde wieder abreisen, und dann? Was soll aus uns werden?« Auch ihre Stimme war nicht mehr als ein Flüstern, so als hätte sie Angst, die Worte laut auszusprechen.

»Ich weiß es ja auch nicht«, gab ich zurück.

»Es ist sinnlos.«

Sinnlos. Das Wort jagte mir ein Messer in den Rücken und raubte mir die Stärke, etwas darauf zu erwidern. So sah sie das also.

Plötzlich rauschte ein Auto in die Einfahrt und wenige Augenblicke später stöckelte Megan auf Absatzschuhen über den Hof. Als sie mich erblickte, stemmte sie die Arme in die Hüften.

»Jameson, ich hab dich angerufen. Mehrmals«, spuckte sie mir vor die Füße und fuchtelte mit den Armen vor ihrem Gesicht. Ihr ganzes Auftreten, das viel zu übertriebene Make-up und die Kleidung passten so gar nicht ins Bild. Ein Grund, weshalb ich mir nie etwas Ernsthaftes mit ihr hatte vorstellen können.

»Okay, und?«

»Na, hast du mich etwa nicht vermisst?« Sie klimperte übertrieben mit den Wimpern.

Diese Situation war nicht unangenehm, sondern ein Desaster. Was zum Teufel suchte Megan unangemeldet hier? Was erhoffte sie sich von ihrem Besuch? Wir hatten uns doch schon vor einiger Zeit darauf geeinigt, nur etwas Lockeres am Laufen zu haben, und zu telefonieren, bevor wir uns trafen. Bisher hatte sie sich doch auch damit zufriedengegeben.

»Ich hatte eben viel zu tun«, war alles, was ich sagte.

»Das sehe ich«, entgegnete sie derart schnippisch, dass ich glaubte, sie ginge gleich auf Riley los. »Dann habe ich hier ja nichts mehr zu verlieren.«

»Offensichtlich.«

Ihr Blick bohrte sich in meinen, ehe sie auf dem mörderisch hohen Absatz ihrer Schuhe kehrtmachte und in ihrem Auto davonflitzte. Erleichterung durchfuhr mich, als Megan außer Sichtweite war.

»Siehst du, Jameson«, meinte Riley und erhob sich, »so viele Jahre liegen zwischen uns. Es ist Zeit, weiterzugehen.« Dann drehte sie sich um und in diesem Moment entlud sich Wut, gepaart mit unbändigem Schmerz in mir.

»Genau, verpiss dich. Das kannst du ja am besten.« Leise und unkontrolliert kamen die Worte über meine Lippen. Leise, unkontrolliert und verletzend.

Abrupt hielt sie inne, drehte sich wieder zu mir und fuhr sich mit der Hand über das Gesicht. Etwas sagte mir, dass sie es mir nicht übelnahm, obwohl meine Äußerung alles andere als nett war. Der Schmerz hatte aus mir gesprochen.

»Erinnerst du dich noch an unseren ersten Kuss?«, fragt sie.

Wie könnte ich es nicht? »Ja, im Stall, zwischen den Rindern.«

Ein trauriges Lächeln bildete sich auf ihrem Gesicht. »Ich vergesse manchmal die ganzen schönen Erinnerungen, dabei wiegt ihr Gewicht so viel mehr.«

»Wie kann es dann sinnlos sein? Das zwischen uns?«

Das Lächeln wurde breiter, ebenso wie das Leuchten in ihren Augen. »Zeigst du mir unser Haus?«

»W-was?« Hatte ich sie gerade richtig verstanden?

»Ja, ich will es sehen«, bat sie mich.

Die Entschlossenheit, die sie zeigte, beeindruckte mich und ich willigte ein. Auch wenn ich keine Ahnung hatte, was sie sich davon erhoffte.

***

Wir liefen den kurzen Weg zu Fuß und erreichten das kleine Blockhaus binnen weniger Minuten. Es stand zwischen meterhohen Nadelbäumen und das Plätschern des Flusses nebenan war zu hören wie ein Wiegenlied. Es war die kanadische Idylle schlechthin, ein perfektes Heim für eine Familie.

»Ich hab die Fenster ersetzt, die Veranda renoviert und–«

»Es ist noch schöner als ich es in Erinnerung hatte.« Sie sah mich an und ich überreichte ihr den Schlüssel, den sie zaghaft annahm. Mit bedachten Schritten nahm sie die Stufen der Verandatreppe, öffnete die Tür und trat ein. Das Licht der Mittagssonne durchflutete den offenen Wohnbereich und verlieh ihm einen ganz eigenen Charme.

»Die Küche ist noch die alte, aber immerhin funktioniert das Wasser«, merkte ich zögerlich an.

»Ich finde, das alte Holz in der Küche hat was, müsste man nur ein bisschen abschleifen.« Ihre Hände glitten über die Wände, die ich erst vor wenigen Wochen tapeziert hatte, und über die abgenutzte Kücheninsel, auf der noch eine leere Bierflasche von mir stand. »Du hast so viel Arbeit hier reingesteckt, Jameson.«

»Ich konnte es nicht aufgeben.«

Sie deutete auf die hellblaue Couch inmitten des Raumes, der man ihr Alter gar nicht ansah. Wir hatten sie damals von Patricia und ihrem Mann geschenkt bekommen, als sie erfuhren, dass wir das Häuschen gekauft hatten. Sie hatten sich gerade verkleinert und da unser Geldbeutel ohnehin ausgereizt war, hatten wir es dankend angenommen. »Dass die hier immer noch steht«, meinte sie und grinste wissentlich.

»Ich sag ja, Erinnerungen über Erinnerungen.« Daraufhin begannen wir zu lachen, denn auf diesem Sofa hatten wir das erste Mal in unserem Haus miteinander geschlafen. Und wie in diesem Moment waren wir aufeinander zugelaufen, hatten uns geküsst und uns die Kleidung vom Leib gerissen. Der Geschmack ihrer Lippen auf meinen brachte mich endgültig dazu, alle Sorgen über Bord zu werfen. Offensichtlich ging es Riley genauso, denn sie zupfte ungeduldig an dem Saum meines T-Shirts und kaum streckte ich die Arme nach oben, zog sie es mir über den Kopf. Ihre Fingerspitzen strichen über den Flaum auf meiner Brust, ehe wir in einem weiteren Kuss von unendlich vielen versanken.

»Es ist so schön«, murmelte sie an meinen Lippen, »dich wieder zu fühlen.«

»Schön ist gar kein Ausdruck dafür«, erwiderte ich, hob sie auf das Sofa und zog ihr das Oberteil aus. Sie trug darunter nur ein dünnes Spitzen-Bustier, unter dem sich ihre erhärteten Brustwarzen abzeichneten. Ich bedeckte ihren Bauch mit zärtlichen Küssen und das Stöhnen, das ihr entschlüpfte, war wie Musik in meinen Ohren. Sex ohne Gefühle mochte gut sein, aber mit Gefühlen war es tausendfach intensiver.

Mit zittrigen Fingern nestelte sie am Bund meiner Boxershorts, aus der ich schließlich stieg, und zog auch Riley den Slip von den Beinen. Ihr Blick suchte mich und in ihren glasigen Augen spiegelte sich pure Lust. Ich hatte nicht den blassesten Schimmer, wie wir in das Häuschen und auf das Sofa gelangt waren – aber gerade war es mir auch egal. Die Sehnsucht der ganzen letzten Jahre überwältigte mich und ich war nicht imstande, mich dem länger entgegenzusetzen.

Rileys Mitte glänzte betörend und sie stöhnte erneut, als ich mühelos zwei Finger in sie schob. Ihre Nägel krallten sich in meinen Rücken, ihr Rücken drückte sich durch und ihr Anblick ließ meine Erektion steinhart werden.

»Gott, Jameson«, wisperte sie an meinem Ohr.

»Ich will dich. Jetzt«, stieß ich aus.

»Nimm mich, tu es.«

Das war alles, was ich hören wollte. Sie wollte das alles genau so sehr wie ich. Also drang ich mit nur einem Stoß in sie ein und das Gefühl ihrer warmen, feuchten Spalte brachte mich an den Rand des Wahnsinns. Diese Frau, sie war alles in meinem Leben, was ich jemals gewollt hatte, und damit leben zu müssen, sie verloren zu haben, war eine Qual.

Immer wieder stieß ich in sie, Rileys Stöhnen hallte im Raum wider und unsere Münder ließen nicht voneinander ab. Das Begehren nacheinander wuchs mit jeder Sekunde. Ihre Brustwarzen reckten sich mir entgegen, ich zog ihr Bustier runter und liebkoste ihre Nippel, da spürte ich, wie sie sich um meinen Schwanz zusammenzog.

»Fuck, schneller«, brachte Riley heiser hervor.

Ich schob mich in sie, einmal, zweimal und dann kamen wir beide gemeinsam. Engumschlungen, laut und die Erregung pochte nach wie vor in unseren Körpern. Nach Luft ringend ließen wir uns auf dem Sofa nieder und sahen uns in die Augen. Alles hatte mit einem verfluchten Kuss begonnen, und jetzt saßen wir hier – auf dem Sofa, auf dem wir bereits vor Jahren Sex gehabt hatten und in dem Haus, in dem unsere Zukunft zu dritt beginnen sollte.

»Ich will ja nicht wie so ein Idiot vorkommen, der fragt ›Na, wie war ich?‹«, setzte ich an, »aber mein Gehirn ist gerade wie–«

»Leergevögelt?« Riley grinste breit und zufrieden, sodass ich nicht anders konnte, als loszulachen.

Auf einmal beugte sie sich zu mir herüber, ein zarter Schweißfilm bedeckte ihre Haut und sie senkte den Blick. Ihre Augenlider flatterten, ich legte meinen Finger unter ihr Kinn und hob es an. »Ich kann nicht länger so tun, Riley ...«

»Nicht länger so tun als was?«

»Als sei da nur noch Hass zwischen uns. Du weißt genau wie ich, dass es nicht so ist.«

Sie nickte und diese kleine Geste war Eingeständnis genug. Diese kleine Geste konnte so vieles ändern und vielleicht auch die Zukunft.

***

Nachdem wir die Klamotten vom Boden gefischt und uns angezogen hatten, zeigte ich Riley den Rest des Hauses. Mit neugierigen Blicken entdeckte sie jede Erneuerung und Veränderung. Erstaunt darüber, wie ich trotz der Renovierung den alten Charme des Hauses beibehalten hatte, hauchte sie mir einen Kuss auf die Lippen. Das Zimmer, das für unser Kind gedacht gewesen war, lag direkt neben dem Elternschlafzimmer. Dort hatte ich die bisher wenigste Zeit verbracht, weil ich es kaum ertrug, hier drin zu stehen. Zwar setzte eine seltsame Stille ein, als wir es betraten, aber niemand von uns verlor ein Wort. Wir wussten, dass es unser beider Herzen brach.

»Manchmal dachte ich, unser Baby vergessen zu müssen«, sagte Riley, als wir wieder im Wohnbereich ankamen. »Aber es wäre wohl das Schlimmste gewesen, was ich hätte tun können. Abgesehen davon, dass es natürlich unmöglich ist, es zu vergessen.«

»Du hast recht. Wir sollten sie – oder ihn«, ich sah sie an, »nicht vergessen, ganz im Gegenteil. Das Baby war Teil unserer Familie seit dem Augenblick, in dem wir von deiner Schwangerschaft erfahren haben. Es war fortan bei uns, nicht nur unter deinem Herzen, sondern in unseren Herzen.«

Eine einzelne Träne rollte über ihre Wange und ich legte meine Hand auf ihre. »Ja, wir waren eine Familie«, pflichtete sie mir flüsternd bei.

Es war, als befanden wir uns im Haus in unserer ganz eigenen Blase, in der weder Zeit noch Vernunft eine Rolle spielten. Den gesamten Abend und die Nacht lang wälzten wir uns in vergessen geglaubten Gefühlen, unterdrückter Sehnsucht und aufflammender Annäherung. Dass ich jemals wieder in diesem Haus übernachten würde, und das vor allem mit der Frau, die mir das Herz rausgerissen hatte, hätte ich nie gedacht. Gerade war dieselbe Frau dabei, es wieder zusammenzusetzen.

Ich hoffte nur nicht, dass die Splitter ihres zerbroche-
nen Herzes das zunichtemachen würden, was der Tag
uns beschert hatte.

Kapitel 19 — Riley

Schlaftrunken öffnete ich meine Augen und sah direkt in Jamesons Gesicht. Einzelne Haarsträhnen fielen ihm auf die Stirn, sein Brustkorb hob und senkte sich und von draußen vernahm ich das liebliche Zwitschern der Vögel. Wann war ich das letzte Mal mit einem Mann im Bett aufgewacht? Und wann das letzte Mal mit Jameson? *Vor über fünf Jahren, als ich am Tag davor beschlossen hatte, White Field und ihn zu verlassen,* beantwortete ich mir stumm meine Frage.

Und ich hatte es vermisst. Ich hatte es vermisst, in seiner Nähe aufzuwachen, mich gänzlich fallenlassen zu können und zu wissen, dass mein Platz hier war. Aber war mein Platz nach wie vor in Kanada? In Jamesons Herzen?

Wir waren doch tatsächlich auf dem klapprigen Bett eingeschlafen, nachdem wir gestern bis nach Mitternacht geredet und noch ein zweites Mal miteinander geschlafen hatten. Wir konnten die Finger nicht voneinander lassen und wir versuchten es auch erst gar nicht. Wir hatten sogar im Kühlschrank eine Packung Sandwiches gefunden, die noch essbar waren. Da Jameson nach den Renovierungen oftmals im Haus übernachtet hatte, waren Strom und fließendes Wasser das Erste gewesen, das er auf Vordermann gebracht hatte.

Demnach musste ich an diesem Morgen weder auf eine beruhigende Dusche noch auf meinen Kaffee verzichten. Während ich mich also aus dem Schlafzimmer schlich, setzte ich den Kaffee auf und genoss den kalten Wasserstrahl.

Erst ein Blick auf mein Smartphone, nachdem ich aus der Dusche gestiegen und mich abgetrocknet hatte, verriet mir, dass es sechs Uhr war. Sowohl meine Eltern als auch Jamesons waren um die Uhrzeit längst auf den Beinen, ihnen hatte ich gestern Abend noch eine Nachricht geschickt, dass ich bei einer Freundin –

»Guten Morgen.«

In nichts als in eine Boxershorts gekleidet, stand Jameson vor mir und fuhr sich mit der Hand durch die strubbeligen Haare. Verdammt, wie gut konnte man bitte nach einer durchzechten Nacht aussehen? Und viel wichtiger: Wie begrüßte man sich nach solch einer Nacht, die gefühlt alles verändert hatte?

»Hast du gut geschlafen?«, fragte er, nachdem ich einfach nur belämmert dastand und ihn anstarrte.

»Ja«, stammelte ich, klatschte mir imaginär mit der Hand gegen die Stirn und brachte ein Lächeln zustande. »Und du?«

»Nun ja, das Bett ist ja nicht das Gemütlichste, aber es passt schon.«

O ja, und wie das passte. Vor allem wenn man darauf Sex gehabt hatte, fügte ich stumm hinzu. »Ich hab Kaffee gemacht, willst du?«

Daraufhin nickte er, schlurfte zu einem der alten Hängeschränke und holte zwei Tassen heraus. »Ohne Koffein im Blut bin ich morgens ein Zombie.«

Ich lachte, deutete auf die Kaffeebecher und befüllte beide mit dem schwarzen Wachmacher. »Sind die etwa noch vom Victoria Day-Fest von vor ...«

»Zwölf Jahren, kurz nach unserem ersten Kuss«, half er mir auf die Sprünge und nippte an der dampfenden Tasse. »Milch hab ich leider keine hier, hoffe du trinkst ihn auch so.«

»Besser schwarzer Kaffee als gar keiner.« Wir stießen an, genossen still den aufkommenden Morgen und jeder hing seinen Gedanken nach. Es war unverkennbar, dass wir beide über dasselbe grübelten – dass wir in diesem Haus voller Erinnerungen waren, die Küsse und die Tatsache, dass wir zweimal miteinander geschlafen hatten. Was wohl Cassie und Erin dazu sagen würden? Himmel, ich *musste* mit ihnen darüber sprechen, sonst würde ich noch platzen!

Während Jameson seinen Kaffee in Lichtgeschwindigkeit geleert hatte und unter die Dusche gehüpft war, tippte ich meinen Freundinnen eine Nachricht. Erin, die gerade auf dem Weg in den Kindergarten war, antwortete sofort und auch Cassie schrieb zurück. Sie würden ausrasten, wenn ich ihnen davon erzählte, das war klar.

»Ich will nicht gehen und so tun, als wäre letzte Nacht nichts passiert«, sagte Jameson, der plötzlich in T-Shirt und Jeans im Raum stand und sich zu mir auf das Sofa setzte. »Wir haben viel zu lange Dinge totgeschwiegen.«

»Letzte Nacht ist viel zu viel passiert, um es totzuschweigen«, stimmte ich ihm zu.

Ein Grinsen schlich sich auf sein Gesicht, ehe sich wieder ein ernster Ausdruck darauflegte. »Es war schön.«

Es war nicht nur schön, sondern wunderschön. Für ein paar Stunden hatte ich das Gefühl gehabt, wieder die alte Riley zu sein, die, die den Tag mit einem Lächeln begann und so erfüllt mit Liebe war. Nicht mit Selbstverachtung, Schmerz und nie verklungener Trauer.

»Ich vermisse dich, Jameson, ich vermisse uns.«

Seine Hand legte sich auf meine und wir verschränkten unsere Finger miteinander. Die Nähe, die damals von einen auf den anderen Tag so verschwunden war, kehrte mit unerwarteter Heftigkeit zurück.

»Das tue ich auch, Riley, sehr sogar. Und ich weiß, dass wir beide auch was anderes fühlen: Angst.«

Er hatte ja sowas von recht. »Du hast dein Leben hier, und ich meines in New York City. Aber sich jetzt Gedanken darüber zu machen, wie das mit uns funktionieren soll, würde alles noch komplizierter machen.«

»Ich will das, was wir gerade haben, nicht kaputtmachen«, entgegnete Jameson und knabberte nervös auf seiner Unterlippe herum. »Lass es einfach auf uns zukommen, okay?«

»Das klingt nach einer guten Idee.« Kaum hatten die Worte meinen Mund verlassen, legten sich seine Lippen auf meine. Wie hatte ich es fünf Jahre ohne diese Küsse aushalten können?

»Ich muss mich echt sputen«, murmelte Jameson, nachdem wir uns voneinander gelöst hatten. Er wirkte plötzlich hektisch und rote Flecken bildeten sich auf seinem Gesicht. »Willst du noch hierbleiben?«

»Ich kann dir auch gern bei den Tieren helfen. Zu zweit ist man schneller, oder? Und alles hab ich nicht verlernt.« Oder wollte Jameson lieber Zeit allein verbringen? Drängte ich mich ihm auf?

»Bei den Tieren?« Seinen Blick zu deuten, fiel mir schwer, und ich rechnete schon fast mit Ablehnung. »Klar, sicher. Wieso nicht?«

Vermutlich lächelte ich in diesem Moment wie ein Honigkuchenpferd. Also hielten wir uns nicht länger auf, bestritten den kurzen Fußweg auf seine Farm und versorgten zuerst die Rinder. Wir arbeiteten im Stillen nebeneinanderher und diesmal war die Ruhe nicht unbehaglich, sondern wohltuend. Es war der erste Tag, der mir tatsächlich wie Urlaub vorkam. Apropos Urlaub, ich musste mich mit meinem Bericht ranhalten, wenn ich meinen Boss nicht verärgern wollte.

»Sag mal, würde es dir was ausmachen, wenn ich ab und zu zum Schreiben im Haus bin?«

Jameson sah mich grinsend an. »Lassen dir deine Eltern zuhause keine Ruhe?«

Ich bewarf ihn mit Heu und traf genau sein Gesicht. »Haha. Ich kann mich dort nur schwer konzentrieren, und allzu viel Zeit bleibt mir für den Bericht nicht mehr.«

»Also mir macht es nichts aus«, erwiderte er und zuckte mit den Schultern, während er einer Kuh die Ohren kraulte. »Genau genommen ist es ja auch immer noch dein Haus. Ich geb' dir den Schlüssel.«

Nur ich, die Stille der kanadischen Provinz und ein heimisches Gefühl – das waren doch beste Voraussetzungen, um einen Text zu schreiben, der meinen Boss vom Hocker riss. Dass Jameson mir das Haus zum Arbeiten aber so widerstandslos überließ, war nicht selbstverständlich. Schließlich hatte er die meiste Arbeit reingesteckt.

Nachdem ich die frischgelegten Eier aus dem Hühnerstall eingesammelt und sie mit Getreide versorgt hatte, machte ich mich auf den Weg zu Cassies Cut Salon. Jameson schöpfte keinen Verdacht – und genau genommen hatte er dazu auch keinen Anlass, immerhin brauchte ich nur ein offenes Ohr, oder in diesem Fall besser gesagt vier.

»Riley! Ich platze gleich vor Neugierde!«

Mit diesen Worten begrüßte Cassie mich, die mir sogleich eine dampfende Tasse Kaffee in die Hände drückte, diesmal mit Milch. Aber na gut, Koffein konnte ich gut gebrauchen, stand heute doch noch eine Schreibsession bevor.

»Dir auch einen guten Morgen, Süße«, lachte ich und schaute mich in ihrem Friseursalon um. Früher, als er noch Heathers Hair Salon hieß, war ich hier alle paar Monate zum Haareschneiden gewesen. Die Raufasertapete hatte Cassie gegen eine Fototapete mit schlichtem Muster ausgetauscht, die veralteten Friseurstühle gegen moderne, Licht durchflutete den Raum. Die Wände schmückten Auszeichnungen von Cassie und Fotos ihrer Arbeiten. »Du hast hier ganz schön was auf die Beine gestellt!«

»Danke.« Sie warf mir ein Lächeln zu. »Auch wenn ich schon ein paar Jahre bei Heather gearbeitet habe, hatte ich trotzdem Zweifel, ob ich es schaffen würde. Selbstständigkeit ist kein Zuckerschlecken.«

»Das glaub ich dir aufs Wort.«

Da klatschte sie aufgeregt in die Hände. »Setz dich, los, los.« Sie schob mich zu einem Stuhl und ich ließ mich darauf fallen. »Obwohl ich mir sicher bin, dass du nicht wegen deiner Haare hier bist ... kann ich dir trotzdem was zaubern, oder?«

Es war sowieso zwecklos, das Grinsen auf meinem Gesicht zu unterdrücken, also versuchte ich es erst gar nicht. »Das könntest du tatsächlich. Wäre es möglich, dass du die braune Tönung rausziehst? Ich kann die Farbe nämlich nicht mehr sehen.«

Mit den Fingerspitzen fuhr Cassie mir durch die Haare und begutachtete sie. »Back to the roots also, hm?«

Natürlich entging mir nicht der Unterton in ihrer Stimme, aber sie musste sich noch gedulden. »Wo bleibt denn Erin?«

Prompt wurde die Tür aufgerissen und unsere Freundin erschien im Salon. Sie hatte die Haare zu einem Knäuel hochgebunden, aus dem sich bereits einige Strähnen lösten. »Gibt's hier Kaffee? Ich brauche dringend eine Tasse, die Kinder sind heute wohl allesamt mit dem falschen Fuß aufgestanden!« Erin verdrehte die Augen, setzte sich neben mich auf einen Stuhl und bekam keine zwei Minuten später einen dampfenden Kaffee von Cassie serviert. Danach wusch sie mir die Haare, Erin berichtete uns von ihrem hektischen Morgen und dann massierte Cassie mir eine stinkende Masse in die Haare ein.

»Deine Nachricht kam ja ziemlich spät«, meinte sie und fing im Spiegel meinen Blick auf. »Zum Glück hab ich erst in zwei Stunden meinen ersten Termin, Dauerwelle und Coloration.«

»Und ich konnte erfreulicherweise meine Pause vorziehen, sonst wäre ich noch an die Decke gegangen«, setzte Erin hinzu, ließ sich gegen die Lehne des Stuhls sinken und nippte genüsslich an ihrem Kaffee.

Grinsend schüttelte ich den Kopf. »Jaja, ich weiß, dass ihr neugierig seid.«

»Und wie!«

»Aber hallo!«

Es war wie früher, Cassie und Erin quasselten durcheinander und bekamen von Klatsch und Tratsch nicht genug. Und meine Neuigkeiten würden sie mit genug Klatsch und Tratsch versorgen. Erst jetzt wurde mir klar, wie wertvoll ihre Freundschaft war. Über all die Jahre hatte sie gehalten und sie hatten mir sogar verziehen, dass ich in einer Nacht- und Nebelaktion abgehauen war. Wie hatte ich ohne Cassie und Erin nur die Zeit in New York City überstanden? Na gut, ich hatte Kristen und Brittany, aber das waren mehr Bekanntschaften und außerhalb der Redaktion trafen wir uns nicht oft.

»Okay, also ich muss euch was erzählen«, begann ich und nestelte am Saum des Umhangs, den Cassie mir umgelegt hatte.

»Du bleibst in White Field!«

»Du hast jemanden kennengelernt!«

Ich wusste nicht, ob ich mit den Augen rollen oder lauthals lachen sollte. Sie würden sowas von aus dem Häuschen sein – ich hatte es ja selbst nicht mal realisiert. Und war es überhaupt eine Option, in White Field zu bleiben? Im Grunde genommen hatte ich hier alles: meine Familie, meine Freundinnen und na ja, Jameson. Allerdings musste ich wohl oder übel meinen Job in der Redaktion aufgeben und ich war mir nicht sicher, ob ich dazu bereit war. »Sozusagen habe ich jemanden …

neukennengelernt«, fuhr ich fort und augenblicklich wurden die Augen meiner Freundinnen groß. »Erinnert ihr euch an den Abend im Greystone, als ich rausgerannt bin. Dort stand mir plötzlich ein Grizzly gegenüber und ich war völlig panisch, aber mein Retter konnte mich beruhigen.«

Sie quietschen erfreut und Erin klatschte aufgeregt in die Hände. »Wie heißt er? Wie sieht er aus?«, löcherte sie mich mit Fragen.

»Ist er heiß? Kennen wir ihn vielleicht sogar?«, wollte Cassie wissen.

»Ihr kennt ihn«, offenbarte ich, woraufhin sie erneut quietschten. »Es ist Jameson.«

Mit einem Mal war es mucksmäuschenstill, Cassie hielt in ihrer Bewegung inne und auch Erin erstarrte. Aber sie war es, die die Sprache zuerst wiederfand. Sie blinzelte mehrmals und stellte ihre Tasse ab. »Du, und Jameson? Verstehe ich das richtig?«

Ich nickte. »Das war aber nicht alles. Wir haben uns zweimal geküsst und gestern haben wir den halben Tag und die ganze Nacht in unserem Haus verbracht. Wir haben ... miteinander geschlafen. Zweimal.«

»Was zur Hölle?«, stießen beide zeitgleich aus und starrten erst mich, dann sich gegenseitig an.

»Ihr habt euch geküsst. Zweimal?«

»Ihr wart in eurem Haus«, fügte Erin hinzu.

Cassie sah mich im Spiegel an. »Und ihr hattet Sex.«

»Zweimal.«

»Es ist einfach passiert«, sagte ich, »und es war schön. Ich musste es euch einfach erzählen, sonst wäre ich geplatzt.«

Während Cassie mit der Haar-Behandlung fortfuhr, ließ Erin den Löffel in ihrer Tasse kreisen. Jetzt war es raus und ich ein bisschen erleichtert, trotz der überraschten Reaktionen meiner Freundinnen. Schließlich hatte ich es nicht anders erwartet.

»Das ist ... wow«, murmelte Cassie. »Habt ihr euch denn auch ausgesprochen oder blieb es bei Annäherungen?«

»Wir haben geredet, viel und lange, die ganze Nacht. Die ganzen Jahre war ich so sehr in meiner eigenen Trauer gefangen, dass ich ausgeblendet habe, wie es Jameson dabei ergangen ist.« Ich setzte die Kaffeetasse an meine Lippen an, trank einen Schluck und betrachtete nachdenklich mein Spiegelbild.

»Der Haarfarben-Entferner muss nun einwirken, wir haben also genügend Zeit, um zu besprechen, wie es mit dir und Jameson weitergeht«, meinte Cassie und blickte mich erwartungsvoll an.

Ich sah zwischen meinen Freundinnen hin und her, unsicher wie ich darauf antworten sollte. Aber dafür waren sie da: zum Ausheulen, zum Ratschläge geben oder zum Ausreden von vollkommen hirnrissigen Ideen. Gerade war ich mir nicht sicher, ob das, worauf Jameson und ich uns geeinigt hatten, zu der Kategorie hirnrissiger Ideen gehörte. »Wir wollen es langsam angenehm und uns nicht sofort in eine Beziehung stürzen. Schon allein wegen allem, was zwischen uns vorgefallen ist.«

»Also habt ihr euch auf nichts geeinigt, sondern nur heißen, versöhnlichen Sex gehabt«, schlussfolgerte Erin trocken.

»Erin!«, zischte Cassie.

»Was denn? Ist doch nichts dabei. War der Sex wenigstens gut?«

»Gut?« Ich seufzte und vor meinem inneren Auge liefen Bilder der vergangenen Nacht ab. Sein heißer Atem, der meine Wange streifte, seine Finger, die überall auf meinem Körper waren und seine Lippen, die einfach nicht von meinen lassen konnten. ›Gut‹ war kein Ausdruck. »Eher der absolute Wahnsinn. Nicht umsonst haben wir es zweimal gemacht. Es war, als hätten wir wieder zueinandergefunden.«

Erin pfiff anerkennend – und viel zu zweideutig –, während sich auf Cassies Gesicht ein breites Lächeln bildete. Na gut, Jameson und ich mochten uns nicht geeinigt haben, aber vielleicht waren wir noch nicht so weit. Vielleicht mussten wir erst wieder lernen, miteinander zurechtzukommen. Zwei Küsse und eine Nacht änderten vieles, jedoch nicht alles. Und schon gar nicht die Vergangenheit.

»Ich finde es gut, dass ihr es euch offenlasst. Das setzt keinen von euch unter Druck und so könnt ihr die Zeit genießen und schauen, was sie bringt«, sagte Cassie, als auf einmal das Telefon klingelte und sie den Hörer abnahm.

»Ich muss dann wieder in den Kindergarten, meine Pause ist gleich vorbei.« Erin stand auf, streckte sich und gähnte herzhaft. »War aber toll, mit euch zu quatschen, fast wie in alten Zeiten.«

Statt in Erinnerungen an alte Zeiten zu schwelgen, fühlte es sich genauso an. »Ich könnte mich glatt dran gewöhnen.«

»Warum tust du's nicht?« Sie zwinkerte mir zu, drückte mir einen Kuss auf die Wange und winkte Cassie zum Abschied zu. Kurz bevor sie den Laden verließ, rief sie: »Genieß es, Riley, du hast es verdient.« Dann fiel auch schon die Tür hinter ihr zu.

Nach nur einer Stunde erstrahlten meine Haare in altem, neuem Glanz und waren dank der Pflegeprodukte, die Cassie verwendet hatte, weich und sanft.

»Ich hätte nicht gedacht, dass ich mich jemals wieder über meine roten Haare freuen würde.«

»Manchmal erkennt man eben spät, was einem guttut«, lautete ihre weise Antwort und Cassie befreite mich von dem Umhang, nachdem sie meine Haare mit der Rundbürste geföhnt hatte.

»Sag mir, ist es dumm, sich auf ihn einzulassen? Haben Jameson und ich überhaupt eine zweite Chance, nach allem was passiert ist?«

Sie legte ihre Hände auf meine Schultern. »Riley, ihr habt vielleicht Fehler gemacht, aber es ist nie zu spät, sich diese einzugestehen.«

Ihre Worte waren Balsam für meine Seele und genau das, was mein zerbrechliches Herz brauchte. »Aber es kann zu spät für eine zweite Chance sein, oder?«, wisperte ich.

»Für Liebe ist es nie zu spät und ihr habt getan, was unausweichlich ist: euch ausgesprochen.«

Vielleicht war das ein guter Anfang und eine gute Voraussetzung für einen Neuanfang. Cassies Stimme hallte noch auf dem Heimweg in meinem Kopf wider und gerade passierte ich das noch geschlossene Greystone, da riss mich eine viel zu piepsige Stimme aus meinen Gedanken.

»Ach, hallo.« Vor mir stand eine braunhaarige Frau in kurzem Kleid, roten Pumps und übertriebenem Make-up. »Wir wurden uns noch gar nicht vorgestellt. Ich bin Megan.«

Da dämmerte es mir. Megan war die Frau, die gestern unangekündigt bei Jamesons Farm aufgeschlagen war und die mich am liebsten mit ihrem Blick getötet hätte. Verdammt, warum musste ich ihr ausgerechnet jetzt begegnen? Das konnte nicht gut ausgehen.

»Hallo, freut mich.« Was für eine Lüge. »Ich bin Riley, Jamesons ... Jugendfreundin.« Als was hätte ich mich ihr sonst vorstellen sollen? Seine feste Freundin? Wohl kaum.

»Jugendfreundin, soso.« Sie schnalzte missbilligend mit der Zunge und sah mich aus funkelnden Augen an. »Er hat mir von Ihnen erzählt, nichts Gutes.«

»Das muss Ihnen ja im Gedächtnis geblieben sein«, entgegnete ich, bemüht, wenig beeindruckt zu wirken. Herrjemine, wie unangenehm konnte eine Situation auf einer Skala von eins bis zehn sein? Zwanzig, mindestens!

»Er sollte lieber die Finger von Ihnen lassen.«

Jetzt war es um meine Beherrschung geschehen. »Wie bitte? Welches Recht nehmen Sie sich heraus, so über mich zu urteilen?«

Sie lachte spitz auf und verzog die geschminkten Lippen zu einer selbstgefälligen Fratze. »In wessen Bett lag er die letzten Jahre? Nicht in Ihrem, so viel ist klar, und selbst wenn er sich wieder auf Sie einlassen sollte, sind Sie nichts als eine unbedeutende Angelegenheit.«

Hatte sie mich gerade ernsthaft als unbedeutende Angelegenheit bezeichnet? Diese Frau sank immer tiefer, und es schien ihr nicht bewusst. »Ich mag unbedeutend für seine Zukunft sein, aber nicht für seine Vergangenheit. Scheint, als hätte Jameson Ihnen nicht alles erzählt. Schönen Tag noch!« Ich machte auf dem Absatz kehrt, konzentriert einen Fuß vor den anderen setzend und mich nicht umsehend. Was bildete sich diese dumme Pute nur ein? Ich konnte nur hoffen, dass sie sich während meiner Anwesenheit in White Field nicht mehr auf der Farm blicken ließ. Sonst würde ich für nichts garantieren.

Schließlich erreichte ich mein Elternhaus und wagte einen Blick in die Rinderstallungen, wo Jameson zugange war. Vor Schweiß klebten ihm bereits die Haare im Nacken. Jedes Mal, wenn er die Heugabel nahm, bewegten sich die Sehnen seiner Unterarme und ich beobachtete ihn wie gebannt.

»Hey«, krächzte ich.

Er drehte sich um und ein Lächeln bildete sich auf seinem Gesicht, als er mich erkannte. »Oh, hey. Schon zurück?«

»Ja, Cassie hatte nach mir noch einen Kundentermin.«

»Deine Haare sind roter«, sagte Jameson überrascht.

»Ich hatte Lust auf was altes Neues, weißt du?«, erwiderte ich und lehnte mich gegen einen Heuballen. »Ich hätte aber nicht gedacht, dass es dir auffällt.«

»Immerhin bin ich jahrelang jeden Tag neben dir aufgewacht.«

Es war seltsam und befreiend zugleich, dass wir mittlerweile so offen miteinander reden konnten. Natürlich war da immer noch eine gewisse Hemmschwelle, aber die war bei Weitem nicht so groß wie vor einer Woche.

»Das Loch am Zaun ist repariert! Gleich gibt's Mittagessen, Jameson!«, rief auf einmal mein Dad und stand wenige Sekunden später neben mir. Verblüfft sah er zwischen Jameson und mir hin und her. »Wie war es bei deiner Freundin, Schatz? Hast du die Nacht bei Cassie oder Erin verbracht?«

»Es war schön«, antwortete ich, bemüht mir meine Flunkerei nicht anmerken zu lassen. »Ich war bei Cassie.« So sehr ich Erin auch liebte, sie konnte gut plappern – und nicht jeder musste davon erfahren, wo ich letzte Nacht wirklich gewesen war.

Dad strich mir liebevoll über die Wange. »Willst du mitessen?«

Ich schüttelte den Kopf. »Heute nicht. Ich werde mich zurückziehen und am Reisebericht arbeiten.«

»Na gut«, meinte er. »Wir lassen dir dann eine Portion übrig und stellen sie in den Kühlschrank. Du willst dann in deinem Zimmer nicht gestört werden, nehme ich an?«

»Ich, ähm, werde im Haus von ... Jameson und mir schreiben«, brachte ich hervor und spürte, wie die Anspannung meinen Rücken hochkroch.

»Oh, okay. Aber arbeite nicht zu viel, du musst deinen Urlaub auch mal genießen.«

Das ging glimpflicher über die Bühne als erwartet. Zumindest stellte er keine Fragen, meine Mom hätte sich das nie und nimmer nehmen lassen. Nachdem ich mich von den beiden verabschiedet und Jameson mir den Schlüssel überreicht hatte, machte ich mich samt Laptop auf den Weg ins Haus. Dort angekommen, durchströmte mich eine ungewöhnliche Erleichterung und ich machte es mir auf dem Sofa bequem. Obwohl ich mir bis vor Kurzem sicher gewesen war, dieses Haus nie mehr betreten zu können, fühlte ich mich jetzt hier sicher und geborgen.

Hier hatte ich Jameson von meiner Schwangerschaft berichtet. Hier sollte unsere Zukunft zu dritt beginnen, unser Baby aufwachsen, unsere Familie gedeihen.

Schluss damit! Ich musste mich auf den Reisebericht konzentrieren und ehe meine Konzentration mich verließ, begann ich zu tippen.

Aber kaum drückte ich die Entertaste, überfiel mich eine derartige Panik, dass es mir die Luft abschnürte. Die Erinnerungen prasselten auf mich nieder und ich versuchte vergebens, den Kloß in meinem Hals herunterzuschlucken. In diesem Haus hatte ich mein Kind verloren, hatte fürchterliche Schmerzen aushalten und das kleine Wesen gehen lassen müssen, das ich vom ersten Augenblick bedingungslos geliebt hatte.

Ich schlang die Arme um meinen Körper und schluchzte, während die Panik die Kontrolle über meinen Körper übernahm.

Vor 5 Jahren

Schmerzen in meinem Unterleib, wie ich sie nicht kannte, rissen mich aus dem Schlaf. Ich krümmte mich zusammen, presste die Augenlider aufeinander und hoffte, dass die Krämpfe vorübergingen. Aber die Minuten verstrichen, der Schmerz jedoch nicht. Das bedeutete nichts Gutes.

Ich schlug die Decke zurück und kaum erblickte ich das Blut, das sich zwischen meinen Beinen gesammelte hatte, schossen Tränen in meine Augen. »Jameson«, stieß ich hervor. Immer und immer wieder stammelte ich seinen Namen, selbst als er sich umdrehte und mir zusprach. Selbst als er mich ins Auto hob und ins Krankenhaus brachte. Der Weg dorthin fühlte sich wie eine halbe Ewigkeit an, da halfen auch Jamesons beschwichtigende Worte und Berührungen nichts.

»Jameson, unser Baby«, stammelte ich, die Augenlider vor Schmerz aufeinandergepresst.

»Ich bin da, Liebling, versuch ruhig zu atmen«, sagte er in einem für diese Situation viel zu beherrschten Tonfall.

Ich wusste, dass etwas nicht stimmte, und zwar ganz gewaltig nicht. Die Krämpfe waren kaum auszuhalten, mein Brustkorb hob und senkte sich hektisch. Jede Minute, die voranschritt, erfüllte mich mit unerträglicher Hilflosigkeit. Was, wenn unserem Ungeborenen etwas passierte?

Endlich im Ridge Hospital angekommen, dauerte die Untersuchung nicht lange. Jameson war immer an meiner Seite, meine Hand in seiner und den Blick stets auf mich gerichtet. So ruhig er vorhin im Auto geklungen hatte, so machtlos wirkte er jetzt. Erst als die Ärztin das Zimmer betrat, die Miene unergründlich, erwachte er aus der Trance. Ihre Worte drangen jedoch weder zu ihm noch zu mir durch.

»Es tut mir leid, Ms. Wilson, aber Sie haben Ihr Baby verloren.«

Das konnte nicht wahr sein. Nein, das war ausgeschlossen. Ich umklammerte meinen Unterleib, meine

Fingernägel drückten sich in meine Handflächen, bis Tränen in meine Augen schossen.

»Verloren?«, wiederholte Jameson ungläubig. »Aber wie kann sowas passieren?«

Die Ärztin näherte sich uns und blieb am Kopfende des Bettes stehen. »Es war eine Eileiterschwangerschaft, das tritt häufig ab der sechsten Schwangerschaftswoche auf – oder wie in Ihrem Fall in der achten.«

Eine Eileiterschwangerschaft, natürlich hatte ich schon davon gehört. Aber wie hätte ich ahnen können, dass es ausgerechnet mich traf? »Wieso?«, wisperte ich. »Wieso jetzt? Wie kann sowas überhaupt geschehen? Das macht doch überhaupt keinen Sinn!«

Jamesons Arme legten sich um mich, aber ich wand mich aus seiner Berührung. Ich konnte seine Nähe gerade nicht ertragen.

»Bei einer Eileiterschwangerschaft nistet sich die befruchtete Eizelle nicht in der Gebärmutter, sondern im Eileiter an. Das kann passieren, wenn der Eileiter nicht vollständig durchlässig ist und durch den wachsenden Embryo kann dieser reißen«, erklärte die Ärztin. »Die Folgen sind lebensbedrohliche Blutungen in der Bauchhöhle, Sie kamen gerade noch rechtzeitig. Wir haben eine Laparoskopie durchgeführt, Ihre Eileiter konnten erhalten bleiben.«

Das war zu viel, jedes einzelne Wort brannte sich in mein Innerstes. »Gehen Sie, bitte.« Ich hatte gesprochen, ehe ich darüber nachdenken konnte. »Ich will allein sein.«

Die Ärztin nickte. »Wir werden Sie heute noch hierbehalten, alles Weitere besprechen wir morgen. Ruhen

Sie sich aus, Ms. Wilson.« Dann machte sie auf dem Absatz kehrt und schloss die Tür hinter sich.

»Riley, ich bin da«, durchbrach Jamesons Stimme die besorgniserregende Stille im Raum. »Wir schaffen das zusammen, hörst du? Riley, ich –«

Ich schlug seine Hand, die er auf meine legen wollte, weg und zog mir die Decke bis zum Kinn hoch. »Bitte nicht, Jameson.« Meine Stimme klang so seltsam fremd und tonlos, als gehöre sie gar nicht mir. Wie mein Körper, der nicht zu mir zu gehören schien. Ich war nicht fähig gewesen, ein Kind zu gebären. Der innere Schmerz überwog, er überwog tausendfach, ja sogar millionenfach.

»Sag mir, was ich tun kann«, bat mich Jameson und strich mir mit den Fingerspitzen über die Wange, da strampelte ich wie wild mit den Beinen und presste mein Gesicht ins Kopfkissen.

Seine Berührung war wie ein Stich, der den Schmerz verschlimmerte und mir vor Augen führte, was wir gerade verloren hatten. Ich wollte es nicht wahrhaben.

»Ich hab gesagt, ich will allein sein. Bitte«, stieß ich hervor, bemüht nicht erneut in Tränen auszubrechen.

»Ich werde dich nicht allein lassen«, sagte er nach einer Weile, stand dann jedoch auf. »Ich warte draußen. Ruf mich, wenn du etwas brauchst.«

Ich war nicht fähig, zu reagieren, und so hörte ich nur noch, wie er sich entfernte und die Tür hinter sich zumachte. Nun war ich allein, wahrhaftig allein.

Die Stunden vergingen und obwohl mich eine tiefe Müdigkeit überkam, tat ich kein Auge zu. Ich starrte gegen die weiße, sterile Decke, die Hände auf meinen Unterleib gebettet und tausend Fragen. Das Chaos in meinem Kopf wurde unruhiger und so schien ich doch irgendwann eingeschlafen zu sein. Wie durch Watte vernahm ich Stimmen, ich glaubte, die meiner Eltern und die von Jameson zu vernehmen. Aber ich war erschöpft, meine Kräfte aufgebraucht.

»Ich bin da, mein Schatz.« Es war Jameson, der in dieser Nacht zu mir sprach und mit der Hand die meine umschloss.

Ja, er war da. Er war die ganze Zeit über da – auch dann, als ich das Krankenhaus verlassen durfte und wieder unser Heim betrat, das wir für unser Baby hatten aufbauen wollen. Er war da, als ich ein Glas Wasser zu trinken brauchte, Essen, frische Klamotten. Jameson war immer da, ich hingegen war ein Schatten meiner selbst.

Der Satz der Ärztin ratterte unerbittlich in meinem Kopf herum. *Es tut mir leid, Ms. Wilson, aber Sie haben Ihr Baby verloren.* Es dauerte Stunden, Tage, Wochen bis ich verstand, dass unser Kind für ewig fort war. Unser Ein und Alles, einfach weg. Der Schmerz und die Trauer füllten meine innere Leere aus. Wie sollte ich jemals mit dem Verlust zurechtkommen?

Jeden Tag war ich in diesem Haus und schlief in dem Bett, in dem ich es verloren hatte. Jeden Tag ging ich an dem Zimmer vorbei, das für unser Kind gedacht war, das wir hatten streichen und einrichten wollen. Jeden Tag blickte ich in Jamesons Gesicht, das mich immer wieder daran erinnerte, was uns genommen worden war. Seine Augen, die mich Tag für Tag mit einer Traurigkeit musterten, von der ich nicht einmal selbst wusste, wie ich damit zurechtkommen sollte. Jeder Tag, den ich hier verbrachte, wog schwerer auf meiner Seele. Die Last auf meinen Schultern machte es mir unmöglich, mich noch länger hier aufzuhalten.

Hier in diesem Haus in White Field sollte unser Kind aufwachsen. Das war auf einmal vorbei, mein gesamtes Leben und unsere Zukunft waren vorbei. Meine Welt versank in ewigem Schwarz.

Kapitel 20 — Jameson

»Ich kann Riley auch das Essen vorbeibringen, ich wollte sowieso noch was im Haus erledigen«, schlug ich vor und sowohl Kenneth als auch Brenda betrachteten mich misstrauisch.

»Ihr scheint euch besser zu verstehen«, sprach Rileys Mom das Offensichtliche aus, während sie sich um den Abwasch kümmerte.

»Ja, ein bisschen.« Zwei Küsse und eine gemeinsame Nacht waren so verdammt viel mehr als ein bisschen. Aber wir hatten uns darauf geeinigt, es langsam angehen zu lassen und ich hoffte, es machte nicht sofort die Runde.

Natürlich entging mir nicht Brendas Schmunzeln und der Blick, den sie mir zuwarf. Und ihr entging sicherlich nicht, dass sich hinter meinen Worten mehr verbarg. Dennoch – oder genau deshalb – befürwortete sie meinen Vorschlag, Riley mit einer Portion des Räucherfleischs zu versorgen. Also schlenderte ich mit einem von Alufolie bedeckten Teller, der noch warm war und genüsslich roch, zu unserem Haus. Aber mein Lächeln erstarb, als ich die Tür öffnete und eine in sich zusammengesackte Riley auffand. Ihre Schultern bebten und der Raum wurde von schmerzergreifendem Schluchzen ausgefüllt. Was war geschehen? Und wie lange saß sie da schon? Sofort rannte ich zu ihr, legte die Arme um ihren Körper und versuchte, ihr beruhigend zuzureden.

»Psst, Riley, es ist alles gut. Ich bin hier.«

Sie schüttelte heftig mit dem Kopf, ehe ihrer Kehle ein weiteres Schluchzen entfuhr. Sie in solch einem Zustand aufzufinden, tat mir in der Seele weh. Ich würde alles tun, um sie von ihrem Schmerz zu befreien, auch wenn es bedeutete, ihn auf mich zu nehmen.

»Es tut so weh, Jameson«, presste sie hervor und sah mich aus geröteten Augen an, während die Tränen über ihre Wangen liefen.

Ohne dass sie sagte, weshalb sie weinte, wusste ich warum. Denn es verging kein Tag, an dem ich nicht an unser Kind dachte. Kein Tag, an dem ich nicht daran dachte, wie unsere Zukunft wohl ausgesehen hätte und wie glücklich Riley gewesen wäre. Dabei wollte ich der Mensch in ihrem Leben sein, der sie glücklich machte.

»Sieh mich an«, bat ich sie und hob ihr Kinn mit dem Zeigefinger an. »Du glaubst, niemand kann deinen Schmerz nachvollziehen, aber das stimmt nicht. Ich kann ihn auch fühlen, Riley, jeden verdammten Tag.«

»Weißt du, wie alt unser Baby heute wäre?«

Ich nickte und wischte ihr mit dem Daumen die Träne vom Gesicht. »Wie könnte ich das nicht?«

Auf einmal legte sie ihre Hand auf meine. »Küss mich.« Ganz gleich, ob es eine Bitte, eine Aufforderung oder ein Wunsch war – wenn das unseren Schmerz zumindest für einen Augenblick linderte, kam ich dem nach.

Unsere Lippen berührten sich zunächst zaghaft, ehe sich unsere Zungen berührten und wir in einem stürmischen Kuss versanken. In diesem Moment wurde mir klar, dass ich sie wollte – mit Haut und Haaren, mit den tausenden Meilen, die zwischen uns lagen. Den Schmerz über den Verlust unseres Babys mit bedeutungslosem Sex auszufüllen, war eine Möglichkeit, aber nicht der Ausweg.

»Ich wollte wirklich an dem Reisebericht arbeiten«, wimmerte Riley, als sich unsere Lippen voneinander lösten, »bis die blöde Panikattacke kam. Es war wohl Schicksal, dass du ausgerechnet dann herkamst.« Zwar brachte sie kein Lächeln zustande, aber ihre Mundwinkel zuckten ein bisschen. Immerhin.

Vielleicht brachte das Räucherfleisch sie ja auf andere Gedanken. »Ich bin eigentlich nur gekommen, um dich mit Essen zu versorgen.« Ich deutete auf den Teller, den ich in der Schnelle auf einer Fensterbank abgestellt hatte.

Also setzten wir uns auf das Sofa, Riley mit dem duftenden Teller auf ihrem Schoß und ich den Blick weiterhin auf sie gerichtet. Ihre Augen waren gerötet, aber ich hatte sie zumindest etwas aufgeheitert. Sie verschlang das Räucherfleisch geradezu und wusch den Teller anschließend ab, dann ließ sie sich wieder neben mir nieder.

»Willst du weiterschreiben oder lieber eine Pause einlegen?«, fragte ich.

»Es nützt nichts, mich weiter in Selbstmitleid zu suhlen«, antwortete sie. »Das hab ich lange genug getan. Scheint, als würde White Field mich dazu anregen, mich zu reflektieren.« Ein müdes Lächeln bildete sich auf ihrem Gesicht.

»Nicht nur dich, Riley ...« Seit sie hier war, stellte ich so vieles infrage, das ich jahrelang verdrängt hatte.

»Weißt du, wenn ich früher an dich gedacht habe, war es wie ein ... Gedankengewitter. Die Gedanken an dich lauerten wie ein Unwetter in meinem Kopf und vernebelten mir die Sicht – auf alles Schöne, was wir miteinander geteilt hatten.«

»Und, hat sich das Unwetter in deinem Kopf zwischenzeitlich zurückgezogen?«

Sie legte ihre Hand in meine und unsere Fingerspitzen berühren sich sanft. »Ja. Manchmal bildet sich zwar noch ein Wolkenschauer, aber vor allem in letzter Zeit spüre ich wieder die Sonnenstrahlen auf meiner Haut.«

Die Worte aus ihrem Mund zu hören, glich wahrlich einem Herbsttag, an dem sich die Sonne den Weg durch die Bäume bahnte und warm auf die Erde strahlte. »Damals mitanzusehen, wie du im Krankenbett lagst – die Decke bis unters Kinn gezogen und deine nie trocknenden Tränen, das hat mir das Herz gebrochen«, sprudelte es nur so aus mir heraus. »Ich wollte dir helfen, aber du hast es nicht zugelassen. Ich kam mir so hilflos vor.« Ich wusste nicht, weshalb ich das gerade jetzt sagte. Aber wann gab es schon den perfekten Augenblick für Bekenntnisse?

»Du warst immer da, Jameson, du brauchst dir keine Vorwürfe zu machen. Ich hätte mir keinen besseren Menschen an meiner Seite vorstellen können, aber ich«, sie schlug die Augen nieder, »ich war diejenige, die nicht da war. Ich war so sehr in Schmerz und Verlust gefangen und jedes Mal, wenn ich dich ansah, fühlte es sich umso schlimmer an. Jedes Mal glaubte ich, die Nacht des Ereignisses erneut durchleben zu müssen. Ich habe keine andere Möglichkeit gesehen, als zu gehen. Ich habe dich in dem Glauben verlassen, dass damit alles besser wird. Dass der Schmerz verschwindet. Nicht unbedingt mein bester Schachzug.«

So empfindsam die Situation war, sie löste so viele Fragen und Gedanken, die sich in den letzten Jahren in meinem Kopf festgesetzt hatten. Es war, als ebneten sie einen neuen Weg.

Das Begehren, Riley zu küssen, wurde nicht schwächer, sondern von Sekunde zu Sekunde stärker. Endlich wieder jemanden zu küssen, bei dem ich mehr als nur körperliche Anziehungskraft empfand, war überwältigend. Dass ich das überhaupt jemals wieder sagen würde – und vor allem bei ihr – hätte ich nicht erwartet.

»Schau mich nicht so an«, wisperte sie und wirkte fast beschämt, ihre zuckenden Mundwinkel verrieten sie jedoch.

»Wie denn?«

Dann beugte sie sich zu mir rüber, den Blick auf meine Lippen gerichtet. »So als würdest du mich jeden Moment hier nehmen wollen.«

Oh, Scheiße, wenn sie so sprach, wollte ich das auf der Stelle. Und das wusste sie ganz genau. Nach all den Jahren hatte sie nicht vergessen, wie sie mich um den Finger wickeln konnte.

»Riley«, brummte ich, bemüht sie nicht auf das Sofa zu pressen und meine Lippen auf ihre zu drücken.

Grinsend schüttelte sie den Kopf und strich mir eine Strähne aus dem Gesicht. »Ich muss arbeiten, dringend.« Kaum hatte sie ihren Satz beendet, lachte sie auf.

So losgelöst und fröhlich sollte sie immer sein. Mein Gesichtsausdruck sprach wohl Bände.

»Na gut, wie wär's mit später mit einem Date? Am Lake Rayronto?«

»Wie in alten Zeiten?«

Ich nickte. »Wie in alten Zeiten.«

»Hol mich um 18 Uhr ab.«

Ich legte meine Hand auf ihren Brustkorb und stellte erleichtert fest, dass auch ihr Herz viel zu schnell schlug.

***

An diesem Tag sah ich so oft auf die Uhr wie schon lange nicht mehr, obwohl ich eine Heidenarbeit zu erledigen hatte. Ich kümmerte mich um die Nutztiere, bereitete neues Schrot zu und mistete sogar die gesamte Rinderstallung aus, was mich mehrere Stunden beschäftige. So schaffte ich es, die acht Stunden zu überstehen. Doch kaum schloss ich die Haustür hinter mir, klingelte das Telefon und entnervt riss ich den Hörer hoch.

»Trembley.«

»Hey, Jameson!«, schnurrte die mir nur allzu bekannte Stimme von Megan.

»Was willst du?«, schoss es unfreundlicher als beabsichtigt aus mir heraus.

»Ach, letztes Mal lief nicht sonderlich gut und ich dachte,–«

»Da rufst du einfach mal an?«

»Hast du heute Abend schon was vor?« Der laszive und unschuldige Unterton in ihrer Stimme machte mich aus unerfindlichen Gründen rasend. Meine letzte Abfuhr hatte ihr wohl nicht gereicht.

»Ja.«

Mit einem Mal änderte sich ihre Tonlage und mir wurde klar, was der wahre Grund für ihren Anruf war. »Triffst du dich etwa mit der Schlampe?«

»Nenn. Sie. Nicht. So.«

»Scheiße, du liebst die Kleine, oder?«

»Und wenn schon?«, zischte ich. »Offensichtlich kommst du nicht damit klar, dabei haben wir uns von Anfang an darauf geeinigt, dass wir nur Sex haben.«

»Jetzt hab dich doch nicht so«, erwiderte sie und ich merkte ihr an, dass sie sich um einen normalen Tonfall bemühte. »Wir hatten immer viel Spaß zusammen.«

»Die Betonung liegt auf ›hatten‹. Es ist vorbei, Megan, tut mir leid. Du findest den Richtigen.« Ehe ich mich versah, beendete ich die Verbindung und fuhr mir mit der Hand über das Gesicht. Das war schon lange überfällig, einen richtigen Zeitpunkt gab es für sowas ohnehin nicht. Bevor ich mir noch länger den Kopf darüber zerbrach, hüpfte ich unter die Dusche, wusch mir den Dreck vom Körper und stand anschließend unschlüssig vor dem Kleiderstand. Sollte ich mich herausputzen? Immerhin hatte ich sie um ein Date gebeten, da war das angebracht, oder? Ich griff nach einem schwarzen Hemd, einer frischen Jeans und schlüpfte in ein Paar Sneakers. Als ich einen letzten Blick in den Spiegel wagte, spürte ich die aufkommende Nervosität in meinen Gliedern. Ein Date mit Riley, wie in alten Zeiten, und ich war so furchtbar aufgeregt.

Natürlich machte ich mich nicht ohne einen Korb mit dem Räucherfleisch vom Mittag, frischgebackenem

Cranberrybrot meiner Mutter und einem herben Cider auf den Weg zum See. Sie war bestimmt hungrig und hatte Durst, der Vorrat im Kühlschrank war sowieso bald aufgebraucht. Nach einem kurzen Fußweg kam ich an unserem alten Haus an, klopfte und als ich eintrat, fand ich eine auf dem Bauch liegende Riley vor. Ihr Laptop stand vor ihr, sie tippte unermüdlich auf ihm herum und schien nicht einmal gemerkt zu haben, dass ich da war. Also schlich ich mich an sie heran und sie schrak zusammen, als ich ihr auf die Schulter tippte.

Mit schreckgeweiteten Augen blickte sie mich an. »Himmel! Musst du dich so anschleichen?«

»Ich hab geklopft, aber offensichtlich warst du so sehr in deine Arbeit vertieft, dass du nichts mitbekommen hast.«

»Ups.« Dann klappte sie den Laptop zu, erhob sich und streckte ihre Arme.

»Wie geht es mit dem Bericht voran?«, erkundigte ich mich.

»Ich hab erstmal versucht, das Chaos in meinem Kopf zu lichten und lose Gedanken aufgeschrieben.« Riley zog sich ihre Sneaker an und deutete auf den Korb in meiner Hand. »Wenn du darin was zu essen hast, bist du mein Held. Der Kühlschrank hat nicht mehr viel hergegeben.«

»Soso, dein Held?« Ich grinste und sie drücke mir einen kleinen Kuss auf den Mund. »Wir sollten morgen einkaufen fahren, wenn du hier öfter schreibst.«

»Wir?«

»Etwa nicht?«

»Nein, ich meine ... es ist vielmehr dein Haus als meines, oder? Ich hab gar kein Recht, hier–«

»Es ist unser Haus«, stellte ich klar. »Es gehört uns, nach wie vor. Okay?«

Ein Lächeln, das für einen Moment all die Traurigkeit wegzauberte, stahl sich auf ihr Gesicht.

Nach einem kurzen Fußmarsch, während dem wir uns flüchtige Blicke und verliebte Lächeln zuwarfen, erreichten wir schließlich den Lake Rayronto. Er lag im Licht der Abenddämmerung und gerade packten die letzten Angler ihre Sachen, natürlich nicht ohne einen erstaunlichen Fang. Ich breitete eine Decke nahe dem Ufer aus und ehe ich mich versah, war Riley aus den Schuhen geschlüpft und machte sich am Korb zu schaffen.

»Na, da kann es jemand wohl kaum erwarten«, kommentierte ich und heimste mir einen spielerischen Klaps auf den Arm ein.

»Hey, ich hab hart geackert.« Dann zupfe sie ein Stück vom Brot ab und schob es sich in den Mund. »Hmm, köstlich.«

»Ach, und ich nicht?« Schmunzelnd tat ich es ihr gleich, zog die Schuhe aus und bediente mich am Räucherfleisch.

»Ein bisschen im Heu herumstochern kann ja jeder«, gab sie zurück und streckte mir doch tatsächlich die Zunge heraus.

Was ein paar Küsse und eine gemeinsame Nacht doch ausmachen konnten. Ich sah in ihre Augen und erkannte darin das vertraute Leuchten, das ihr die Trauer gestohlen hatte. Sie fand zurück – zu sich, zum Leben und vielleicht auch zu mir.

»Smiley Riley«, flüsterte ich, woraufhin sie mich mit einem Blick bedachte, der mir unter die Haut ging.

»Das ist alles so verrückt.«

»Wem sagst du das ...«

Sie knabberte an einem Stück vom Cranberrybrot herum. »Du, ich, wir. Ich kenne dich schon mein ganzes Leben lang und doch setzt mein Herz nach wie vor einen Moment aus, wenn ich dich ansehe.«

»Hast du Zweifel?«, fragte ich.

»Nicht an dem, was ich fühle«, gestand sie, legte sich auf den Rücken und verschränkte die Arme hinter dem Nacken.

Und so lagen wir dicht nebeneinander auf der Decke, genossen die Zweisamkeit und die Ruhe der kanadischen Idylle. Es war ein warmer Spätsommerabend, aber die aufgestaute Hitze in meinem Inneren hatte einen anderen Ursprung. In meinen kühnsten Träumen hätte ich nicht erwartet, dass Riley und ich uns wieder so nahekommen würden. Und jetzt war es, als seien wir uns noch vertrauter.

»Was denkst du, wäre ich wohl eine Farmersfrau geworden?«, fragte Riley in die Stille, den Kopf zu mir gedreht und ein Grinsen auf den Lippen.

»Du hättest dein Ding durchgezogen und wärst freischaffende Journalistin geworden«, blubberten die Worte unkontrolliert aus meinem Mund.

Daraufhin lachte Riley und fuhr mit den Fingerspitzen durch mein Haar. »Und hätte dich zwischendurch für ein Schäferstündchen in den Stallungen besucht.«

»Du machst mich nicht nur verrückt, sondern auch schwach.« In meinen Kopf herrschte ein einziges Chaos, unfähig einen klaren Gedanken zu fassen und meinen wilden Herzschlag zu kontrollieren.

»Als ich dich am Flughafen gesehen habe, wollte ich am liebsten wieder zurückfliegen.«

»Und ich wäre heilfroh gewesen.«

Breit grinsend sahen wir uns an, als Riley auf einmal den Blick abwendete und ihn gen Himmel richtete. Die Sonne ragte tief hinter der Berglandschaft hervor und ein lauer Windzug streifte meine Arme.

»Fünf Jahre wäre unser Kind jetzt alt«, murmelte sie. »Ob es wohl deine braunen oder meine roten Haare hätte?«

Ich schluckte den Kloß in meinem Hals herunter. Offensichtlich wollte Riley darüber sprechen – und das war weitaus besser, als es totzuschweigen. Jeder Gedanke an unser Baby fühlte sich an, als drücke jemand mein Herz zusammen. »Ich hoffe doch deine roten Haare«, sagte ich und trotz der aufkommenden Traurigkeit schlich sich ein Lächeln auf mein Gesicht. »Und deine Sommersprossen.«

»Sicher, dass du einen Klon von mir willst?« Sie wackelte vielsagend mit den Augenbrauen.

»Ich glaube, es gibt Schlimmeres.«

»Ach ja?«

Ich nickte und setzte mich auf.

»Dein boshaftes Grinsen gefällt mir ganz und gar nicht«, meinte sie und beäugte mich kritisch, als ich sie plötzlich packte und mir über die Schulter warf. Sie schrie gellend auf und ich rannte in den See, das Wasser peitschte um meine Beine. Riley hielt sich fest an mich geklammert, da sank sie auch kniehoch ins Wasser.

»Fürs Nacktbaden haben wir aber immer noch zu viel an. Findest du nicht?« In einer schnellen Bewegung zog sie sich das Oberteil samt Bustier über den Kopf und stand mit nacktem Oberkörper vor mir. Ihre Nippel reckten sich mir entgegen und als sie sich mir näherte, rieben sie an meiner Brust.

»Riley«, stieß ich flüsternd aus und legte ihr einen Zeigefinger an die Lippen, »beweg dich nicht.« Doch kaum starrte sie mich aus ihren grünen Augen verängstigt an, konnte ich die Show nicht länger aufrechterhalten. »Sorry«, presste ich hervor und konnte mir ein Lachen nicht verkneifen. »Ich musste nur daran denken, wie wir schon einmal am Lake Rayronto waren und ...«

»Ein Elch an uns vorbeispazierte«, beendete Riley meinen Satz.

»Das weißt du noch?«

»Natürlich. Ich hatte Angst, aber du warst ja da. Und ein solch beeindruckendes Tier aus der Nähe zu sehen, war unglaublich. Das hat man selbst in Kanada nicht alle Tage.«

Mit den Fingerspitzen fuhr ich über ihren nackten Bauch, ihren Brustansatz und die erhärteten Nippel.

»Vor anderthalb Wochen hab ich dafür gebetet, dass dieser bescheidene Urlaub schnell vorbeigeht«, fuhr sie fort und beobachtete jede meiner Berührungen, »aber jetzt hoffe ich genau das Gegenteil.«

»Vielleicht finden wir ja irgendwo ein Zeitloch, in das wir schlüpfen können.« Obwohl es ein Scherz war, hatte ich doch ein bisschen Hoffnung, dass es sowas gab. Manchmal war Hoffnung das Einzige, das dem Herz lehrte, weiterzuschlagen. Und an diesem Abend klopfte es wie wild.

Kapitel 21 — Riley

Blinzelnd öffnete ich die Augen, es war das erste Mal in drei Wochen, dass mich das Krähen des Hahns weckte. Sogar der Mond stand noch hoch am Himmel, als ich bemerkte, dass bei Jameson Licht brannte, zögerte ich nicht lange. Nachlässig bürstete ich mir das Haar, band mir einen Zopf, zog mir einen Hoodie über und tapste in Gummistiefeln zu Jameson rüber. Die letzten Tage hatte sich sowas wie eine Routine eingeschlichen. Morgens half ich meinem Dad und Jameson auf den Farmen, versorgte die Tiere und mittags schrieb ich im Haus am Reisebericht. Es war, als hatten die längst überfälligen Gespräche mit Jameson nicht nur mein zerstreutes Inneres, sondern auch meine Schreibblockade gelöst. Der Anfang des Berichts war zuerst ein komplettes Chaos, aber nachdem ich mich eingeschrieben und eine grobe Gliederung hatte, ging es gut voran. Dennoch musste ich mich ranhalten, um den Redaktionsschluss zu schaffen. Ich konnte sogar die Ruhe abseits des Trubels in New York City genießen und noch viel mehr Jamesons Nähe.

Ich hatte gerade die Veranda erreicht, da ging die Haustür auf und Jameson stand vor mir. »Guten Morgen«, sagte er. Seine Stimme war heiser und ob ich es zugeben wollte oder nicht, ich fand es wahnsinnig sexy.

Er trug wie üblich ein T-Shirt und darüber ein Flanellhemd, dessen Ärmel er nach oben gekrempelt hatte.

»Guten Morgen«, erwiderte ich. »Ich war schon wach
und hab Licht brennen sehen, da dachte ich, ich komm
mal rüber.« Erst jetzt merkte ich, wie aufsässig es rüberkommen könnte. Na, hoffentlich sah er das nicht so.

Das Grinsen auf seinem Gesicht verriet mir, dass dem
nicht so war. Welch ein Glück. »Du hattest bestimmt
noch keinen Kaffee, oder?«

Ich schüttelte den Kopf und mit einer Handbewegung
bat er mich rein. Als ich im geräumigen Wohnbereich
stand und in die Küche blickte, war ich überrascht, wie
vertraut das Haus trotz der neuen Einrichtung wirkte.
Es war moderner eingerichtet und auch die Wände und
Decken hatte Jameson neu gemacht.

»Milch und Zucker, richtig?«, fragte er und eilte schon
mit einer dampfenden Tasse herbei, die ich dankend
entgegennahm. Ich pustete und schloss die Augen, als
die wohltuende Flüssigkeit meine Zunge benetzte. Verrückt, dass ich mir als Kind niemals vorstellen konnte,
Kaffee jemals gern zu trinken. Ich schätzte, mittlerweile war ich nicht besser als die Erwachsenen, die ich
immer angeekelt ansah, wenn sie Kaffee tranken.

»Kommt es dir nicht auch seltsam vor, dass meine
Mom noch kein einziges Wort über uns verloren hat?
Ihr wird nicht entgangen sein, wie vertraut wir miteinander umgehen«, meinte ich und wir nahmen auf
dem großen Sofa Platz, auf dem ein Dutzend Kissen
herumlagen.

»Ehrlich gesagt, rechne ich bei jedem Mittagessen damit, von ihr darauf angesprochen zu werden.« Ein

Schmunzeln umspielte seine Lippen. »Aber vielleicht will sie uns nicht zu sehr drängen.«

Damit konnte Jameson recht haben. Meine Mom war die Neugierde in Person und ihre Zurückhaltung machte mich stutzig. Andererseits war ich froh, dass sie es dabei beließ, konnte ich so die Zeit in White Field besser genießen.

Nachdem ich die Tasse Kaffee in Rekordgeschwindigkeit leergetrunken hatte, machten wir uns an die Arbeit. Zuerst sammelte ich die Eier bei den Hühnern ein und ihr beständiges Gackern wirkte beruhigend auf mich. Danach eilte ich Jameson zur Hilfe, der gerade seinen Rinder Wasser nachfüllte und wenige Stunden später waren alle Tiere versorgt. Ich hatte doch nicht verlernt, was es bedeutete, eine Farm zu betreiben und auf eigenen Beinen zu stehen. Nach einer kurzen Verschnaufpause, in der Jameson mir den ein oder anderen Kuss gestohlen hatte, begaben wir uns auf zu den Rindern meines Dads. Auch sie dursteten nach frischem Wasser und Futter. Jeder mit einer Heugabel in der Hand, lockerten wir Heu auf und warfen es zu den Rindern, die bereits hungrig ihre Mäuler danach ausstreckten.

»Wenigstens hat sich dein Umgang mit der Heugabel gebessert«, neckte Jameson mich und im ersten Moment wusste ich nichts anderes darauf zu erwidern als ihm die Zunge rauszustrecken.

»Ich hab eben jahrelang nur in die Tasten gehauen«, versuchte ich mich auf scherzhafte Weise rauszureden, da traf mich bereits ein kleiner Heuhaufen am Kopf. »Hey!«

Jameson fand das wohl zum Schießen, denn er hielt sich lachend den Bauch. Und ich stand, mit Heu in den Haaren, einfach da und schaute ihn an. Auch er wirkte weniger miesepetrig als an meinem Ankunftstag in White Field, er lachte losgelöst, warf mir Blicke zu und er füllte eine Leere in mir, die zu lange ein Teil von mir gewesen war.

»Na, ihr habt ja Spaß!«, rief mein Vater glucksend, der gerade auf dem Traktor angefahren kam.

»Dad, er bewirft mich mit Heu!« Gespielt traurig schürzte ich die Lippen.

»Das hat dir früher auch nicht geschadet«, erwiderte er doch prompt. »Stimmt's, mein Junge?« Die beiden Männer nickten sich vielsagend zu und auf einmal schossen mir vor Glückseligkeit die Tränen in die Augen. Schnell blinzelte ich sie weg, da vernahm ich ein Poltern und Ächzen und Jameson eilte zu meinem Vater.

»Dad!«, rief ich und half ihm, gemeinsam mit Jameson, wieder auf die Beine. »Was ist los? Hast du dir wehgetan?«

»Das sind nur die Rückenschmerzen, mein Liebling«, wehrte er ab und klopfte sich den Dreck von den Hosen.

»Hast du die schon länger?«

»Ach, seit ein paar Wochen.« Er machte eine wegwerfende Handbewegung und wollte mir nicht recht in die Augen schauen. Das war wieder typisch mein Dad, nur nicht zugeben, dass es einem schlechtging.

»Du solltest eine Physiotherapie beginnen«, schlug ich ihm vor, da seufzte er und stapfte wieder weiter. »Dad!«

»Das ist das Alter, nichts weiter«, tat er es ab und war schon zwischen den Rindern verschwunden.

Die Hände in die Hüften gestemmt, wandte ich mich Jameson zu. »Sag doch auch mal was!«

Er fuhr sich durch die Haare. »Du kennst ihn, er ist hart im Nehmen.«

»Und wird älter!« Das war nun mal Fakt und mit dem Alter kamen die Pläsierchen, natürlich machte ich mir da Sorgen um meine Eltern.

»Das hab ich gehört!«, brummte mein Dad aus den Stallungen und kopfschüttelnd gab ich auf – vorerst. Sicher hatte er Mom davon nichts gesagt, denn wenn sie es wüsste, hätte sie schon längst was dagegen unternommen.

»Ich weiß, Riley, mir geht's mit meinen Eltern genauso«, meinte Jameson beschwichtigend und bedeutete mir, mit der Arbeit fortzufahren. »Mit dem Alter kommt aber auch die Sturheit, da sind wir machtlos.«

Na, das war ja aufbauend – auch wenn er leider recht damit hatte. Irgendwie gelang es mir, mich auf andere Gedanken zu bringen, und da waren Jameson und die Tiere nicht ganz unschuldig bei. Hier fühlte ich mich wieder wie die kleine Farmerstochter, die sich nichts Schöneres vorstellen konnte als ihr ganzes Leben zwischen Rindern, Schweinen, Kuhmist und der kanadischen Idylle zu verbringen. Und gerade erschien es mir verlockender als mein Leben in New York City …

***

Der Tag verging wie im Flug und ich freute mich bereits jetzt auf morgen, wenn ich wieder inmitten von

Heuballen und Kuhfladen stand – so schräg es klang. Für den Abend hatte ich mich allerdings mit meinen Freundinnen verabredet, also verabschiedete ich mich von Jameson und machte mich – natürlich geduscht und in einem knielangen, violetten Kleid auf den Weg ins *Greystone.* Cassie wartete bereits mit einem Caipirinha an einem Tisch und winkte mir zu, kurz darauf stieß auch Erin zu uns. Stolz präsentierte sie uns ihre frisch gemachten Nägel, für die sie meiner Meinung nach einen Waffenschein benötigte. Die ersten Cocktails waren schnell getrunken und als wir die zweite Runde einläuteten, kamen wir auf Jameson zu sprechen. Es war mir ohnehin klar gewesen, dass ich dem Thema nicht länger aus dem Weg gehen konnte.

»Was läuft da nun mit euch?«, wollte Erin mit unverhohlener Neugierde wissen.

»Seid ihr wieder zusammen?« Cassie sah mich aus ihren kristallblauen Augen aufmerksam an.

Ich seufzte. »Ja und Nein.«

»He, wir sind hier nicht bei Schrödingers Katze«, meinte Erin und erhob gespielt empört den Zeigefinger. »Entweder ihr seid zusammen oder nicht.«

Trotz meiner inneren Angespanntheit entschlüpfte mir ein Lachen. »Ich weiß nicht«, murrte ich. »Wir genießen die Zeit, wir arbeiten auf der Farm, wir küssen uns und wir –«

»Ihr habt phänomenalen Sex!«, ging Cassie dazwischen und kicherte, den Strohhalm im Mund, wie ein Schulmädchen.

»Na ja, phänomenal trifft es ganz gut«, gab ich widerwillig zu und erntete ein Raunen von meinen Freundinnen.

»Und wie geht es weiter, wenn du wieder in New York City bist?« Erin stellte die unangenehmste aller Fragen und das schlimmste war, ich hatte keine Antwort darauf. Und noch schlimmer war: Ich hätte darauf am liebsten eine Antwort. Die Ungewissheit würde ich nicht viel länger mehr aushalten. Mein Schweigen war wohl offensichtlich Antwort genug und so lenkte Cassie geschickt das Gespräch auf ein anderes Thema. Sie war wieder auf Datingsuche und in einem winzigen Örtchen wie White Field bedeutete das, man konnte mitunter auf die Kindergartenliebe treffen – was nicht unbedingt das Gelbe vom Ei war.

Später, als ich völlig müde und glücklich zugleich im Bett lag, wurde mir wiedermal bewusst, wie schmerzlich ich solche Mädelsabende vermisste. Hatte ich doch mehr aus meinem alten Leben in Kanada vermisst als ich zugeben wollte? Obwohl meine Augen schwer wurden, sah ich die Antwort klar vor mir: sowas von.

***

In dieser Nacht hatte ich wie auf Wolken geschlafen, und zudem viel länger als die vergangenen Tage. Es war schon kurz nach sechs Uhr! Jameson und mein Dad waren also bereits seit mindestens einer Stunde auf den Beinen – na klasse!

Also sprang ich aus dem Bett, riss den Vorhang vom Fenster und sah sogar Jameson, der gerade die Hühner mit Getreidekörnern versorgte. Ob er schon die Eier eingesammelt hatte? So schnell ich konnte, zog ich mir Kleidung über, schlüpfte in Gummischuhe und überraschte ihn bei den Gänsen.

»Guten Morgen, du Langschläferin«, neckte er mich und gab mir einen Kuss. Warum fand ich, dass er morgens besonders gut aussah? Mit den verstrubbelten Haaren, dem verschlafenen Blick und ... »Da hatte wohl jemand einen schönen Abend«, unterbrach er meinen Gedankengang.

»Ja, ich kann nicht glauben, dass ich es fünf Jahre lang ohne Erin und Cassie ausgehalten hab. Ich weiß gar nicht, was ich tun soll, wenn ich wieder in New York City bin«, plapperte ich unbedacht drauf los, als ich seinen Blick bemerkte. Mist, das war doch genau die Sache, über die wir noch nicht gesprochen hatten ...

»Um sie in deinen Koffer einzupacken, sind sie wohl zu groß«, erwiderte Jameson und grinste, wodurch mein Missmut schnell verschwand. »Du kannst schonmal zu euren Rindern, wir können ja später noch einen Abstecher zu deinen geliebten Schweinen machen.«

Ich erwiderte sein Grinsen. »Da bin ich beruhigt.« Dann machte ich mich auf den Weg zu den Rinderstallungen und band mir einen neuen Zopf, als Jameson mir hinterherrief: »Heute waren es nur fünf Eier! Als hätten sie vorhergesehen, dass nicht du es bist, die sie einsammelt.«

Selbst als ich die Rinderstallungen erreichte und das Tor öffnete, grinste ich. Das ein oder andere Rind streckte mir seinen Kopf entgegen, schlabberte meine Hand ab oder muhte mich an. Da sah ich von Weitem, wie mein Vater gegen einen Heuballen gelehnt dasaß.

»Dad?« Er rührte sich nicht und langsam machte sich Panik in mir breit. Ich rannte auf ihn zu und schüttelte ihn, aber nichts geschah. »Dad!«, schrie ich, so laut, dass meine Kehle schmerzte. »Wach auf, bitte, wach auf.«

Hektisch tastete ich nach meinem Smartphone in der Gesäßtasche und sprintete, als ich es nicht finden konnte, zu Jameson. »Jameson, ruf den Notarzt! Schnell!«

Sofort sah er auf und lief mir entgegen. »Was ist passiert, Riley?«

»Mein Dad! Er ist bewusstlos«, stieß ich, nach Luft ringend aus. »Ruf den Notarzt, los!«

Dann zog er ein Gerät aus seiner Hosentasche, das mich an ein Dinosaurierhandy erinnerte, und tippte die Schnellwahl. »Ja, hallo, Trembley hier. Wir brauchen einen Notarzt in Whitefield in der Hillside Avenue, die dritte Farm auf der linken Seite, wenn Sie von der Birch Road kommen. Beeilen Sie sich!« Er legte auf, nickte mir zu und zog mich am Arm hinter sich her. »Sie sind gleich da. Riley, stell dich an die Straße und wink sie rein. Ich kümmer mich um deinen Dad.«

»Okay«, gab ich wimmernd von mir und wischte mir die dämlichen Tränen aus dem Gesicht. Passierte das gerade wirklich? Das konnte doch nur ein Albtraum sein!

»Es wird alles gut, Schatz.« Er strich mir eine Strähne hinter das Ohr und küsste mich auf die Stirn. »Ich verspreche dir, dass du nicht noch jemanden verlierst. Und nun lauf, okay?«

Ich nickte, unfähig passende Worte zu finden und bemüht einen Fuß vor den anderen zu setzen. Die wenigen Minuten, bis der Krankenwagen in die Straße einfuhr, kamen mir wie eine quälende Ewigkeit vor. In der Zwischenzeit war auch Mom zu mir gestoßen, deren Hand ich fest umklammert hielt. Ich erlebte alles wie in einer Zeitschleife, wie sie Dad auf die Trage legten,

Geräte an ihn anschlossen und Jameson mich in den Krankenwagen schob. Meine Mutter saß bereits neben Dad und hielt seine Hand, Tränen liefen ihr unentwegt über die Wangen. Wie sollte ich nur einen weiteren Verlust verkraften? Wie sollte ich ein weiteres Mal die Kraft aufbringen, aus dem Strudel von ewiger Trauer zu finden?

»Ich fahre euch nach«, waren die letzten Worte von Jameson, ehe sich die Türen des Krankenwagens schlossen und er Richtung Ridge Hospital düste. Übelkeit stieg in mir auf und noch rechtzeitig reichte mir einer der Rettungssanitäter eine Schale. Ich erbrach mich und ich versuchte, nicht gänzlich zusammenzubrechen. Ich musste stark sein, für Mom und für Dad. Für die fünf Jahre, in denen ich mich abgeschottet hatte.

Nicht einmal zehn Minuten später erreichten wir das Krankenhaus.

Jameson kam nach und blieb die ganze Zeit an meiner Seite. Er war der Einzige von uns, der Ruhe bewahrte. Er sprach nicht viel, aber das musste er auch nicht, allein die Tatsache, dass er hier war, gab mir und meiner Mutter Kraft.

»Wie lange dauert das denn?«, zischte ich ungehalten, da schritt auf einmal ein Arzt den Flur entlang – er kam direkt auf uns zu. Aus seinem Gesichtsausdruck wurde ich nicht schlau. Was würde er uns gleich mitteilen? Doch nicht, dass ...

»Mrs Wilson?«

Mom, Jameson und ich sprangen gleichzeitig auf. Die kommenden Sekunden entschieden, ob ich ein weiteres Mal zerbrach.

»Wie geht es meinem Mann? Lebt er?«

»Er lebt und ist so weit stabil«, sagte der Arzt, woraufhin wir alle drei gleichzeitig aufatmeten. »Ihr Mann hatte einen Herzinfarkt, er hatte Glück, dass Ihre Tochter ihn rechtzeitig gefunden hat.«

Zum Teufel, einen Herzinfarkt? Im ersten Moment wusste ich nicht, wie ich auf diese Schocknachricht reagieren sollte.

»Können wir ihn sehen? Wie lange muss er hierbleiben?«, sprudelte es aus mir heraus.

»Wir behalten ihn zur Beobachtung ein paar Tage hier«, erläuterte der Arzt uns. »Sie können kurz zu ihm, aber nicht lange. Er ist noch geschwächt.«

Mom, die die ganze Zeit über meine Hand gehalten hatte, nickte. »Wird er bleibende Schäden davontragen? Muss er Medikamente nehmen?«

Die Antwort bekam ich jedoch nicht mehr mit, da mir plötzlich so schwindelig wurde, dass ich mich nicht mehr auf den Beinen halten konnte. Mir wurde schwarz vor Augen und dann war ich weg.

»Ms. Wilson?«

Blinzelnd öffnete ich die Augen und schaute in ein mir fremdes Gesicht, auf dem sich ein Lächeln bildete.

»Sie sind ohnmächtig geworden«, klärte mich die Dame auf und schob sich die runde Brille zurück auf die Nase. »Hier, trinken Sie einen Schluck Wasser.« Sie reichte mir einen Becher und ich leerte es in wenigen Zügen.

Ich war ohnmächtig geworden? Himmel, der Tag hatte mir wohl ganz schön zugesetzt. »Mein Dad!«, platzte es aus mir heraus und ich setzte mich auf, als mich ein weiterer Schwindelfall überkam.

»Langsam, Ms. Wilson! Ihrem Vater geht es den Umständen entsprechend«, beschwichtigte die Krankenpflegerin mich. »Ihre Mutter und Ihr Mann warten draußen, soll ich sie reinschicken?«

Mein Mann, da musste ich mir ein Grinsen verkneifen. Ich bejahte ihre Frage und kurz darauf kamen Jameson und Mom herein. Nun mussten sie sich auch noch um mich Sorgen machen! Das fehlte mir ja gerade.

»Haben Sie die Schwindelanfälle schon länger?«, fragte sie mich.

»Ich weiß nicht, die letzten Tage vielleicht.« Das lag wohl aber eher am Redaktionsschluss für den Reisebericht.

»Ich werde Ihnen zur Vorsorge Blut abnehmen, in Ordnung? Es kann auch ein Vitamin- oder Eisenmangel sein.«

»Das ist nicht–«

»Riley«, murmelte Mom und drückte meine Hand. »Bitte, tu es mir zuliebe.«

Da konnte ich nun wirklich nicht widersprechen, also gab ich nach und ließ Blut abnehmen. Nachdem ich die von der Krankenpflegerin angeordneten fünfzehn Minuten liegen geblieben war, durfte ich bei Dad ins Zimmer schauen. Seelenruhig und an zahlreiche Geräte angeschlossen, lag er im Krankenbett. Ob er bleibende Schäden davontrug, würde sich erst rausstellen, und Medikamente musste er von jetzt an auch nehmen. Der Arzt versicherte uns aber, dass es gut aussah und er wohl bald entlassen werden konnte. Ihn so zu sehen, schmerzte in meiner Brust. *Daddy, werd schnell*

wieder gesund, hoffte ich stumm und strich ihm über
die faltige Hand.

Kapitel 22 – Jameson

Dass der Tag ein solches Ende nehmen würde, hatte
wohl niemand erwartet. Umso erleichterter war ich, als
zumindest Brenda auf dem Sofa eingeschlafen war.
Wir löschten die Lichter und beschlossen, noch zu mir
rüberzugehen. Ich goss mir einen Whiskey ein und
Riley ein Glas Cola, dann ließen wir uns erschöpft auf
das Sofa nieder.

»Danke, dass du da warst«, flüsterte sie und schlug die
Augen nieder.

»Ich bin immer für dich da«, antwortete ich.

»Ich weiß, das warst du schon damals. Aber ich hab es
nicht zu schätzen gewusst, heute schon.« Gedankenver-
loren nippte sie an ihrer Cola und sah dann wieder auf.
»Heute sehe ich so vieles anders.«

Ein schrilles Klingeln ließ uns zusammenzucken und
Riley fischte ihr Smartphone, welches sie vorhin in der
Küche gefunden hatte, aus der Hosentasche. »Mist,
mein Boss, da muss ich ran«, zischte sie und nahm den
Anruf sofort entgegen. »Jack, ja, hey! Wie es mit dem
Reisebericht vorangeht? Ich, ähm, bin so gut wie fertig.
Was? Nächste Woche schon? Aber Jack –« Darauf folg-
ten mehrere ›Mhh‹, sie legte auf und pfefferte das
Smartphone aufs Sofa.

»Schlechte Nachrichten?«, mutmaßte ich.

»Kann man so sagen.« Sie rieb sich die Augen und setzte sich im Schneidersitz vor mich. »Mein Boss verlangt von mir, dass ich ihm nächste Woche den Bericht sende. Er hat sich umentschieden und will ihn schon in der kommenden Ausgabe drin haben, also muss ich die nächsten Tage durchackern.«

»Meinst du nicht, unter den aktuellen Umständen ist das ein bisschen viel? Und außerdem, das ist nicht unbedingt die Definition von Urlaub.«

»Ich weiß! Aber ... ich muss. Es bleibt mir nichts anderes übrig.« Sie kaute auf ihrer Unterlippe herum. »Shit, shit shit«, murmelte sie vor sich her.

»Und wenn du deinem Boss einfach sagst, was los ist? Dafür wird er bestimmt Verständnis haben«, schlug ich vor und kaum legte ich meine Hände auf ihre, entzog sie sich der Berührung.

»Du hast ja keine Ahnung! Ich komme gut mit Jack zurecht – sofern ich meine Arbeit ordentlich mache und Überstunden. Wir hatten einen Deal, Reisebericht gegen Urlaub. Er wird mir die Hölle heißmachen, wenn ich dagegen verstoße.«

Wow, ihr Chef klang echt nach einem ... Arsch, und Riley hatte ohnehin genug Stress. »Was hast du nun vor?«

»Tja«, machte sie schulterzuckend, »den verflixten Reisebericht in Rekordgeschwindigkeit schreiben. Denkst du, du kannst meine Mom morgen ins Krankenhaus begleiten?«

Ein bitteres Lachen entfuhr mir. »Das ist nicht dein Ernst, Riley, oder? Dein Dad hätte sterben können, und du kriechst lieber deinem Boss in den Arsch!«

»Sieht wohl so aus«, lautete die nüchterne Antwort, die mich endgültig aus der Haut fahren ließ.

»So sieht aber nicht die Riley aus, die ich kenne«, entgegnete ich lauter als beabsichtigt.

Ihr Gesicht verfärbte sich rot. »Ich bin auch nicht mehr die Riley von damals, kapier es doch endlich!«

»Nein, wir sind beide nicht mehr die Menschen von vor fünf Jahren«, stimmte ich ihr zu. »Du hast trotzdem nach wie vor ein Herz. Ein Herz, so groß, dass dir die Familie das Wichtigste ist. Die Menschen, die dich bedingungslos lieben.« Ich hatte nicht die leiseste Ahnung, woher die Worte kamen, aber sie zeigten ihre Wirkung.

Rileys grüne Augen schimmerten und ihr Brustkorb hob und senkte sich hektisch. »Ich hab so Angst, Jameson, vor so vielem.«

»Wovor?«

»Meine Familie, meine Freunde und ... dich zurückzulassen«, offenbarte sie mir ihre Sorgen, »und gleichzeitig fürchte ich mich davor, in mein neues Leben zurückzukehren und alles aufzugeben, wofür ich mir den Hintern aufgerissen hab.«

Ich konnte ihre Bedenken nachvollziehen und mein Herz machte vor allem beim ersten Satz einen Sprung. »Ich verstehe dich, Riley, das tue ich wirklich. Aber hasse mich nicht, weil ich jetzt eine von Egoismus geleitete Frage stelle. Ehrlich gesagt, denke ich darüber seit ein paar Tagen nach.« Sie drückte meine Hand, als wollte sie mir damit bedeuten, fortzufahren. Und diesmal war ich derjenige, der Angst hatte – vor ihrer Reaktion. »Was, wenn du bleibst?« Obwohl meine Stimme ein Flüstern war, hallten meine Worte im Raum wider.

»Wie könnte ich dich für etwas hassen, das mir selbst schon in den Sinn gekommen ist?«

»Meinst du das ernst?« Ich lachte nervös auf und Riley stimmte, eine Spur losgelöster, in mein Lachen mit ein. Damit hatte sich die Frage erledigt. »Und du könntest es übers Herz bringen, deinen Job und dein Appartement aufzugeben?«

»Es wär nicht so, dass ich nicht schonmal was gewagt hätte. Immerhin hab ich damals mit nichts als einer Jobzusage das Land verlassen«, erwiderte sie. »Ich meine nicht, dass damit meine Zweifel von Bord wären ...«

»White Field druckt zwar keine international beliebte Zeitschrift, aber Kyle ist Fotograf und hat Kontakte zu Redakteuren. Da findest du bestimmt schnell was, und das Gemeindeblatt könnte auch von deiner Expertise profitieren.«

Sie tippte sich nachdenklich mit dem Finger ans Kinn. »Je nachdem wie mein Boss reagiert, könnte ich auch vom Homeoffice aus tätig sein.«

Wow, das Gespräch hatte eine Wendung angenommen, die ich nicht hatte kommen sehen. Und dass Riley selbst darüber nachgedacht hatte, in White Field zu bleiben, bedeutete etwas, oder?

»Also heißt das ...?«

»Ich hab die letzte Zeit sehr genossen.«

»Ich auch.«

»Und auch, dass wir uns Zeit gelassen haben. Trotzdem brauche ich in einer Sache Gewissheit ...«

Ich verstand, worauf sie hinauswollte, und mir ging es nicht viel anders. Wollte sie ihre Rückkehr dingfest machen, sollten wir uns über unsere Gefühle zueinander einig sein.

Obwohl ich in dieser Sache wahrscheinlich nicht weniger Angst verspürte als sie, glitten mir die nächsten Worte wie von selbst über die Lippen. »Ich liebe dich, Riley, das habe ich immer. Damals wie heute.«

Mit Tränen in den Augen und einem Lächeln blickte sie mich an. »Ich liebe dich auch, und wie.«

Dann zog ich sie in eine Umarmung und hielt sie fest, nie wieder wollte ich sie mehr loslassen. Ich konnte es noch gar nicht fassen, dass sie wirklich hier bei mir blieb. An dem Ort, der uns zugleich so viel geschenkt und genommen hatte.

»Sagt man aber nicht, aufgewärmt schmeckt nur –«

»Vergiss solche dämlichen Sprüche, ich mag Essen auch aufgewärmt und manches schmeckt sogar kalt gut – Pizza beispielsweise«, sagte ich, als wir uns voneinander gelöst hatten. »Und gewissermaßen sind wir gerade dabei, unsere Liebe wieder aufzuwärmen, nachdem sie unter einer dicken Eisschicht begraben war.«

Ihre Mundwinkel zuckten. »Wer von uns hat nochmal Journalismus studiert und schreibt Texte?«

***

Die nächsten Tage fuhren wir zwischen den Farmen und dem Ridge Hospital hin und her. Von den Nachbarn und umliegenden Farmern, die natürlich von Kenneth' Herzinfarkt erfahren hatten, erhielten wir überwältigende Unterstützung. Anders wäre das mit zwei Farmen auch gar nicht zu schaffen gewesen. Selbst mein Dad hatte sich angeboten, und meine Mom leistete Brenda Gesellschaft. Sogar Riley hatte sich an meinen Rat gehalten und den Reisebericht beiseitegeschoben, stattdessen packte sie tatkräftig auf den Farmen an und so fielen wir abends todmüde in die Betten.

Es hatte sich herausgestellt, dass Kenneth lediglich einen leichten Herzinfarkt erlitten hatte und nach einer Woche konnten wir ihn abholen. Allerdings standen noch einige Nachuntersuchungen an und von der Farmarbeit musste er sich erstmal fernhalten. Dennoch schien es ihm eine Warnung gewesen zu sein, auch wenn er unsere Hilfe nur widerwillig über sich ergehen ließ. Das kannte ich von meinem Vater nur allzu gut.

Riley und ich waren gerade dabei, die Wasserleitungen zu verdichten, da rauschte ein Auto in die Auffahrt. Kurz darauf vernahm ich das nervtötende Klackern von Absatzschuhen und Megan stand, in viel zu elegantem Aufzug, vor uns.

»Was suchst du denn hier?«, begrüßte ich sie, nicht bemüht meine Ablehnung ihr gegenüber zu vertuschen.

Sie strich sich eine Locke aus dem Gesicht. »Können wir unter vier Augen reden?«, fragte sie, wobei ihr Blick kurz zu Riley glitt, die unbeirrt mit der Arbeit fortfuhr.

»Was du mir mitzuteilen hast, kannst du auch hier und jetzt tun.« Ich hatte Riley nichts zu verheimlichen und das sollte sie auch wissen. Was sollte es auch schon geben, das sie nicht mitbekommen sollte? Außer gelegentlich dem Bett hatten Megan und ich nichts geteilt.

»Diese Neuigkeiten sind nicht für«, sie schnalzte missbilligend mit der Zunge, »fremde Ohren bestimmt.«

»Riley ist keine Fremde, sie gehört zu mir.«

»Ach, na wenn das so ist, wird sie das erst recht interessieren.« Sie schien es zu genießen, mir überlegen zu sein, und ich fragte mich, wie ich ihre Bosheit derart übersehen konnte. »Ich erwarte ein Kind von dir, Jameson.«

»Wie bitte?«

»Ich bin schwanger«, zischte sie, deutete auf ihren – noch flachen – Bauch und wedelte dabei mit einem Ultraschallbild vor meiner Nase herum.

Das konnte nur ein schlechter Scherz sein, oder? Wir hatten immer verhütet, sie mit der Spirale und zusätzlich hatten wir Kondome verwendet. Natürlich, ein gewisses Risiko bestand dennoch, aber …

»Bist du dir sicher?«, hakte ich nach und kam mir selbst wie ein Idiot vor, weil ich hoffte, dass dem nicht so war. Auch traute ich mich nicht, Riley anzuschauen, aus Angst, dass alles, was wir wiederaufgebaut hatten, zu Asche zerfiel.

Megan lachte spitz auf. »Natürlich. Oder denkst du, ich tische dir ein Lügenmärchen auf? Falls du dich nicht mehr erinnern kannst, wir haben in den vergangenen Wochen mehrmals miteinander geschlafen. Da kann sowas trotz Verhütung passieren.«

»Ja, das weiß ich natürlich«, sagte ich und fuhr mir mit der Hand durchs Haar. »Es tut mir leid, ich wollte nicht wie ein Arsch rüberkommen. Ich steh dir zur Seite und begleite dich, wenn du möchtest, zu Arztterminen.«

Das Lächeln, das sie aufsetzte, konnte ihre Böswilligkeit, nicht verdecken. »Gut. Nächste Woche gehe ich zur Gynäkologin, ich teile dir den genauen Termin noch mit.« Und damit verließ sie meine Farm und ich starrte ihr so lange hinterher, dass mir entging, wie Riley schnellen Schrittes zu den Hühnern lief.

»Kommst du? Der Zaun hat hier ein kleines Loch«, rief sie.

»Riley.«

»Ein Wunder, dass es noch kein Fuchs reingeschafft hat.«

»Riley. Schau mich bitte an.«

»Was?«, brummte sie und sah mich widerwillig an. In ihrem Gesicht spiegelten sich keinerlei Emotionen wider.

»Tu nicht so, als würde das nichts in dir auslösen.« Sie stellte sich aufrecht hin, die Arme vor der Brust verschränkt. »Du wirst Daddy, Jameson, das ist toll.«

Ihre gespielte Teilnahmslosigkeit machte mich fuchsteufelswild. »Scheiße, das ist nicht toll! Denn wenn ich Vater werde, dann der unseres Kindes, Riley. Du bist alles, was für mich zählt.«

»Es ist nun aber so und wie du richtig erkannt hast, musst du Verantwortung übernehmen«, erwiderte sie schulterzuckend.

»Ich will nicht, dass Megans Schwangerschaft etwas zwischen uns verändert«, gestand ich.

»Euer Baby wird eine Menge verändern, vor allem für dich. Jameson, du hattest eine Affäre mit ihr – vor mir, und das ist okay. Wir müssen beide damit leben, auch wenn das bedeutet …«

Mein Herz zog sich schmerzhaft zusammen. »Wenn das was bedeutet?«

»Dass mein Herz dabei ein bisschen blutet.«

Ich wollte das alles nicht. Ich wollte nicht, dass wieder irgendwas zwischen uns stand, das uns letztendlich

auseinanderriss. Und gerade konnte ich nicht einschät-
zen, wie sehr es uns auseinanderreisen würde.

Kapitel 23 — Riley

Seit geschlagenen zwanzig Minuten stand ich wie eine komplette Irre am Fenster und beobachtete, wie Jameson Kaffee kochte und ihn sich an den Küchentresen gelehnt schmecken ließ. Ich konnte ihm heute unmöglich gegenübertreten, und das nicht nur wegen Megans gestriger Hiobsbotschaft. Vor Jameson hatte ich mich bemüht, so gut es ging nicht anmerken zu lassen, wie sehr es mich traf, dass sie ein Kind von ihm erwartete. Ich nahm es ihm nicht übel, dass er vor mir Affären gehabt hatte. Doch seit der Fehlgeburt waren die Themen Schwangerschaft und Kinderwunsch ein rotes Tuch für mich. Das wusste Jameson, das wusste jeder, der mich kannte. Und nun erwartete Megan ein solches Wunder, das uns verwehrt geblieben war. Diese Frau war mir von Anfang an unsympathisch gewesen und unser Aufeinandertreffen vor einigen Wochen hatte nicht unbedingt dazu beigetragen, dass sich daran etwas änderte.

Das war allerdings nicht der einzige Grund, weshalb ich mich an diesem Morgen dagegen sträubte, Jameson zu begegnen. Ich traute mich nicht einmal, darüber einen Gedanken zu verlieren. Die Angst lähmte mich und ließ mich nicht einmal Tränen vergießen, als hätte ich bereits nach dem gestrigen Anruf alle verbraucht. Ein plötzliches Klopfen an der Tür ließ mich zusammenzucken und zaghaft öffnete ich sie.

»Hast du geweint?«, platzte es aus Jameson heraus, kaum dass ich meinen Kopf rausgestreckt hatte.

»Hab ich nicht. Was suchst du hier?« Im Grunde genommen war es keine Lüge, aber eben auch nicht die Wahrheit.

»Warum hast du geweint? Hat dein Boss angerufen? Was hat er gesagt?«

»Was?«, murmelte ich. »Nein.«

Er glaubte mir kein Wort, das sah ich daran, wie er die Stirn in Falten legte. »Wie du meinst. Ich hab mir Sorgen gemacht, weil du nicht wie jeden Tag zum Kaffeetrinken rübergekommen bist.«

»Es ist alles gut.«

»Du lügst schlecht, hast du schon immer.«

Ich brachte ein Lächeln zustande, aber vermutlich war es genauso wenig überzeugend wie meine Worte. »Jameson, ich bin einfach kaputt. Die letzten Tage waren anstrengend. Ich ruhe mich heute ein bisschen aus, okay?«

»Lüg mich nicht nochmal an, Riley«, brummte er und mit einem Mal überkam mich eine derart tiefe Traurigkeit, dass ich ihn an mich heranzog und küsste.

»Keine Lügen, versprochen.« Ich legte meine Stirn an seine und drückte meine Lippen ein letztes Mal auf ihn, ehe er die Tür hinter sich schloss. Ich wollte mich heute ausruhen, das stimmte, aber davor hatte ich noch einen dringenden Termin. Und um dafür gewappnet zu sein, stellte ich mich unter die eiskalte Dusche und machte mich danach auf den Weg.

»Dad, brauchst du noch was? Tee, Wasser?«

»Nein, Liebling, aber danke«, antwortete mein Vater, der in eine Decke eingemummelt auf dem Sofa saß, gerade widerwillig an einem Stück Karotte knabberte und seine Lieblingsserie dazu sah.

»Hast du schon deine Medikamente genommen?«, hakte ich nach, als meine Mom aus der Küche kam und den Arm um mich legte.

»Nachdem ich ihn zweimal daran erinnert habe, hat er sie vorhin endlich genommen«, meinte sie schmunzelnd. »Wo gehst du denn hin, Riley?«

»Ich hab einen Termin.«

Sie zog die Augenbrauen zusammen. »Bei Cassie etwa? Die hat doch um die Uhrzeit noch gar nicht auf?«

»Ihr denkt an den Termin später im Ridge Hospital, oder? Jameson fährt euch dann«, überging ich geschickt ihre Frage.

»Ja, Schätzchen. Nach dem Mittagessen fahren wir los«, antwortete Mom und zum Abschied gab ich beiden einen Kuss auf die Wange.

Zum Glück hatte ich den Bus, der einmal in der Stunde nach Belcourt fuhr, noch erwischt. Bereits auf der dreißigminütigen Fahrt wäre ich vor Nervosität fast explodiert, aber jetzt, wo ich vor dem Ärztehaus stand, bekam ich Brechreiz. Oder lag es gar nicht daran?

Als ich endlich im Wartezimmer saß und aufgerufen wurde, hoffte ich, mich nicht vor den Füßen der Gynäkologin übergeben zu müssen. Ich schaffte es jedoch ohne Zwischenfälle in den Untersuchungsraum.

»Hallo, Riley!«, begrüßte mich Dr. Morin mit ihrem vertrauten Lächeln. »Es ist schon lange her, dass wir uns gesehen haben. Wie geht es Ihnen?«

»Ganz gut«, antwortete ich knapp.

Sie blätterte in der Akte herum und blickte mich dann über den Rand ihrer Brille hinweg an. »Jedenfalls freut es mich, Sie wiederzusehen. Das Krankenhaus hat mir Ihre Blutwerte geschickt, ich habe sie mir angeschaut«, sagte sie, »und meine bereits am Telefon geäußerte Vermutung hat sich bewahrheitet.«

Meine Finger umklammerten so fest den Henkel meiner Handtasche, dass sie schmerzten. *Bewahrheitet.* Daher kamen die Schwindelanfälle und die Übelkeit also.

»Sie sind schwanger, Ms. Wilson«, vernahm ich die Worte der Ärztin wie durch Watte.

Das war unmöglich, oder? Ich hatte nicht gedacht, dass ich diesen Satz jemals wieder in meinem Leben zu hören bekommen würde. Es fühlte sich so unwirklich an.

»Riley?

Ich zuckte zusammen. »Wie bitte?«

»Ob ich Ihnen gratulieren darf?«

Tja, das wusste ich selbst nicht. Unter anderen Umständen möglicherweise, hätte ich nicht gerade erst gestern erfahren, dass Jameson ein Kind von einer anderen Frau erwartet. Aber andererseits wuchs in mir ein Wunder heran, was in mir gemischte Gefühle hervorrief. Was, wenn ich es wieder verlor? Und überhaupt, wie würde Jameson reagieren? War es vielleicht sogar besser – nein, daran durfte ich gar nicht erst denken.

»Ich, ähm, schätze, ja«, stammelte ich.

»Dann herzlichen Glückwunsch zur Schwangerschaft! Ich stelle Ihnen gleich einen Mutterpass aus«, erwiderte sie und kramte geschäftig in den Schubladen ihres Schreibtischs herum. »Angesichts der damaligen Fehlgeburt empfehle ich, dass Sie häufig zu Untersuchungen kommen. Auch zu Ihrem eigenen Wohlbefinden, sollten Sie sich um ihr Ungeborenes Sorgen machen.«

Ich brachte nicht mehr als ein Nicken zustande. »Das ist total verrückt.«

Sie sah auf. »Was meinen Sie?«

»Nicht nur, dass ich nach der Fehlgeburt nie mehr darüber nachgedacht habe, ein Kind zu bekommen«, meinte ich, »sondern dass das Baby auch von ihm ist.«

»Von Jameson?«

»Ja.« Schon vor fünf Jahren war Dr. Morin meine behandelnde Ärztin gewesen und da Jameson bei Untersuchungen immer dabei war, kannte sie ihn.

»Das ist ja wunderbar! Richten Sie ihm liebe Grüße aus.« Dann erhob sie sich, begleitete mich zur Tür und legte mir eine Hand auf die Schulter. »Wissen Sie, Riley, Wunder können jederzeit geschehen, selbst im dichtesten Nebel.«

Mit Müh und Not blinzelte ich die Tränen weg und formte mit den Lippen ein »Danke«, ehe ich den Untersuchungsraum verlies. Ein hitziges Wortgefecht am Empfang lenkte meine Aufmerksamkeit ab und noch bevor ich die Person sah, die die Sprechstundenhilfe ankeifte, erkannte ich sie an der Stimme. Es war Megan! Wild fuchtelte sie mit den Armen in der Luft herum und machte ihrem Ärger lauthals Luft. Was ging denn da vor sich?

»Ms. Rogers, was kann ich für Sie tun?«, ging Dr. Morin dazwischen.

»Ich komme wegen des–«

»Hatten wir das nicht bereits geklärt? Ich kann und werde Ihnen keinen Mutterpass ausstellen! Voraussetzung dafür ist eine Schwangerschaft, welche bei Ihnen nicht festgestellt worden ist.«

Wie bitte? Hatte ich mich verhört oder war ich im falschen Film gelandet? Megan war gar nicht schwanger?

Ohne ein weiteres Wort zu verlieren, rauschte sie aus der Praxis und ließ eine kopfschüttelnde Sprechstundenhilfe zurück.

»Entschuldigen Sie, Riley«, sagte die Ärztin und reichte mir den Pass. »Einen neuen Termin können wir gern heute schon vereinbaren, anderenfalls melden Sie sich bitte telefonisch.«

»Ich hab es gerade ziemlich eilig, aber ich melde mich! Haben Sie vielen Dank, Dr. Morin!«

Verwundert sah sie mich an, winkte mir aber nach. »Alles Gute!«

»Danke! Schönen Tag noch!«, rief ich und beeilte mich, um Megan noch zu erwischen. Ich musste sie zur Rede stellen!

Tatsächlich konnte ich sie auf dem Parkplatz des Ärztehauses ausfindig machen, wo sie auf ihrem Handy herumtippte.

»Also wolltest du Jameson ein Lügenmärchen auftischen?«

Sie fuhr herum und schaute mich perplex an. »Na, sei doch froh, dann hast du ihn für dich allein!«, spie sie.

Das gab es ja wohl nicht, sie leugnete es nicht einmal. »Bist du etwa eifersüchtig?«

»Hättest du gewusst, dass Jameson die beste Partie weit und breit in dieser verlassenen Provinz ist, wärst du wohl nicht abgehauen, was?« Dann machte sie auf dem Absatz ihrer Schuhe kehrt, stieg in ihr Auto und flitzte davon.

Was für eine dumme Gans! Wie weit sie wohl gegangen wäre, wenn ihr Plan nicht aufgeflogen wäre? Und das nur, weil sie Torschlusspanik hatte? Himmel, das musste ich Jameson schnellstens mitteilen!

Statt also zwanzig Minuten auf den nächsten Bus zu warten, nahm ich ein Taxi und kam wenig später zeitgleich wie meine Eltern und Jameson zuhause an.

»Mom, Dad!«, rief ich und lief ihnen entgegen. »Was haben die Ärzte gesagt? Ist alles in Ordnung?«

»Na ja«, meinte mein Vater und ich spitzte die Ohren. »Es geht mir so weit gut, aber ich weiß nicht, wie es mit der Farm weitergehen soll. Ich muss regelmäßig zur Untersuchung und das Risiko eines weiteren Herzinfarkts ist gestiegen. Der Arzt, er hat mir geraten …«

»Er hat ihm geraten, die Rinder und seine Farm aufzugeben«, beendete Mom den Satz und strich ihm über den Arm.

Das waren sowohl gute als auch weniger gute Nachrichten, und es war offensichtlich, dass sie ihn mitnahmen. Immerhin steckte in der Farm sein ganzes Herz. »Ich weiß, es fällt dir schwer, aber es ist zu deiner Gesundheit.«

Er nickte, während er den Blick wehmütig über das Grundstück gleiten ließ. »Ja, und ich hab nicht vor, so schnell das Gras von unten zu sehen. Entschuldigt mich, ich werde mich ein bisschen hinlegen.« Er wandte sich zum Gehen und drückte mir davor noch einen Kuss auf die Stirn.

Jameson, der die ganze Zeit an seinem SUV gestanden und mich angeschaut hatte, kam auf mich zu. »So viel zum Ausruhen, hm?«, brummte er.

»Dafür werde ich noch genug Zeit haben«, rutschte es mir raus, ehe ich mich besann, was ich Jameson eigentlich mitteilen wollte. »Ich muss dir etwas sagen.«

Er zog die Augenbrauen in die Höhe. »Hast du es dir anders überlegt? Gehst du doch wieder zurück nach New York City?«

»Nein«, antwortete ich wahrheitsgemäß und war selbst überrascht, dass meine Entscheidung nach wie vor feststand. Ich hatte ja damals gelernt, dass Weglaufen nichts brachte – außer Probleme zu verdrängen. »Ich habe vorhin Megan getroffen.«

»Wo das denn?«

»Das spielt keine Rolle«, obwohl es das tat, »aber ich habe mitbekommen, dass sie gar nicht schwanger ist. Sie hat dir etwas vorgelogen, nur um dich an sie zu binden!«

»Wie bitte?«, sagte er nach einer gefühlten Ewigkeit. »Die Schwangerschaft war erstunken und erlogen?«

Ich nickte. »Sie hat es mir ins Gesicht gesagt. Ihr blieb ohnehin nichts anderes übrig, weil ich sie ertappt hatte.«

Jameson fuhr sich entnervt mit der Hand durchs Haar, lief auf und ab und fluchte leise vor sich her. »Dass sie nicht ganz einfach ist, war mir klar, aber nicht, dass sie zu sowas fähig ist.«

Nun ja, mir gegenüber hatte sie bereits von Anfang an ihr boshaftes Gesicht gezeigt. »Ich wollte nur, dass du es weißt. Also ...« Ich wandte mich zum Gehen ab, als er mich am Arm zurückzog und ich gegen seine Brust stieß.

»Warum hab ich das Gefühl, du willst mich unbedingt von dir fernhalten, Riley?«, fragte er und sah mir in die Augen. »Ist es wegen Megan? Oder weil du Zweifel hast?«

Wie sollte ich Jameson beibringen, dass zwar nicht Megan ein Kind von ihm erwartete, sondern ich? Ich fühlte mich ein bisschen wie damals, als ich mir unsicher war, wie er reagieren würde. Dabei wusste ich auch diesmal, dass er mich liebte und ich ihn. Dass unsere Herzen noch schneller füreinander schlugen.

»Jameson, ich ...«

In seine Augen zu schauen und darin dieselbe Angst zu erkennen, die ich in diesem Augenblick spürte, tat mir in der Seele weh. Es führte mir noch einmal vor Augen, dass nicht nur ich damals gelitten hatte.

»Ich bin schwanger«, würgte ich die Worte heraus und als wollte das Schicksal ihnen noch mehr Bedeutung verleihen, musste ich mich übergeben. »So eine ...«, und ein weiteres Mal. Zumindest konnte Jameson nicht an meiner Glaubwürdigkeit zweifeln.

»Diesmal ist es wohl überflüssig, wenn ich frage, ob das dein Ernst ist, oder?«, fragte Jameson, der mir die Haare aus dem Gesicht hielt und mir ein Taschentuch reichte.

»Du reagierst immer anders als ich es mir ausmale«, brachte ich hervor, nachdem sich mein Magen wieder beruhigt hatte.

Ein Schmunzeln umspielte seine Lippen. »Du hättest mir nicht vor die Füße kotzen müssen, um zu hoffen, dass ich dir glaube, Babe.«

Da konnte sogar ich lachen, und das obwohl direkt neben uns mein Mageninhalt lag. »Aber der Zeitpunkt ist auch nicht besser als vor fünf Jahren, oder?«

»Ich würde ja jetzt sagen: ›Halt einfach die Klappe und lass mich dich küssen‹, aber erst, wenn du dir die Zähne geputzt hast«, erwiderte er und gab mir stattdessen einen Kuss auf die Stirn. »Gibt es für eine Schwangerschaft überhaupt den perfekten Zeitpunkt?«

Und ich konnte ihn einfach nur anstarren, mein Glück nicht fassen und begann dann noch zu heulen. Da legten sich die Hormone aber mächtig ins Zeug. »Ich liebe dich, du verrückter Mann.«

»Und ich liebe dich, du Verrückte.«

***

Beim anstehenden Mittagessen konnten und wollten wir nicht weiter verheimlichen, dass sich einiges ändern würde. Doch wie ich meine Eltern, und vor allem meine Mutter kannte, ahnten sie bereits etwas. Das Essen war schon serviert, als Jameson und ich in die Küche traten und mir entging nicht der Blick, den meine Mom uns zuwarf.

»Wollt ihr Limo? Ich hab gestern welche gekauft«, bot sie an und nachdem wir beide nickten, goss sie uns jeweils ein Glas ein.

»Ich muss euch etwas mitteilen.«

»Wir«, berichtigte Jameson und zwei Augenpaare sahen uns verblüfft an.

Jetzt gab es kein Zurück mehr, und obwohl ich es mir vor wenigen Wochen in meinen kühnsten Träumen nicht hätte ausmalen können, wusste ich, dass es die richtige Entscheidung war. Ich gehörte hierher, dort wo mein Herz seit jeher zuhause war.

»Ich werde in White Field bleiben«, verkündete ich und hörte, wie jemand Luft einsog. »Bei euch, und bei Jameson.«

Mom war die Erste, die reagierte, und zwar genauso wie ich es mir gedacht hatte. »Nein! Wirklich, mein Schatz?« Sie legte die Hand auf meine und sah mich mit vor Überraschung geweiteten Augen an.

»Ja, und dann ist da noch was.« Ich schielte zu Jameson, der unter dem Tisch meine andere Hand hielt, und mir ermutigend zunickte. »Wir erwarten ein Kind. Ich hab es heute erfahren.«

»Wir ... werden Grandma und Grandpa?« Nun war es Dad, der das Wort an sich nahm. Vermutlich, weil Mom von so viel Glück überfordert war. Ihr Gesichtsausruck sprach jedoch Bände.

Darauf stießen wir vier an, natürlich mit Limonade, und das Strahlen wich keinem von uns aus dem Gesicht. Vor allem nicht, als Jameson mitteilte, dass er sich weiterhin um die Rinder meines Dads kümmern würde – natürlich bot ich meine Hilfe an, sobald das Baby auf der Welt war. Der Gedanke daran, dass wir bald zu dritt sein würden, war überwältigend. Wahrscheinlich würde ich aber in den nächsten Monaten nie gänzlich die Angst ablegen, unser Baby verlieren zu können. Doch die Vorfreude überwog und für einen klitzekleinen Moment vergaß ich die Angst, wenn ich in die Gesichter meiner Familie sah.

»Was ein Urlaub in Kanada nicht alles ändern kann, hm?«, sagte Mom beim Abwasch und stupste mir den Ellbogen in die Seite.

»Das kannst du wohl laut sagen.«

»Weißt du, ich hab natürlich immer gehofft, dass ihr doch wieder zusammenfinden würdet. Aber dass ihr nun wirklich wieder ein Paar seid, das hätte ich nicht erwartet.« Sie tupfte sich die Tränen aus dem Augenwinkel. »Und dass du hierbleibst, hach! Das hast du dir aber auch gut überlegt, oder? Ich mein, in New York City–«

»Mom, glaub mir, das hab ich. Ich gebe zwar etwas auf, aber dafür bekomme ich umso mehr.« Noch nie in meinem Leben war ich mir dessen bewusster gewesen. Die Zeit in New York City würde ich nicht vergessen und ich hatte sie gebraucht, um zu verstehen, dass keine Zukunft ohne Vergangenheit existierte. Und ebenso verstand ich nun, dass unser kleines Wunder, das uns verlassen hatte, zu uns gehörte.

Wie ein Stern funkelte es am Nachthimmel und wachte über uns.

Kapitel 24 – Jameson

1 Jahr später

Ich klopfte die Schuhe am Geländer der Verandatreppe ab und trat dann in das Blockhäuschen ein. In den letzten Monaten hatte es sich verändert, es war nun voll möbliert und auch dekoriert. Das hatte sich Riley nicht nehmen lassen, auch wenn sie sich wegen der Risikoschwangerschaft nicht überanstrengen durfte.

»Hallo, meine zwei Engel«, sagte ich, strich zuerst Riley und dann Felicity liebevoll über die Wange. In den letzten zwei Monaten war sie rasant gewachsen, der rote Flaum auf ihrem Köpfchen war schon bei der Geburt zu sehen gewesen.

Riley gab mir einen Kuss, unsere Tochter behutsam in den Armen wiegend. »Da bist du ja.«

»Die Kuscheleinheiten, die du den ganzen Tag über verteilst, hab ich mir eben bei den Rindern abgeholt.«

Spielerisch stieß sie mir ihren Ellbogen in die Seite. »Na, wenn das dein Töchterchen hören würde. Zum Glück schläft sie gerade.«

»Wer weiß, vielleicht wird sie die nächste Farmerin.« Ich ließ mich auf dem Sofa nieder und legte den Kopf in den Nacken, da setzte sich Riley zu mir.

»Oder eine berühmt berüchtigte Journalistin.«

»Endlich können wir sie in unseren Armen halten«, flüsterte ich und als ich aufsah, schimmerten Rileys Augen, vor Freude und Glück, aber auch ein bisschen vor Angst. Jeder Tag, den wir zu dritt verbrachten, war ein Tag, der den Nebel der Vergangenheit davontrug.

»Manchmal glaube ich, wir strapazieren das Glück zu sehr«, murmelte Riley mit einem Blick auf unsere Tochter.

»Denkst du nicht, wir haben es verdient? Nach allem, was passiert ist?«

Sie nickte und schmiegte sich an meine Brust. »Am Anfang habe ich gedacht, ich könnte die Schwangerschaft wegen der Angst nicht genießen. Aber du, Cassie, Erin, unsere Eltern ... sie sind immer an unserer Seite gewesen. Vor allem aber du.«

Das stimmte, wir hatten so viel Unterstützung von jeglicher Seite erfahren, dass es uns überwältigt hatte. Nicht nur, dass Rileys Boss letztendlich eingelenkt hatte und sie aus dem Homeoffice arbeiten konnte – er hatte ihr außerdem eine wöchentliche Kolumne angeboten. Natürlich war er zu Beginn nicht sonderlich begeistert gewesen, aber ihm war klar, dass er mit Riley eine begnadete Journalistin verlieren würde. Zudem konnte Kyle tatsächlich ein paar Kontakte zu Redakteuren herstellen, die Riley dank ihrer überzeugenden Referenzen eine Stelle als freie Journalistin angeboten hatten. Doch an allererster Stelle stand das kleine Wunder, das in ihren Armen lag und vor sich her gluckste.

»Dein und mein Dad haben uns vorhin übrigens wieder ungelogen einen Jahresvorrat an Lachs vorbeigebracht«, riss Riley mich aus den Gedanken. »Ich glaube, er hat sich langsam an sein Leben als Rentner gewöhnt.«

»Und gemeinsam genießen sie ihr neues Leben als Großväter.«

Das Lächeln, das sich auf ihr Gesicht legte, strahlte mit der Sonne um die Wette. Das war alles, was ich jemals wollte: Riley und Felicity glücklich sehen. Vielleicht gelang mir das nicht 365 Tage im Jahr, aber gemeinsam kamen wir dem Glück immer ein Stückchen näher – und manchmal braucht Liebe eine zweite Chance.

Epilog — Riley

British Columbia – ein Reisebericht unserer Redakteurin Riley Wilson oder: Wohin dein Herz gehört

Weitläufige, dichte Wälder, die sich über ganze Provinzen erstrecken. Kristallklare Seen. Dichte Wälder voll wilder Natur. Himmelhohe Bergspitzen und die Gefahr, in freier Wildnis auf Grizzlybären oder Elche zu treffen.

Das ist eine wahrlich paradiesische Beschreibung, nicht wahr? Aber die Provinz British Columbia im Westen Kanadas hat noch viel mehr zu bieten. Und das musste selbst ich als Farmerstochter, die fünf Jahre im Big Apple gelebt hatte, neu herausfinden. Ich musste neu herausfinden, dass man die Anonymität einer Großstadt ebenso sehr genießen kann wie das Leben in einem Örtchen, in dem jeder jeden kennt – in dem man auf dem Wochenmarkt in einen Plausch verfällt, sich zum Grillen verabredet oder den neuesten Klatsch erfährt. Und wer glaubt, in einem Dorf sei nie etwas los, der hat noch nie im Dorf-Pub den Victoria Day gefeiert.

Wenn man wirklich mal allein sein möchte, kann an den weiten Seen flanieren. Aber hier ist Vorsicht geboten, Wildtiere können einen immer unvorhergesehen besuchen – zum Beispiel beim romantischen Date am Ufer. Von den Tieren geht allerdings selten Gefahr aus, also heißt es: Ruhe bewahren. Etwas, das selbst ich als Kanadierin noch lernen muss. Dafür ist es nie zu spät, oder?

Zu spät ist es auch nie dafür, zu erkennen, wo sich unsere Heimat befindet: Dort, wo das Herz zu Hause ist. Dort, wo man sich sicher und geborgen fühlt. In der Stadt, die niemals schläft, in dem kleinen Ort, in dem man aufgewachsen ist oder in den Armen des Menschen, den du liebst. Heimat kann sein, wo auch immer es sich richtig anfühlt.

ENDE

Danksagung

Liebe ist das wohl größte und zugleich schönste Mysterium der Menschheit. Liebe ist wild und bunt, sie kann das größte Glück sein und doch erfordert sie auch Arbeit. Denn Liebe kommt nicht einfach und bleibt. Manchmal fängt es an zu regnen und manchmal glaubt man, es hört gar nicht mehr auf. Aber im Regen zu stehen und zu warten, bis es wieder aufhört, lässt ihn auch nicht schneller vorübergehen. Man muss lernen, im Regen zu tanzen oder auch mal den Regenschirm auszupacken. Und den Menschen zu finden, der ihn hält, wenn man selbst nicht stark genug ist. In unserer Welt scheint eben auch nicht immer 365 Tage im Jahr die Sonne, oder?

An diesem Buch, meinem fünften Buch (ob ich es jemals fassen kann?), sind natürlich wieder einige Menschen beteiligt. Menschen, die mir Mut machen, an meine Träume und mich zu glauben. Menschen, die mir zur Seite stehen, wenn ich den Wald vor lauter Bäumen nicht sehe. Menschen, die mich durch Regen und Nebel begleiten.

Ich danke euch, meiner wundervollen Mama, meinen wunderbaren Freundinnen und meinem Herzensmenschen. Egal, ob ein Regenschauer oder ein Sturm wütet, ihr seid da.

Ein großes Dankeschön gilt auch dp Digital Publishers, die Riley und Jameson ein Zuhause gegeben haben, das nicht hätte schöner sein können. Auch danke ich meiner Lektorin Daniela – dank dir konnten wir noch mehr aus der Geschichte rausholen!

Und natürlich danke ich euch, liebe Leser*innen, fürs Lesen. Ich hoffe, euch hat die Zeit in Kanada und auf den Farmen schöne Lesestunden beschert! Wenn euch Neuanfang in White Field gefallen hat, freue ich mich über eine kurze Rezension.

Alles Liebe,
eure Sophie

Triggerwarnung

Dieses Buch enthält Elemente, die triggern können:
Fehlgeburt